공주기사님의
기둥서방

He is a kept man
for princess knight.

2

"좀 더 나를 소중히 해.
네 보물이라면서?"

"물론이야."

나는 그녀의 어깨를 안았다.
이번에는 저항하지 않았다.

"소중히 할게.
정말로. 절대로."

"말해두지만
'소중히'라는 것은
다른 여자에게
손을 대지 않는다는
의미이기도 해."

"…선처할게."

"이야기는 들었어.
댁이 바네사의 오빠지?
동생 이야기를 듣고 싶다면
이런 곳보다 술집 같은 곳이
더 좋을 것 같은데, 빈스."

"빈센트야."

기사님은 정색하는 얼굴로
정정했다.

"분명히 말할게.
내가 이 도시에 온 것은
바네사를 죽인 녀석을
잡기 위해서야."

조용한, 그러면서도 굳센 선언이
방 안에 울려퍼졌다.

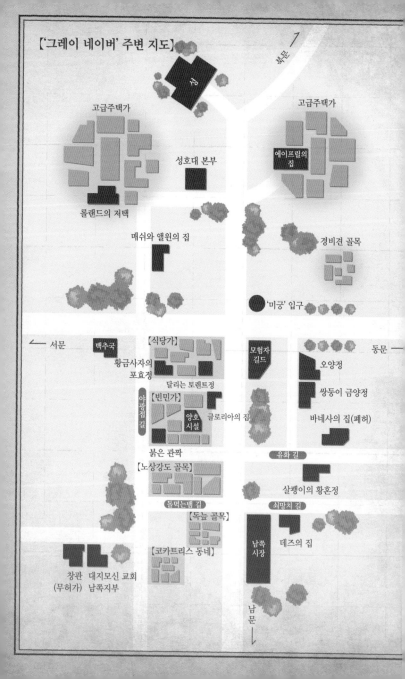

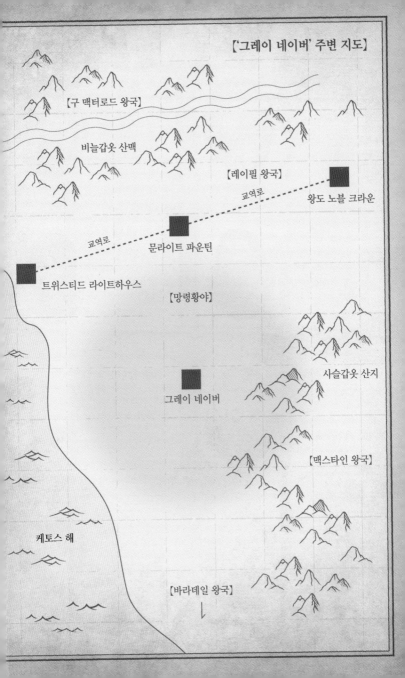

CHARACTER

앨윈

던전 공략의 선봉. 매쉬 앞에서만 아이 같은 일면을 보인다 고 한다.

매쉬

경력을 알 수 없는 전직 모험자. 시내 에선 무능력자로 무 시당하고 있지만 어 떤 비밀을 가지고 있다.

데즈

길드 전속 모험자. 까탈스러운 성격의 드워프. 매쉬의 과 거를 알고 있는 몇 안 되는 인물.

바네사

길드 소속의 1류 감 정사. 앨윈의 비밀 을 알게 된 탓에 매 쉬에게 살해당했다.

빈센트

성호대 대장. '그레이 네이버' 치 안유지를 맡는 한 편, 여동생 살인범 을 찾는 중. 바네사 의 오빠.

에이프릴

길드 마스터의 손 녀. 주위 어른들은 매쉬에게 접근하지 말라고 한다.

글로리아

결원을 메꾸기 위해 다른 길드에서 스카 웃된 감정사. '위작' 수집이 취미.

노엘

'이지스'의 새로운 멤버. 라토비치의 조카로, 앨윈에게 심취해 있다.

He is a kept man for princess knight.

공주기사님의
기둥서방

He is a kept man
for princess knight.

2

CONTENTS

서장 기둥서방의 재난

짙은 회색 구름에서 조용히 비가 내리는 가운데 나는 품속에서 반투명한 수정구슬을 꺼냈다.

"'이레이디에이션'."

눈부신 빛이 뿜어나오며 온몸에 힘이 샘솟는 것을 느낀다.

갑작스런 빛에 경악하며 얼굴을 손으로 가리는 남자들을 향해 달려나간다.

작업은 순식간에 끝났다. 목뼈를 부러뜨리고, 두개골을 벽에 들이박아 박살내고, 목을 손으로 으스러뜨렸다. 죽은 것을 확인하고 나서 허공에 떠 있는 반투명한 수정구슬을 바지 주머니에 넣는다. 햇빛을 저장해둘 수 있는 매직 아이템…, '템포러리 선'이다.

녀석들이 가지고 있던 칸델라로 시체를 비춰본다. '약' 밀매꾼 두 사람과 그 구입자. 녀석들의 손에서 작은 봉지를 빼앗은 뒤 내용물을 확인한다. 틀림없다. '릴리스'다.

나에게 있어서는 열받는 '약'이고, 앨윈에게 있어서도 큰 비밀이다.

이 '템포러리 선'을 입수한 이후로 '약' 조달은 편해졌다.

지금처럼 대낮이라도 흐리거나, 비때문에 햇빛이 비치지 않으면 나는 일반인 이하의 힘밖에 낼 수 없다.

이것이 있으면 짧은 시간이나마 언제든 예전 같은 힘을 발휘할 수 있다. 그 빌어먹을 태양신의 힘이 아니라면 좀더 순수하게 기뻐할 수 있겠지만, '저주'를 건 녀석의 힘을 빌려 '저주'에 저항하고 있는 건 완전히 놈의 손바닥 위에서 놀아나는 꼴 아닌가.

"음?"

'약'을 사려고 한 남자의 옷이 기묘하게 부풀어올라 있길래, 손으로 더듬어서 꺼내보니 수상한 형태를 한 목걸이가 나왔다. 나는 얼굴을 찡그렸다. 이것은 태양신의 문장이다.

'그레이 네이버'에도 태양신의 교회는 두 개 있지만 이건 어느 것과도 다르다.

최근 태양신을 신앙하는 종파 중에서도 '솔 마그니(신성한 태양)'가 신자의 수를 늘리고 있다. 바보멍청이 태양신을 숭배하는 것만으로도 정신 나간 놈들일 게 뻔하지만 '솔 마그니'에는 그중에서도 특히 머리가 이상한 녀석들이 모여 있다. 이것저것 조사해본 바로는 신자에게 강압적인 수단으로 권유하고, 뒤로는 밀수와 살인에도 손을 대고 있다고 한다.

롤랜드로 하여금 이 도시를 정화하게 하려 한 것도 그렇고, 토사물 같은 태양신이 또 무언가를 꾸미고 있는 것은 틀림 없다. 또 어딘가의 정신 나간 녀석에게 '계시'인지 뭔지를 내려서 괴물 꼭두각시 인형을 보낼 생각일 것이다. 이 도시와 주민들은 쓰레기같지만 멋대로 하게 놔둘 생각은 없다. 신이든 악마든 앨윈을 방해할 순 없다.

누가 됐든, 무엇을 하든 때려죽일 뿐이다.

빗속에서 뒷골목으로 몸을 숨기고 있자니 챙이 넓은 모자를 쓴 검은 옷의 남자가 나타났다.

관짝 직인이자 시체처리 전문가. '그레이브 디거' 브래들리다. 요금을 건네자 말없이 세 구의 시체를 천으로 싸매기 시작한다. 시체가 발견되면 성가신 뒷세계 조직도 움직이기 시작한다. 방치하는 것보다 돈을 주더라도 시체를 처리하는 게 안전하다.

처음 그의 손님이 된 지 벌써 1년 남짓. 완전히 나도 단골이 되었다. 처음 부탁한 시체는 어느 '약' 밀매꾼이었다. 녀석 때문에 나는 친구까지 이 손으로 죽여야 했다. 후회는 하지 않지만 나도 모르게 자신의 손을 물끄러미 쳐다보고 있을 때가 있다.

치밀어오르는 불쾌감에서 시선을 돌리고 있자니, 브래들리는 물에 젖은 생쥐꼴이 되면서도 묵묵히 작업하고 있었다. 뭐, 그는 말을 할 수 없지만서도.

"이렇게나 자주 이용하는데 가끔은 서비스를 해줘도 좋지 않아?"

말을 걸어도 반응은 없다. 그저 손만 분주히 움직여 시체를 회수할 뿐이다.

애교는 없지만 일 처리는 신뢰하고 있다. 세 개의 시체 꾸러미를 만들어낸 후 길에 있는 마차까지 끌고 간다. 비실비실한 체형이지만 완력이 있다. 지금의 나와는 정반대다.

"수고했어."

마차에 신기 전에 브래들리가 이쪽을 돌아보더니 작은 주머니를 획 집어던졌다. 손바닥에 들어갈 정도의 크기로, 주둥이 부분이 단단하게 묶여 있다. 냄새를 맡아보니 시큼하고 이상한 냄새가 났다.

뭔가 싶어 쳐다보니 브래들리는 자신의 팔 냄새를 맡는 시늉을 했다.

"아아, 그런 거였나?"

소취용 냄새 주머니인가. 오늘은 비가 오고 있어서 그리 심하지 않지만 요전번 같은 경우는 피바다였으니 말야. 피냄새가 몸에 배었어도 이상하지 않다.

"이거 좋네. 맘에 들었어. 고마워."

감사를 표하자 브래들리는 고개를 끄덕여 보이고 마차에 탑승했다. 바퀴가 굴러가는 소리를 들으면서 나는 그곳을 떠났다. 모서리를 몇 번인가 돈 후 처마가 있는 곳에서 비를 피한다. 인적이 없는 것을 확인하고 나서 나는 브래들리에게 받은 소취제를 열었다. 나는 신음했다. 천에 싸여 있었던 것은 벌레 시체였다. 약품 같은 것으로 절여둔 것이리라. 두 개의 더듬이를 가진 노랗고 검은 벌레가 여섯 개의 다리를 안쪽으로 말고 있다. 게다가 내용물을 꺼낸 탓인지 시큼한 냄새가 충만해서 코가 비뚤어질 것 같다.

"야, 너."

누군가가 뒤에서 부르는 소리에 반사적으로 돌아보니 팔에 천사 문신을 한 남자가 다가왔다. 원래는 상당한 미인을 문신으로 새긴 것 같지만 팽팽하게 부풀어오른 근육 때문에 호두를 물고 있는 다람쥐마냥 통통해져 있다. 오른쪽 눈썹에서 뺨에 걸쳐 큰 상처가 나 있다.

"이런 빗속에서 뭐하고 있어?"

녀석은 허리 뒤춤에서 단검을 꺼내더니 빈틈없이 시선만으로 주위를 살폈다.

"손님은 아닌 것 같군. …카일과 윌리는 어딨지?"

이 녀석, '약' 밀매꾼인가? 아직 동료가 남아 있었군.

내 표정을 보고 간파했는지 문신 남자가 희미한 웃음을 떠올렸다.

"뭘 알고 있나 보군. 아무래도 몸에 물어보는 편이 빠른 것 같구나. 덩치 큰 녀석."

가늘게 뜬 눈에 살의가 서렸다. 나는 다시 한번 '템포러리 선'을 꺼내 주문을 외웠다. 허나 반투명한 수정구슬은 빛나지 않고 손바닥에서 구르고 있을 뿐이었다. 이런, 시간이 다 된 건가? 한 번 빛나지 않게 되면 한나절은 햇빛에 노출시켜 둘 필요가 있다. 그래서 쓸 수 있는 것은 300을 셀 수 있는 시간뿐이니 답답하기 짝이 없다.

"무슨 짓이야? 점이라도 치려고?"

"그래, 맞아." 나는 말했다.

"네 운세는 최악이야. 충고할게. 늦기 전에 얼른 집으로 돌아가. 쌓여 있는 빨래를 말릴 준비나 하는 게 좋을 거야. 안 그러면 인생 최악의 날이 될 테니까."

"전에도 그런 점술사가 있었지."

남자가 고개를 비틀었다.

"카드를 팔랑팔랑 뒤집으면서, '오늘은 최고의 날이니까 무엇을 해도 잘 될 겁니다'라고 나한테 말했지. 나는 그것을 믿고 도박에 전재산을 꼴아박았다가 빈털털이가 되고 말았어. 그후 점술사가 어떻게 되었다고 생각해? 자기 카드에 목이 막혀 질식사했어."

나는 비위를 맞추려는 웃음을 떠올렸다.

"그쪽은 잘 됐나 보네?"

"옷장에 마누라 옷을 쳐넣은 것처럼 말야."

말이 끝나자마자 남자가 공격해 왔다. 나는 근처에 있는 쓰레기를 걷어차고 등을 돌렸다.

"거기 서!"

남자가 소리치면서 뒤쫓아왔다. 비는 약해졌지만 돌바닥이 미끄러워 달리기 힘들다. 물보라를 튀기며 몇 번인가 미끄러질 뻔하면서도 모서리를 돈다. 포기하면 좋을 것을 남자는 집념을 담아 쫓아왔다. 두 번은 넘어진 것 같지만 바로 일어나서 거리를 좁혀온다. '저주'는 나에게서 다리힘을 빼앗고 있다.

"여기서 끝이다. 점술가."

정신을 차리보니 눈앞은 막다른 길이었다. 돌아보니 남자가 단검을 들고 다가오고 있다.

추격전을 벌이는 사이에 비는 멈춰 있었다. 내렸던 시간은 짧았지만 둘 다 흠뻑 젖어 있다. 좁은 골목에는 작은 물웅덩이가 여럿 생겨 있지만 남자는 그 위를 유유히 건너왔다.

다른 도망칠 곳은 없다. 남은 건 하늘 정도지만, 비 개인 하늘에는 낮은 구름이 융단처럼 펼쳐진 채 동쪽으로 흘러가고 있었다. 이대로 가면 100을 세기도 전에 날개가 생기면서 하늘 높이 날아오를 것이다. 영혼이 되어.

될 대로 되라 식으로 주먹을 휘둘렀지만 손바닥에 가볍게 막혔다. 너무 간단했는지 남자의 표정에는 놀람조차 보였다.

충격과 함께 숨이 턱 막혔다. 답례라는 듯 남자의 주먹이 내 배를 가격한 것이다. 웅크리자 이번엔 공을 차듯 내 얼굴을 걷어찼다. 뒤에 있는 벽에 충돌해서 그대로 주저앉는다.

"카일과 윌리는 어디로 갔어? 말해. 아니면 수정구슬이 네 눈깔이 될 테니까."

단검의 평평한 부분으로 내 얼굴을 찰싹찰싹 때리면서 남자가 협박했다.

"좀 봐줘."

나는 얼굴을 바닥에 붙이고 남자의 발밑에 넙죽 절을 했다.

"나는 아무것도 몰라. 우연히 그곳을 지나쳤을 뿐이야. 목숨만은 살려줘. 돈도 줄게. 네 신발에 키스를 해도 좋아."

남자가 어깨를 떨며 웃는 낌새가 났다.

"생각났어. 혹시 너 '진홍의 공주기사'의 기둥서방인가 하는 그 녀석이 맞지?"

남자는 내 머리카락을 붙잡고 고개를 위로 들어올렸다.

"너, 살고 싶냐?"

"그래."

"그렇다면 그 여자를 데려와."

"…뭘 하려고?"

"당연하잖아. 그 콧대 센 여자를 홀딱 벗겨놓고 내 물건으로 정신을 못 차리게 해주려는 거야. '약'이라도 먹이면 스스로 허리를 흔들게 되겠지."

히죽히죽, 남자는 자신의 상상에 취해 있다. 사타구니까지 부풀어 있다.

"……."

"뭐 해? 대답 안 하고."

"대답은 이거야."

남자의 코에다 중지를 세운다.

"방귀나 뀌고 죽어. 개똥 같은 쓰레기 녀석아."

남자는 나를 때렸다. 덕분에 돌바닥과 키스하게 되었다.

"안됐구나, 모처럼 살려주려고 했는데 말야!"

남자가 추악한 얼굴로 단검을 치켜들었다.

"나도 점을 봐주지. …오늘은 피의 비가 내리겠군!"

높이 치켜든 단검에 햇빛이 반사되어 내 얼굴을 비췄다.

남자가 거꾸로 고쳐쥔 단검을 똑바로 내려쳤다. 나는 그 손목을 옆에서 붙잡고 그대로 으스러뜨렸다. 얼레? 남자가 멍한 표정을 지었다. 자신의 손목이 왜 으스러졌는지, 왜 피가 튀고 있는지 이해하지 못한 듯했다.

"팔이, 팔이이!"

극심한 통증이 느림보의 머리에 겨우 전달된 모양이다. 비명을 지르며 몸을 뒤로 젖히고 있을 때 나는 천천히 일어섰다. 등에는 구름 틈새로 기둥 같은 빛이 내리쬐고 있다.

"말했잖아. 빨래를 말릴 준비나 하는 게 더 좋을 거라고."

소나기라서 그치는 것도 빠르다. 구름도 금방 걷힌다.

평소부터 태양과 구름의 움직임을 신경쓴 탓인지 어느 정도는 예측을 할 수 있게 되었다.

손을 부여잡고 몸을 웅크린 남자를 향해 주먹을 휘두른다. 얼굴뼈가 부서지는 소리가 났다.

비명조차 지르지 못한 채 돌바닥에 남자의 시체가 나뒹굴었다.

"역시 인생 최악의 날이 되어버렸잖아."

나한테 걸리면 '점'이든 '예보'든 식은 죽 먹기다.

다시 시체 처리를 끝내고 집으로 돌아와보니 문 앞에 사람이 있었다.

"흠뻑 젖었구나."

우리 공주기사님의 귀환이다. 집 앞에서 뭘 하고 있는 거지?

"열쇠를 집에 두고 와서 말야. 네가 돌아오기만을 계속 기다리고 있었어."

그렇게 말하며 손수건으로 내 머리를 닦아준다.

돌아보니 문 옆에 우산이 세워져 있다. 빗속에서 계속 기다리고 있었던 건가?

"어서 와. 안 추웠어?"

포옹이라도 해주려고 했지만 앨윈은 나에게서 거리를 벌렸다.

"너, 어디서 뭘 하고 있었던 거지?"

"음?"

옷이 너덜너덜한 것은 여느 때의 일이고, 몸에 튄 피는 비에 전부 씻겨 내려갔을 텐데. 아, 옷이 흠뻑 젖어 있어서인가?

"무슨 냄새야? 지독하네."

아무래도 너무 오래 맡은 탓에 코가 마비되어 있었던 모양이다. 아까 그 소취제다.

앨윈이 얼굴을 손으로 덮으면서 험악한 얼굴을 했다.

"얼른 어떻게 해봐. 코가 비뚤어질 것 같으니까."

"알았어…. 우웩!"

약품으로 표피가 약해져 있었는지 꺼내다가 검은 벌레를 으스러뜨리고 말았다. 손바닥에 노란색 점액이 쏟아진다. 기분 나쁘다. 벽에다 손을 문질러 닦았지만 아직 냄새는 남아 있다.

씻어내기 위해 우물로 향하려던 순간 눈앞을 벌레가 가로질렀다. 한 마리가 아니다. 같은 벌레가 계속 늘어나고 있다. 정신을 차려보니 수십 마리나 되는 벌레가 몰려들어 있었다.

"이봐, 매쉬. 이게 뭐야?!"

"우옷, 이 자식들, 저쪽으로 가!"

혹시 이 녀석들은 동족의 체액에 몰려드는 습성이 있는 건가?

"얼른 어떻게 해봐!"

"지금 하고 있어!"

벌레 시체는 집밖으로 내던졌지만 체액 냄새가 내 손에 묻어 있는 탓에 아직도 몰려온다.

"어쩔 수 없군."

앨윈은 나에게서 집 열쇠를 빼앗더니 그대로 안으로 들어가 버렸다. 믿기지 않게도 열쇠까지 채워버린다.

"이봐, 앨윈, 문 좀 열어줘!"

"그 벌레를 어떻게 하기 전에는 들어오지 마!"

문 너머로 공주기사님의 질타가 날아왔다.

그후 몇 번을 씻어도 냄새는 사라지지 않았고 결국 벌레가 사라진 것은 밤이 깊어진 후였다.

브래들리 녀석, 이런 묘한 것을 주다니. 두고보자.

소개가 늦었지만 내 이름은 매쉬.

과거엔 '자이언트 이터'라 불리던 모험자였다. 이런저런 일들로 힘을 잃어버리고 방랑 끝에 이 '그레이 네이버'까지 흘러들어 왔다.

지금의 나는 공주기사님의 기둥서방이자 '생명줄', 그리고 가끔은 공주기사님의 해가 되는 녀석들의 목을 조르는 밧줄이기도 하다.

제1장 공주기사의 결단

모험자 길드 2층에서 오늘도 덥수룩한 수염을 가진 드워프, 데즈의 이야기 상대를 해주고 있었다. 보통은 시덥잖은 이야기를 하지만 가끔은 진지한 이야기를 할 때도 있다.

"저기 말야, 데즈. 너 현역으로 복귀할 생각은 없는 거야?"

데즈가 앨윈의 파티에 들어와준다면 듬직할 것이다. 실력도 경험도 완벽하고, 무엇보다 사모님 일편단심이기에 어딘가의 랄프 도련님처럼 앨윈에게 추파를 던질 일도 없다.

"없어."

"그렇군."

이 대화는 이것으로 끝이다. 밑져야 본전으로 물어봤을 뿐 강요할 생각은 없다.

"왜 이제 와서 그런 이야기를 하는 거지?"

이번엔 데즈가 수상쩍다는 듯 물어왔다.

"우리 공주기사님의 심기가 언짢아서 말야."

최근 여러 모험자들이 잇달아 이 도시를 찾고 있다. 당연히 목적은 세계최후의 '미궁'인 '천년백야'다. 대부분은 양아치나 다름없는 잔챙이지만 개중에는 실력 좋은 녀석들도 있다.

검과 창의 이도류를 쓰는 '렉스'를 필두로 한 '크류사오르(황금 검사)', 마술사 '마렛 자매'가 이끄는 '메듀사(뱀의 여왕)', 도적 출신의 척후 '닉'이 있는 '아르고(황금양 탐험대)' 같은 유명한 녀석들이 계속해서 '미궁'을 돌파해 가고 있다.

그에 비해 앨윈이 이끄는 '이지스(전여신의 방패)'는 전력부족으로 얕은 계층에 계속 묶여 있는 실정이다. 나중에 온 녀석들에게 추월당하고 있으니 심기가 불편해지는 것도 당연지사. 조국 재건을 목표로 하는 그녀에게는 미궁 최심부의 '성명결정'이라는 만능 물질이 필요하기 때문이다.

"신입 멤버가 온다고 하지 않았나?"

"원래는 진작에 도착해야 했는데, 날씨가 험하니 뭐니 도착이 늦어지고 있어."

안 그래도 몇 달씩 걸리는 거리인데, 이쪽 사정은 요만큼도 개의치 않는다. 이런 때까지 발목을 잡다니, 더러운 태양신 놈.

"그렇게 소중한 걸 가지고 놀아도 돼?"

그 말을 듣고서야 자신이 '템포러리 선'을 가지고 놀고 있다는 것을 깨달았다.

"그건 네 생명줄 아니었나?"

"생명줄? 전혀 그렇게 생각 안 해."

"요전번에 그 녀석 덕분에 목숨을 건졌다면서?"

데즈에게는 이게 '태양신'으로부터 유래한 신기라는 것을 알려둔 상태다. 어쩌면 이것으로 일시적이나마 데즈의 '저주'도 풀리지 않을까 싶어서 비춰봤는데, '눈부시잖아, 얼간아'라며 얻어맞았을 뿐이다.

그리고 죽은 줄 알았던 롤랜드가 태양신의 똘마니, 아니 '전도사'로 부활해서 그 녀석과 한바탕 싸웠다는 것과, 이 도시에서 무언가를 꾸미고 있다는 것도 일단은 전해두었다. 전하지 않은 것도 많지만.

"네 이야기를 듣고 맘에 걸린 게 있는데."

데즈치고는 드물게 진지한 얼굴로 말했다.

"혹시 그것은 네 전용 신기 아냐?"

"무슨 소리야?"

"'저주'의 조건 중 햇빛과 관계 있는 것은 너뿐이야."

"하지만 이것은 나 외에도 쓸 수 있는데?"

나에게 준 바네사도 쓴 적 있고, 데즈에게도 요전번에 쓰게 해봤는데 문제 없이 빛났다.

"태양신이 '수난자'인지 뭔지를 위해 '저주'를 여기저기 뿌리고 있다면 똑같은 '저주'에 당한 녀석도 있을 거 아냐. 너처럼 햇빛 아래에서만 힘을 쓸 수 있도록 만든 녀석들."

비슷한 타입의 '수난자'용이라는 말인가? 데즈치고는 날카롭다. 그렇게 생각하면 일정시간 밖에 쓰지 못하는 신기라는 점에서 근성이 똥색인 태양신답긴 하다.

"그럼 너나 다른 녀석들에게 맞는 신기도 세계 어딘가에 있다는 말이겠네?"

"그럴지도."

"녀석들이 어디 있는지 혹시 알고 있어?"

"'대장'은 동쪽에서 모험자 길드 마스터를 하고 있다고 들었지만 다른 녀석들은 감감무소식이로군."

"나도 그래."

나 말고도 '밀리언즈 블레이드'의 면면은 이것저것 원한을 많이 샀다. 너무 유명해진 탓에 이런저런 말썽에 자주 말려들었기 때문이다. 죽임을 당할 만한 녀석들은 아니니까 어딘가에서 적당히 잘 살고 있겠지.

"그래도 조금의 정보라도 알게 되면 알려줘."

솔직히 녀석이 쓴 시나리오대로 움직이고 있는 것 같아서 부아가 치밀지만, 가지고 있는 무기는 많을수록 좋다. 확보해두면 여차할 때 전력이 될 수 있을 것이다.

"아무튼 롤랜드의 말이 사실이라면 이 도시에 '전도사'가 또 올지 몰라. 발견하면 바로 죽여. 약점은 목이야. 잘라버리든지 뽑아버리면 돼."

내가 대담하고 치밀한 작전을 지시하고 있을 때 아래층에서 큰 소리가 났다. 뒤를 이어 환성과 술렁거림. 아무래도 1층이 소란스럽다. 또 멍청한 모험자들이 술 쳐먹고 날뛰고 있는 건가?

"한가로운 녀석들이군. 야, 얼른 가서 네 직무를 수행해. 일하란 말야, 게으른 녀석."

데즈가 떨떠름한 얼굴로 무언가 말하려고 했을 때 계단을 뛰어오르는 소리가 났다. 그리고 누군가가 문을 두드렸다.

"큰일 났어, 데즈 씨!"

들어온 것은 에이프릴이었다. 길드 마스터의 손녀로, 가끔 길드 직원 흉내를 내고 있다.

"아래 광장에서 지금 마물이 날뛰고 있으니까 바로 와줘!"

절박한 얼굴로 데즈의 팔을 잡아당긴다. 데즈의 눈빛이 변했다. 벽에 세워두었던 도끼를 손에 들고 아래층으로 향한다. 에이프릴은 그 등을 떠밀면서 연신 재촉했다. 나도 그 뒤를 따른다.

"'미궁'에서 고블린이라도 튀어나온 거야?"

모험자 길드는 '미궁' 출입구 바로 앞에 있다. 여느 때는 두꺼운 벽으로 막혀 있지만 가끔 고블린이나 코볼트 같은 잔챙이들이 뛰쳐나올 때가 있다.

내 물음에 에이프릴은 그런 녀석들이 아니라며 고개를 저었다.

"아까 모험자가 길드에 가져온 마물이 부활해서…."

1층에 내려온 순간, 이야기를 차단하듯 밖에서 사람이 날아왔다. 우연히 진로 상에 있었던 길드 직원과 뒤엉킨 채 굉음과 함께 카운터에 충돌한다. 죽지는 않은 것 같지만 완전히 정신을 잃었다. 돌아보니 문밖에서 인간의 얼굴을 가진 거대한 사자가 포효를 내지르고 있었다.

만티코어인가.

인면사자체의 마물로, 털은 황혼처럼 불길한 검붉은색이고 꼬리 끝에는 무수한 독침이 있다. 체격도 내 두 배 가까이 된다.

"말도 안 돼, 녀석은 분명히 죽었을 텐데…."

믿기지 않는다며 카운터 옆에서 젊은 전사풍 남자가 고개를 저었다. 바보가 또 속아넘어갔군. 만티코어는 교활해서 죽은 척하는 연기 정도는 식은죽 먹기다.

만티코어는 모피와 내장이 비싸게 팔린다. 해체할 시간도 아깝다 싶어, 그대로 '운반상'에게 옮기게 한 게 쓸데 없는 짓이었던 모양이다.

만티코어는 가슴과 등, 다리가 검붉게 물든 상태에서도 으르렁대는 소리를 내며 물어뜯을 기세로 주위 모험자들을 위협하고 있었다. 다친 만큼 더 흉포해져 있다. 시내에서 날뛰면 성가셔진다.

"데즈, 네가 나설 차례야."

"음."

도끼를 어깨에 짊어지고 밖으로 향한다.

그 옆을 일진의 바람이 스치고 지나갔다.

젊은 여자다. 나이는 앨윈과 비슷한 또래일 것이다. 목덜미 부근에서 자른 검은 머리에, 파랗고 작은 눈. 붉은 기운이 도는 검정색 망토와 가죽 갑옷. 손에 낀 검은 장갑은 체격에 어울리지 않을 만큼 크다.

이 도시 모험자는 대부분 알고 있는데 처음 보는 얼굴이다.

여자는 달리면서 검은 구슬을 꺼내더니 만티코어를 향해 집어던졌다. 검은 구슬이 만티코어의 꼬리에 의해 가볍게 튕긴 순간 구슬 틈새로 회색 연기가 기세 좋게 뿜어져나왔다.

'연막구슬'인가.

연막이 만티코어의 시야를 차단했다. 여자는 도약과 동시에 장갑에서 큼직한 칼을 뽑았다. 밀낫 같은 그것을 높이 치켜들고 만티코어의 꼬리를 뿌리 부분에서 잘라낸다.

피보라와 요란한 절규가 터졌다.

몸부림치면서도 만티코어는 투지와 분노를 불사르고 있었다. 이빨을 드러내고 흙먼지를 피어올리며 여자에게 돌진한다. 맞으면 지붕 위까지 날아갈 듯한 기세였지만 여자는 오히려 만티코어를 향해 달렸다. 충돌하기 직전 오른쪽으로 피하면서 만티코어의 앞다리를 발판 삼아 단숨에 그 등으로 뛰어올랐다. 거대한 등에 올라타더니 칼날을 만티코어의 등에 꽂자 사자의 거대한 몸이 비명과 함께 몸을 뒤로 젖혔다.

만티코어는 그녀를 떨쳐내려다 자세가 무너져 얼굴부터 땅바닥에 처박혔다.

여자는 그전에 뛰어내렸지만 만티코어의 등에서는 피가 분출되었다. 상당히 심한 상처인 듯 몸부림치면서 날뛴다. 으르렁대는 소리를 내며 그 자리에서 이리저리 뒹굴다가 뒷다리로 절단된 꼬리를 걷어차 날렸다. 독침이 달린 꼬리는 멀리서 지켜보고 있던 길드 직원들 머리 위로 날아갔다.

"위험해!"

누군가가 소리쳤다. 다들 허겁지겁 도망쳤지만 달리다 넘어진 백발의 할아버지가 그 자리에 홀로 남겨졌다. 꼬리와 함께 머리 위로 떨어지는 독침을 보고 비명을 지르며 고개를 돌린다. 당장이라도 노인을 꿰뚫을 것 같던 순간, 옆에서 미끄러져 들어온 칼날이 그것을 튕겨냈다.

"괜찮으신가? 어르신."

늠름한 목소리가 들렸다.

환성이 터졌다.

궁지를 구한 것은 '진홍의 공주기사' 엘윈 메이벨 프림로즈 맥터로드. 우리의 아름다운 공주기사님이었다. 뒤에는 다른 '이지스' 멤버들도 있다. 방금 '미궁'에서 돌아온 듯하다.

"예, 물론입니다요."

엘윈이 손을 내밀자 할아버지는 무릎을 꿇으며 넙죽 절했다.

"이곳은 위험하니까 어서 숨으시길."

엎드려 있는 할아버지에게 충고한 후 만티코어에게 달려간다.

"다쳤다고는 해도 방심하지 마. 다들 조심해!"

엘윈의 지시에 다른 멤버들도 돌격했다.

그 머리 위로 검은 그림자가 드리워졌다.

"핫!"

아까의 여자가 앨윈 일행의 머리 위를 뛰어넘어 만티코어의 이마에 칼날을 쑤셔박았다.

붉은 사자의 몸이 경련하며 옆으로 쓰러진다. 검은 눈동자가 감기더니 그대로 움직이지 않게 되었다.

박수갈채가 터졌다.

물론 칭찬을 받는 것은 우리들의 공주기사님이 아니라 그 왜소한 여자였다.

"굉장해, 저 사람. 저렇게 큰 마물을 혼자서 해치워버렸어."

에이프릴이 눈을 빛내며 떠들었다.

여자는 마음에 두는 기색도 없이 칼날을 장갑에 수납하려 하다가 품속에 있던 금속 플레이트를 떨어뜨렸다. 모험자 길드의 조합증이다. 조합증에는 랭크에 따라 별이 새겨지는데, 여자의 조합증에는 하나도 새겨져 있지 않았다.

그렇다면 갓 등록한 신인이라는 말인가?

하지만 실력은 어제 오늘 시작한 초짜가 아니었다. 마물 상대로 상당한 경험을 쌓은 듯하다. 용병이나 사냥꾼이 모험자로 전직한 것이리라. 모험자 등록을 하지 않으면 '미궁'에는 못 들어가니 말야.

"제법이로군."

데즈가 뒤늦게 와서 잠꼬대 같은 소리를 했다.

"너, 지금까지 뭘 하고 있었던 거야?"

데즈가 턱으로 가리킨 곳에는 포박된 모험자가 여섯 명. 만티코어를 반입한 장본인도 있었다. 혼란을 틈타 얼렁뚱땅 도망치려고 했기에 붙잡았다고 한다. 여자의 실력을 꿰뚫어봤기에 아무 말 없이 범인 확보에 전념한 것이리라.

그후 데즈는 직무 재개라는 듯 쓰러져 있는 녀석들을 끌고 광장 너머로 사라져갔다. 혼쭐을 내주려는 거겠지. 에이프릴도 따라가려 하는 걸 보고 옷깃을 붙잡아 말린다.

"여기서부터는 어른의 영역이니까, 너는 집에 돌아가서 과일 케이크라도 먹고 있어."

"어린애 취급하지 마."

그런 식으로 발끈하는 게 어린애라는 증거야. 한편 그 신인 모험자는 구경꾼들에게 둘러싸인 듯했다.

"굉장하네, 아가씨. 정체가 뭐야?"

"우리 파티에 안 들어올래?"

칭찬과 권유를 무시하고 여자는 무언가를 발견한 듯 달려나갔다. 먼지를 털어내고 머리카락을 다듬더니 종종걸음으로 가서 앨윈 앞에 무릎을 꿇었다.

"왕녀 전하, 이렇게 알현하게 되어서 영광이옵니다."

"전하는 됐어, 노엘. 여기서는 신하의 예를 갖출 필요도 없고 말이지."

앨윈은 노엘이라 불린 여자를 일으켜세우더니 자상한 얼굴로 포옹했다.

"설마 그대가 와줄 줄은 생각지도 못했군. 또 실력이 늘어난 것 같구나."

"방금 모험자 등록을 끝마쳤기에 언제든 '미궁'에 동반할 수 있습니다. 원하신다면 지금부터라도."

"그렇게 서두를 것 없어."

콧바람이 거세다. 신발에 키스라도 할 것 같은 기세에 앨윈도 쓰게 웃었다.

"어릴 적 공주님을 모셨던 저에게 맡겨만 주시길. 대원성취를 위해 신명을 다해서 백부님 대신 지휘봉을 휘두를 생각입니다."

"믿고 있을게."

예, 라며 노엘은 큰 소리로 대답했다.

"긴 여행으로 피곤할 테니 오늘은 느긋하게 쉬도록 해. 이야기도 듣고 싶군."

"그럼 저택까지 함께 하겠습니다. 시녀든 하인이든 맡겨만 주세요!"

"그럴 것까진 없어."

앨윈은 난처한 표정을 지었다.

"놀러 온 게 아니니까 시녀도 하인도 두고 있지 않아. 나도 내 일은 모두 나 혼자서 하고 있고 말야."

나도 모르게 웃음이 터지고 말았다. 며칠전 그녀를 위해 요리를 해준 것도, 빨래꾼에게 빨래를 가져다준 것도, 방을 청소한 것도 전부 내 망상이었던 것 같다.

웃음을 삼키고 있자니 앨윈이 사납게 노려보았다. 내 모습을 본 모양이다. 물론 괜히 진실을 나불대서 공주님의 체면을 훼손시킬 생각은 없다. 나는 웃는 얼굴로 다가가서 말을 걸었다.

"혹시 그 애가 전에 말한 새 멤버야?"

"그래, 노엘이라고 해. 아직 젊지만 실력은 있지."

자랑스런 가신인지 앨윈은 가슴을 펴며 말했다.

"루스터 경의 조카이기도 해."

"아, 그 나이 먹은 기사님의? …좋은 사람이었지."

앨윈을 짝사랑한 나머지 모험자를 고용해서 나를 죽이려 했지만서도.

노엘에게 있어서는 외가쪽 백부에 해당된다고 하는데, 무슨 까닭인지 사나운 얼굴로 나를 응시하고 있다.

"당신은?"

"나는 매쉬. 뭐 관계자라고 생각해줘. 모험자는 아니지만 지원 전반을 맡고 있다고 할까."

기둥서방이라고 하면 일이 복잡해질 것 같았기에 지금은 비밀로 해두기로 했다. 조만간 친절한 누군가가 가르쳐주시겠지.

"네 백부님과는 꽤 사이가 좋았어. 스트립쇼에 데려가면 환장을 하면서 무희의 속옷에 금화를 넣어주곤 했었지."

"너랑 똑같이 취급하지 마."

앨윈이 옆구리를 찔렀다. 나는 그렇게 많이 안 줘. 기껏해야 동화라고.

"당신이…."

노엘의 눈이 가늘어졌다. 푸른 눈동자에 사나운 살기가 서려있다.

"혹시 백부님한테 무슨 말이라도 들은 거야? 내가 가르쳐 준 창관이 무허가 바가지였다든지. 그건 나도 잘못했다고 생각해. 다음에 사과 편지를 보내둘게. 그리고 그쪽 병에 잘 듣는 약도."

헛소리라고 생각했는지 노엘의 시선은 차가워질 뿐이었다.

"됐으니까 너는 먼저 돌아가 있어."

앨윈에게 등을 떠밀려 길드 부지에서 쫓겨났다. 돌아보니 노엘이 무서운 눈으로 노려보고 있었다. 얼굴은 전혀 안 닮았지만 묘한 부분에서 백부님을 쏙 빼닮았다.

하지만 눈치 못 채고 있는 건가? 뒤에 있는 세 사람이 너 또한 무서운 눈으로 노려보고 있다는 걸.

어쩌면 동정 성기사님과 마찬가지로 무언가 안 좋은 일을 꾸밀지도 모르겠다고 생각하고 있을 때, 다음날 그녀가 빨리도 집을 찾아왔다. 무슨 이유에서인지 랄프까지 함께다.

"앨윈이라면 집에 없는데 들어올래? 저녁쯤엔 돌아올 텐데."

"당신한테 할 이야기가 있습니다."

그렇게 말하고 집으로 들어왔기에 노엘과 마주보고 앉았다. 랄프는 노엘 뒤 벽가에 서 있다. 예의상 의자도 권했지만 무시당했다.

용건을 묻자 노엘은 테이블 위에 돈이 든 주머니를 올려놓았다.

"금화로 50개입니다. 이것으로 공주님과 헤어진 후, 당장 이곳을 떠나세요."

마른 웃음이 흘러나왔다.

"이걸 말하기 위해 일부러 이 도시까지 온 거야?"

"백부님에게서 당신에 대한 건 들었습니다."

"삼국 제일의 미남이라고?"

"방심할 수 없는 남자라고, 결코 말투와 태도에 속으면 안 된다고요."

아무래도 자신의 치부는 감춘 채 조카한테 이것저것 불어넣은 모양이다. 쪼잔하기는. 다만 내 비밀은 지켜줄 생각인 듯하다. 뭐, 그렇게나 위협했으니 말야.

"이 사실을 앨윈도 알고 있어?"

"모든 책임은 제가 집니다."

여기서 당연하죠 라고 말하지 않는 걸 보니 그나마 솔직하군.

나는 성대하게 한숨을 쉬었다.

"…낙담이야. 실망했어."

"당신이 뭘 기대하고 있었는지는 모르겠습니다만 저는…."

"너 말고 뒤에 있는 도련님 말야."

턱을 까딱해서 가리키자 랄프가 얼굴을 찡그렸다.

"만난 지 얼마 되지도 않는 아가씨에게 편승해서 이런 시덥잖은 짓을 꾸밀 줄은 생각지도 못 했어. 목숨을 걸고 악당에게서 나를 구해준 그날의 랄프는 어디로 가버린 거지?"

"너를 위해서가 아니라 공주님을 위해서였어!"

진심으로 싫은 듯 말하고 있다.

"…무엇보다 너는 너무 수상해."

그 목소리에는 두려움이 서려 있었다.

"평소엔 모험자들에게 두들겨 맞고 있고, 어린애와 팔씨름해서 졌다는 소문까지 들었는데, 그런 네가 린트부름의 돌진을 혼자서 막아내다니 비상식적인 것에도 정도가 있어. 너같이 수상한 남자를 공주님 곁에 더 이상 둘 수 있을 것 같아?"

아아, 요전번 소동때 말이지? 순간적으로 일어난 일이라 얼버무릴 여유도 없었다.

"그건 위험할 때 발휘되는 초인적인 힘 같은 거였어. 다시 한번 하라고 하면 못 해."

"……."

"믿기지 않는다는 얼굴이네. 슬퍼, 사랑 고백까지 한 사이인데."

"네가 멋대로 지껄였을 뿐이잖아! 애초에….''

"어찌됐건!"

샛길로 빠진 이야기의 흐름을 노엘이 되돌렸다.

"당신한테 선택지는 없으니까, 닥치고 여기에 사인하시길."

그녀가 돈 주머니 옆에 종이와 펜을 놓았지만 읽을 생각은 요만큼도 없었다. 어차피 앨윈에게 다시는 접근하지 않겠다는 서약서일 것이다.

"거절하겠어. 얼마 안 되는 위자료보다 앨윈과 함께 사는 편이 여러모로 돈벌이가 되거든."

"빈 몸으로 쫓아낼 수도 있다고요. 당신 같은….''

"더러운 기둥서방이 공주님 곁에 있는 건 생각만 해도 신물이 난다는 거지?"

노엘이 의아한 듯 미간을 좁혔다. 딱히 마음을 읽은 것은 아니다.

"너와 완전히 같은 소리를 한 녀석이 있었거든. 라토비치 루스터라고 수염이 잘 어울리는 아저씨였는데, 앨윈과 함께 살기로 한 그날 밤 바로 찾아왔었지. 너와의 차이는 앨윈이 있는 곳에서 당당하게 말했다는 거려나?"

게다가 기나긴 설교까지 늘어놓은 탓에 그날은 수면부족이었다.

"……."

"아아, 미안. 비꼴 생각은 아니었어. 네 쪽이 더 좋은 부분도 있어. 너는 금화 50개였지만 백부님은 30개밖에 안 가져왔거든. 쪼잔하지?"

"백부님에 대한 모욕은 용서 못 해요."

노엘의 손가락이 약간 가슴 쪽으로 움직였다. 품속에 감춘 나이프라도 꺼낼 생각인가?

"그래그래, 알았어. 쓰면 되지?"

난도질 당하는 취미는 없기에, 한숨을 쉰 후 펜을 집어들고 슥슥 써서 넘긴다. 랄프가 힐끗 보더니 얼굴을 새빨갛게 물들이며 서약서를 테이블에 내리쳤다.

"뭐야? 이게!"

"아아 미안. 잘못해서 네 이름을 써버렸네. 하지만 철자는 안 틀렸지? 잘 봐, 쓰여 있잖아? '빌어먹을 놈'이라고 말야."

"웃기지 마!"

마침내 검을 뽑아 내 코끝에 들이댄다. 성미 급한 녀석이로군.

"아무래도 좋지만 나를 벤 후의 뒷처리는 네가 해줄 거야? 설마 앨윈에게 시킬 생각은 아니겠지?"

그렇게 협박하자 도련님은 꿀꺽 침을 삼켰다. 이런 걸로 쫄 거면 애초에 검따윌 뽑지 마.

"아무튼 대답은 노야. 앨윈은 나를 필요로 하고 있고, 나도 헤어질 생각은 없어. 그래도 나를 죽이겠다고 하면 좋을 대로 해봐. 다만 그럴 경우 너희들의 공주기사님이 조금 난처해질 거야. 아마, 이 도시에 있을 수 없게 되겠지."

"비열한 놈."

랄프는 화가 치미는 듯 혀를 차고 검을 거두었다.

나를 죽이면 앨윈의 추문이 퍼지도록 손을 써두었다고 착각한 것이리라. 물론 그런 일은 절대 있을 수 없지만.

"좋아요. 오늘은 이만 물러나도록 하죠."

잠시 생각한 후에 노엘이 일어섰다. 허세일지 모르지만 가능성이 있는 이상, 섣불리 손은 댈 수 없다고 생각한 것이리라. 나를 고문한다고 해도 앨윈이 돌아올 때까지 실토할지 어떨지 알 수 없는데다 집을 피로 더럽히게 된다. 계획을 다시 짜는 게 좋을 거라 판단한 거겠지만, 금화까지 꼼꼼하게 챙기고 있다. 그것은 놓고 가도 되는데.

"충고 하나 할게."

노엘이 밖으로 나가려고 할 때, 뒤에서 말을 걸었다.

"네가 이 도시에 온 것은 앨윈을 돕기 위해서지? 나 같은 것에 집착하는 것보다 좀더 주위를 살피는 게 좋을 거야. 실력만으로 돌파할 수 있을 만큼 '미궁'은 호락호락하지 않으니까."

길드에서의 싸움을 보건데 움직임도 좋고 단련도 되어 있다. 실력만으로는 백부님보다 위일 것이다. 하지만 그것뿐이다. 그녀는 라토비치가 될 수 없다.

노엘은 힐끔 쳐다본 후, 아무 말 없이 밖으로 나갔다.

"너도 마찬가지야, 랄프."

말이 나온 김에 도련님 쪽에도 고마운 조언을 해주었다.

"자신의 머리로 생각하지 않는 모험자는 오래 살지 못하니까 좀더 생각하고 행동하도록 해."

나로서는 이 녀석이 비명횡사하든 어쩌든 알 바 아니지만 이런 녀석이라도 일단 '이지스'의 동료니 말야. 죽으면 자비심 많은 앨윈이 슬퍼할 것이다.

랄프는 코웃음 치고 난폭하게 문을 닫았다. 무례한 녀석이다. 앨원한테 일러버릴 테다.

저녁이 되어 앨윈이 돌아왔기에 곧바로 일러바쳤다.

"난처한 일이로군."

앨윈이 미간을 좁혔다.

"그렇지? 나로선 도련님따윈 얼른 내쫓아버리고 좀더 실력 있는 녀석을 넣는 게 좋다고 생각하는데."

"내가 말하는 것은 노엘이야."

지친 얼굴로 의자에 앉는다. 나는 그녀 앞에 녹색 약초차를 내밀었다. 불에 구운 약초에서 뽑아낸 즙이다. 마시기 쉽도록 벌꿀도 섞어두었다.

"그 애는 세상물정에 어둡거든."

"너보다도?"

"나보다도."

노엘의 아버지는 맥터로드 왕국에서 손꼽히는 무인으로, 변경 경비를 맡고 있었다. 산 깊은 곳에 있는 요새에서 마물 상대로 계속 싸워왔다고 한다. 그녀도 그곳에서 나고 자랐다.

"딸이라 싸움에는 참가하지 못하는 대신, 요새에 출입하던 척후와 사냥꾼들에게 싸움을 배웠다더군."

그들에게는 단순한 시간 때우기였겠지만 노엘에게는 재능이 있었기에 시간이 지남에 따라 어엿한 전사로 성장해갔다. 짐승처럼 산속을 뛰어다니며 마물을 해치웠다.

"어릴 때부터 마을과 떨어진 곳에서 싸움만 한데다 같은 또래의 친구도 없었어. 그 때문인지 대화할 때도 상식에서 벗어난 구석이 있었지. 인간관계도 서툰 것 같고."

"그런 것 치고는 너를 잘 따르는 것 같던데."

"시찰을 위해 몇 번인가 아버지와 함께 요새를 방문한 적 있는데, 그때 서로를 알게 되었어. 처음에는 승부를 걸어왔지만 내가 이긴 후로는 계속 저런 태도였군."

그후 앨윈과는 편지를 자주 주고 받았다고 한다. 왕국 붕괴 후에는 백부인 라토비치의 명령으로 멸망한 왕국 이곳저곳을 돌아다니며 마물 토벌과 유품 회수 등을 맡고 있었다. 그러다 이번에 백부님의 구멍을 메꾸기 위해 '그레이 네이버'까지 온 셈이다.

"일단 노엘과 랄프에게는 내 쪽에서 잘 말해둘 테니까 너도 신경쓰지 마."

"알았어."

대답을 하자 앨윈은 머리에 손을 얹으면서 씁쓰름한 얼굴로 중얼거렸다.

"…그나저나 노엘이 참…."

"그 조카때문에 뭐 안 좋은 일이라도 있어?"

"아, 아니. 노엘 자체는 문제가 없어. 실력은 너도 본 대로이고, 성실한 아이니까 분명 '미궁' 공략에도 도움이 돼주겠지. 틀림없이 전력이 될 거야."

앨윈은 조바심을 내며 노엘을 변호했다. 그게 내 눈에는 스스로를 타이르고 있는 것처럼 보였다.

그날밤 나는 모험자 길드 근처 술집에서 세 명의 남녀와 술을 마시고 있었다.

"그래서 어때? 앨윈의 상태는."

두 잔째의 술을 따르자 서른 넘은 남자가 또냐? 라는 얼굴로 술 냄새 나는 트림을 했다. 회색 머리카락을 짧게 깎은 말대가리상이지만 체격은 좋다. 키는 나보다 작지만 어깨 폭은 상당하다.

"변함 없어. 여느 때와 같아. 다만 조금 신경질적이라는 느낌은 있군. '미궁' 공략이 잘 진척되지 않아서겠지."

전사 버질이다. 맥터로드 왕국 출신으로 다른 나라에서 모험자를 하고 있다가 라토비치의 권유로 파티에 참가했다. 나름 경험도 풍부하고 체력도 있기에 의지가 되는 건 틀림 없다.

"그것때문이 아니라 신참자들이 설치고 있어서 그래요."

옆에서 끼어든 것은 녹색 코트를 입은 청년이었다.

"특히 마렛 자매의 파티가 최악이에요. 자신들이 '천년백야'를 공략한다며 여기저기서 난리를 피우고 있거든요. 어디 문파인지 모르겠지만 제자의 교육이 되먹지 않았어요."

상기된 얼굴로 깎아내리면서 투덜댄다. 스물넷이라고 들었지만 둥글둥글한 녹색 눈에 가지런히 깎은 앞머리는 나이보다 동안으로 보이게 한다. 목소리도 어린애같기에 더욱 그렇다. 마술사 크리포드다.

마술사는 폐쇄적인 녀석들이다. '일문'이라는 유사가족을 만들고, 그 안에 들어온 녀석에게만 마술을 가르쳐준다. 그런 만큼 사제 관계는 절대적이었다. 크리포드는 열네 살때 제자로 들어가 마술을 배웠는데, 파티에 참가한 것도 라토비치의 지인인 스승의 추천이라고 한다.

"앨윈 님은 꾹꾹 참아두는 경향이 있어서 걱정이야. 무리하지 않았으면 좋겠는데."

긴 은발의 여자가 그렇게 말하고 와인을 들이켰다. 20세 전후로 보이지만 정확한 나이는 불명이다. 회색 로브를 걸치고 있고 떡갈나무 지팡이를 의자 옆에 세워두고 있다. 가느다란 눈의 미인이긴 하지만 가냘픈 몸에 인공물 같은 얼굴은 내 취향이 아니다. 힐러인 세라피나였다.

마술사 중에서도 회복마법을 쓰는 일문은 예외적으로 누구나 받아들이는 적극적인 제자 모집책으로 융성을 자랑하고 있다. 모험자에게 있어 힐러는 생명줄이기에 솜씨 좋은 힐러는 어느 파티에서든 좋은 대우로 받아들여진다.

원래는 소속이 없는 힐러였지만 라토비치의 눈에 들어 맥터로드 왕국 기사단의 원정에 참가했고, 그곳에서 앨윈을 알게 되어 신세를 졌다고 한다. 그후 왕국 붕괴와 '미궁 공략' 소문을 듣고 라토비치의 추천으로 파티에 지원했다.

'진홍의 공주기사' 앨윈과 전사 버질, 마술사 크리포드, 힐러 세라피나, 거기에 랄프를 추가한 것이 현재 '이지스'의 멤버다.

나는 때때로 정보수집을 겸해 이 녀석들과 커뮤니케이션을 하고 있다. 내가 '미궁'에 들어가지 못하는 이상, 앨윈을 지킬 수 있는 것은 이 녀석들뿐이다. 어떤 녀석들인지, 실력은 어느 정도인지, '미궁' 안에서 앨윈의 상태는 어떤지, 조금이라도 알아두고 싶다. 이렇게 셋이 함께 마시기도 하지만 둘이서만 술을 마시는 일도 있다.

마신 적이 없는 것은 랄프뿐이다. 녀석은 몇 번을 권유해도 거절한다.

"그나저나 걱정도 팔자네. 그렇게 걱정되면 너도 따라오는 게 어때?"

"마음이 내키면 말야."

버질의 농담을 나는 웃으며 흘려넘겼다.

"매쉬의 실력으로는 고블린 상대로도 이길 수 있을지 어떨지."

"하지만 따분하지는 않을 것 같아. 휴식할 때라든지는 좋을 것 같은데."

클리포드와 세라피나도 가세했다. 놀리는 듯한 어조에서 나를 무시하고 있다는 게 뻔히 드러나지만 별 상관없다.

공주기사님에게 기생하는 성가신 기둥서방으로 배척되는 것보다는 낫다. 함께 술을 마시는 것은 그렇게 여겨지지 않기 위한 예방책이기도 했다. 어딘가의 백부님처럼 나를 제거하려 하지 않고 진지하게 '미궁' 공약에 임해준다면 그것으로 만족이다.

"그보다 그 애를 어떻게 생각해? 노엘 말야. 보기에는 상당한 실력자 같던데."

그 순간 분위기가 약간 긴장되는 것을 나는 놓치지 않았다.

"확실히 실력은 있는 것 같더군. 체격은 작지만 전력은 될 수 있겠지."

"그렇군요. 적어도 마물 상대의 싸움은 거의 만점이라 해도 지장은 없을 거예요."

버질과 크리포드가 줄지어 평했다.

"앨윈 님과 오랫동안 알고 지낸 사이 같으니 신용은 할 수 있지 않을까?"

세라피나도 고개를 끄덕였다.

"그래, 아무튼 루스터 경의 조카님이니 말야. 분명 대활약해주겠지."

그 말을 끝으로 세 사람이 침묵했다. 분위기가 더욱 어색해진다.

"하지만 모험자로서는 초짜고, '미궁'에 들어가는 것도 처음이라 들었는데."

"맞아. 그게 걱정이야."

내가 슬쩍 떠보자 버질이 바로 그거라는 듯 수긍했다.

"거기에 나이도 어리고, 변경에서만 싸워와서 그런지 세상물정을 모르는 것 같기도 해요."

"앨윈 님의 신뢰를 받고 있는 것은 알겠지만 너무 신뢰하는 것도 좀 그렇지 않아?"

세 사람의 대화가 무르익으며 내용은 점차 노엘에 대한 험담으로 변해갔다.

아니나 다를까. 이걸 어떻게 하지? 나는 마음속으로 향후의 대책을 강구하기 시작했다.

다음날 앨윈은 노엘이 합류한 '이지스'의 멤버들을 이끌고 '미궁'으로 향했다. 처음에는 얕은 계층에서 연계를 확인하고, 익숙해지면 새로운 계층으로 향할 예정이라고 한다.

결점은 금방 발견되었다.

"노엘과 다른 사람들의 사이가 좋지 않아."

며칠 후 '미궁'에서 돌아온 앨윈은 아침식사 자리에서 고민을 털어놓았다.

"서로 대화를 나누는 낌새가 없어. 처음에는 이것저것 말을 걸었던 것 같지만 점점 말수가 적어지더니 마지막 날에는 한 마디도 하지 않았다고."

녀석들, 빨리도 행동에 나섰군.

"그뿐만이 아니야. 루스터 경이 빠진 후로 전반적으로 대화가 줄었는데, 최근 '미궁'에 들어가면 분위기가 더 안 좋아진다고 할까 험악해지고 있어. 뭐가 잘못인지 짐작도 안 돼."

테이블에 팔꿈치를 댄 채 머리를 감싸안는다. 정숙하지 못하니까 그러지 마. 밥은 고민하면서 먹는 게 아니라고.

"이유는 단순해."

나는 말했다.

"애초에 '이지스'는 네 파티가 아니었거든."

앨윈이 의표를 찔린 듯 눈을 부릅떴다.

"진짜 리더는 라토비치였어. '이지스'는 그 백부님의 파티였지."

왕국 재건이라는 목적 아래 앨윈이라는 카리스마 밑으로 모인 파티를 효율적으로 운영하기 위한 실무담당자가 라토비치였다.

내가 알기로 세세한 교섭과 물자 보충 같은 잡일은 모두 군사격인 라토비치 주도로 이루어졌다. 앨윈은 방침을 정하고 명령과 호령을 내렸을 뿐이다. 공주님에 경험도 부족하기에 실무를 맡길 수 없다는 것도 있었을 것이다. 실제로 지금 파티 멤버를 모은 것도 라토비치다. 그래서 나는 녀석을 죽이지 않았다. 그럴 수 없었다.

"그래서 1년 전 유괴사건이 일어났을 때도 네 부탁을 들으려고 하지 않았던 거야. 다름 아닌 리더가 반대하고 있었으니 말이지."

세 사람 모두 많든 적든 라토비치에게 은의가 있기에 그의 방침에는 반대하기 힘들었다. 그때의 실망과 무력감을 떠올렸는지 앨윈이 분한 듯한 얼굴을 했다.

"지금까지는 그걸로도 잘 돌아갔어. 그래서 나도 참견은 안 한 거야. 섣불리 손댔다가 엉망으로 만드는 것보다는 나았으니까."

모두가 평등한 파티가 있는가 하면, 한 사람이 강력한 리더십으로 동료를 손발처럼 움직이는 파티도 있다. 중요한 것은 잘 기능하냐 어떠냐이다. 정답은 없다.

"라토비치가 빠진 후로 녀석들은 공석이 된 리더 자리를 노리고 있는 거야. 제2의 라토비치가 되려 하고 있는 거지."

전사 버질은 라토비치가 빠짐으로써 최연장이 되었다. 그런 자신이 리더십을 발휘해야 한다고 생각하고 있다.

마술사 크리포드는 박식하고 지혜가 있는 까닭에 언제나 누군가의 의견에 반대하며 자신의 의견을 관철시키려고 한다.

힐러 역인 세라피나는 멤버 중에서 앨윈과 가장 오래 교류한 탓에 신뢰받고 있는 것으로 우위를 점하려 했지만 노엘이 온 후로는 그 자리를 빼앗길 것을 겁내고 있다.

하지만 그 세 사람으로는 대역을 맡을 수 없다. 동정 성기사님은 그럭저럭 실력이 있고 경험이 풍부한데다 인맥도 넓다. 세상에 대해서도 잘 알고 있었다.

눈엣가시인 기둥서방을 모험자들을 고용해서 제거하려고 할 정도로.

"세 사람의 입장은 거의 대등해. 서로를 견제하면서 그나마 균형을 유지하고 있었는데 그때 조카 아가씨가 온 거야."

신참 주제에, 아직 별도 못 딴 모험자 주제에, 조카라는 이유만으로 라토비치의 후임을 맡으려 하고 있다. 앨윈과 고난을 함께 해 온 녀석들 입장에서는 용납할 수 있는 게 아니었다.

"지금은 아직 어린애 같은 반응으로 끝나고 있지만, 시간이 지나면 더 틀어지게 될 거야. 손을 쓸 거라면 지금이겠지."

잘못하면 파티 내에서 암투도 일어날 수 있다.

"그렇다면 내가 루스터 경처럼 사소한 것에까지 모두 지시를 내리면 되는 건가?"

"그건 관두는 편이 좋아."

나는 고개를 저었다.

"인간에게는 적성이라는 게 있어. 돈 계산이나 상인과의 교섭은 너랑 안 맞아. 전에도 말하지 않았나? 뭐든 혼자서 짊어지지 않는 편이 좋다고."

카리스마가 카리스마일 수 있는 것은 실패하지 않기 때문이다. 익숙치 않은 일에 손을 대면 실수도 늘어날 테고, 역시 자신이 리더가 되어야 한다는 후계자 경쟁만 가속시킬 뿐이다. 그녀에게 요구되고 있는 것은 사무나 돈 계산이 아니라 압도적인 실력으로 맨앞에서 싸우는 것이다.

"그렇다면 어떻게 해야…."

앨윈은 다시 머리를 감싸안고 말았다. 솔직히 말해 조언은 별로하고 싶지 않다. 하지 않는 편이 좋은 것이다. 멤버도 아닌 기둥서방의 발언으로 파티의 방침이 좌우되는 일은 있어선 안 된다. 그게 들통나면 앨윈에 대한 불신과 파티의 분열을 초래할 테니까. 라토비치가 걱정했던 것은 그것이었다. 그래서 나도 모험과 파티 운영에 대한 직접적인 조언은 피해왔다. 하지만 라토비치는 이제 없다. 게다가 다들 선장을 내버려둔 채 '이지스'의 키를 잡으려고만 하지 항해도와 나침반은 보려고 하지 않는다. 이래선 언젠가 좌초해서 침몰하거나 해적선에게 격침당할 것이다.

"…나도 참 글러먹었군."

앨윈은 머리카락을 쓸어올리며 중얼거렸다.

"이래선 '카메론의 거목'은 되지 못할 거야."

"그게 뭔데?"

"성 뜰에 심어 있던 큰 나무야."

맥터로드 왕국 건국기념으로 심어졌기에 수령은 수백 년이 넘고, 매년 봄이 되면 큰 가지에서 흰 꽃을 피운다고 한다. 비가 올 때는 우거진 잎으로 비를 피하게 해주었고, 바람이 불면 굵은 줄기로 바람을 막아주었다. 그러다 추운 겨울이 지나면 다시 꽃을 피운다.

"성 밖에서도 잘 보였기에 백성들도 그 나무에 꽃이 피는 것을 기대하고 있었어. 맥터로드의 상징과도 같은 나무였지."

그리운 듯 먼곳을 바라본다. 그곳에는 분명 과거의 고향이 비치고 있을 것이다.

"나는 '카메론의 거목'처럼 국민을 지키고 사랑받는 그런 사람이 되고 싶었어. 검을 배운 것도 그것을 위해서였고."

"너도 충분히 훌륭해."

앨윈은 고개를 저었다.

"강해지고 싶다는 바람을 담아 여덟 살때 나무 밑둥에 아버지에게서 받은 단검을 묻었어. 10년이 지나 훌륭한 기사가 되면 그 검으로 국민들을 위해 고난을 극복하고 싸우기 위해."

"그후엔 어떻게 됐어?"

앨윈은 자조섞인 표정으로 웃었다.

"그 10년이 되기 전에 마물의 대군이 쳐들어왔어."

맥터로드 왕국은 궤멸. 앨윈은 양친과 고향을 한 번에 잃었다.

"그럼 그 단점은 아직도 나무 밑둥에?"

"마물들에게 짓밟히지 않았다면 그렇겠지. 어릴 적 일이라 너무 깊이 묻지는 못했거든."

"……"

"'카메론의 거목'도 이미 쓰러졌거나 마물들의 먹이가 되었겠지. 최소한 가지 하나라도 챙겨올 걸 그랬어."

"그 뭐시기인가 나무도 처음부터 컸던 것은 아니었잖아. 시간을 들여 천천히 가지를 뻗어간 거니까 너도 그렇게 될 거야."

"그렇게 생각해?"

"그렇지 않다면 이곳에는 안 있어."

"하지만 문제는 바로 눈앞에 있어. 시간도 한정되어 있고. 대체 어떻게 해야…."

다시 앨윈은 머리를 감싸안고 말았다.

어쩔 수 없군. 아름다운 공주기사님은 우울한 얼굴도 아름답지만 보기 딱하니 말야.

이런 주도권 싸움은 용병 시절부터 모험자 시절까지 질리게 보아 왔다. 시덥잖은 암투와 발목잡기에 말려든 일도 있고 대처법과 성 공사례도 경험한 바 있다. 폭력적인 힘만으로 '자이언트 이터'라는 거창한 이름으로 불린 건 아니다.

"리더가 되고 싶다면 시켜주면 돼."

그날 저녁 나는 시내로 나왔다. 앨윈은 또 창관에 가는 거냐고 노려봤지만 목적은 따로 있다. 아니, 진짜라니까.

찾아온 것은 '오양정'이라는 3층짜리 여관이었다. 1층은 술집 겸

식당이고, 2층과 3층은 여관으로 되어 있다. 모험자 길드에서도 가까운 탓에 매일 많은 모험자들이 출입하고 있는데, 앨윈 이외의 '이지스' 멤버들이 묵고 있는 곳도 이곳이다.

우리 공주기사님의 마음을 어지럽히는 얼간이 3명, 덤으로 랄프에게도 설교를 해주고 싶은 대목이지만 오늘 목적은 별개다. 아래층 식당에서 시간을 때울 겸 한 잔 하고 있자니 찾고 있던 사람이 바로 나왔다. 당연하지만 커다란 장갑과 망토 같은 장비는 벗고 있는 상태다.

"여, 노엘."

밑에 내려온 걸 보고 말을 걸자 노골적으로 싫은 듯한 얼굴을 했다.

"저녁 먹으러 온 거지? 너와 친목을 겸해 식사라도 어떨까 해서 말야. 내가 살게."

"거절하겠습니다."

쌀쌀맞게 말하고 돌아가려 한다. 차갑기는.

"에이, 그러지 마. 나도 너희들과는 사이좋게 지내고 싶어서 그래. 그래서 다른 녀석들과는 자주 마시고 있고, 백부님과도 단둘이서 마신 적 있다고."

이건 사실이다. 한 잔만 마시고 바로 돌아가버렸지만.

"부탁할게. 과거의 앨윈 이야기도 좀 들려줘. 너도 그녀의 최근 이야기를 듣고 싶지 않아?"

"……."

"딱히 이상한 짓을 할 생각은 없어. 이 식당이든 다른 가게든 상관 없으니까 너 좋을 대로 결정해. 식사가 싫다면 술 한 잔만이라도 좋아."

"…알겠습니다."

저녁이 되어 '미궁'에서 돌아온 모험자도 늘어나 있었다. 테이블 석은 가득 차 있기에 우리들은 나란히 카운터석에 앉았다. 왼쪽에 앉은 노엘에게 메뉴판을 건넨다.

"뭘 마실래? 이곳이라면 와인이려나? 에일은 추천 안 해. 대놓고 말하긴 뭐하지만 말 오줌같거든. 그밖에 괜찮은 것은 럼주려나?"

"맹물 주세요."

딱 자르며 물을 주문했다. 못 마시는 건지 취하지 않도록 조심하고 있는 건지. 뭐 그 정도로 경계심이 강한 편이 앨윈의 호위로는 바람직하다. 나는 럼주를 주문했다.

"왜 저를 찾아온 거죠?"

주문한 물을 한 입 마시고나서 노엘이 물었다.

"말한 대로 친목을 위해서야. 우리들 사이에 오해가 좀 있는 것 같으니 그걸 풀어두고 싶기도 하고."

"오해따윈 아무것도 없습니다. 본래라면 당신과는 엮이고 싶지도 않아요."

삐친 것처럼 말하고 내 쪽을 보려고도 하지 않는다.

"정말로?"

"예."

"내 목을 베어오라고 백부님이 말하지 않았어?"

어? 이쪽을 봐주었다. 말해보길 잘했네.

"단순한 감이야. 네 백부님이라면 그 정도는 태연하게 명령할 테니 말야. 요전번에 집에 왔을 때도 그러려고 온 줄 알았어."

하지만 무슨 까닭인지 랄프까지 대동했다. 녀석은 암살에는 전혀 적합치 않다. 기껏해야 나를 죽인 범인으로 뒤집어 씌울 희생양 정도려나?

"암살하려는 것치고는 전혀 공격해올 낌새가 없었어. 하지만 적개심은 싫을 만큼 느껴졌는데 그 뒤죽박죽인 부분이 묘하게 맘에 걸렸거든. 그래서 식사라도 함께 해볼까 했어."

노엘의 눈이 가늘어졌다. 아연실색한 가운데 경계심이 부풀어오르는 게 느껴진다.

"당신은 정체가 뭐죠?"

"백부님한테 듣지 않았어? 삼국제일의 미남이자 지금은 공주기사님의 기둥서방. 기둥서방이 뭔지는 알고 있지?"

"그 정도는 알고 있습니다!"

발끈한 모습으로 반론한다. 아마 나에 대해서 들었을 때 함께 들었을 것이다.

"여자의 적이잖아요."

"나는 같은 편이라 생각하는데."

물론 앨윈 같은 이해자도 많지만 끔찍하게 혐오하는 여성분들도 있다. 어떤 때는 모험자 자매가 무기를 들고 쫓아온 적이 있었다. 그건 지금도 꿈에 나온다.

"애당초 당신은 왜 기둥서방 같은 걸 하고 있죠? 일은 안 하고."

"일을 하고 싶지 않거든. 귀찮잖아."

"당신이 어느 종파인지는 모르겠지만 어떤 신이든 노동은 미덕이라고…."

"나를 일하게 만들고 싶다면 마왕이라도 데려오도록 해."

술자리에서 신에 대한 이야기따위 듣고 싶지 않다. 그리고 내가 믿고 있는 것은 여신님(앨윈) 한 명뿐이다.

"그래서 어떤 거야? 내 목은 필요 없어?"

노엘은 망설이다가 잔 속에서 물결치는 물에 시선을 떨구었다.

"…그런 이야기가 나온 것은 사실입니다."

역시 그랬군. 다음에 만나면 똥구멍에 돌을 쑤셔박아 줄 테다. 암살할 상대의 정체도 제대로 전하지 않다니 참 몹쓸 백부님이네. 그만큼 협박이 잘 통한 거려나? 아니면 노엘의 솜씨라면 상관 없다고 생각한 건가? 혹은 '자이언트 이터'의 이름을 들으면 쫄아서 실력이 무뎌진다고 생각했다든지.

"하지만 저는 알 수 없었습니다. 정말로 당신을 제거해도 될지 어떨지."

거기서 노엘은 품속에서 편지를 꺼내 카운터 위에 올려놓았다.

"공주님이 보내신 편지입니다."

그러고보니 전부터 편지를 주고 받고 있다고 했던가?

"공주님이 이 도시에 오신 후에도 몇 통인가 받았습니다. 말씀 자체는 무사하고 평온한 듯했지만 문자랄까 문장에서는 그 반대의 감정이 배어나오고 있었죠."

누구라도 좋으니까 '힘들어도 괜찮은 척한다'라는 단어를 앨윈의 사전에서 지워줬으면 한다.

"불안했습니다. 가능하면 한시라도 빨리 이 도시에 와서 공주님을 도와드리고 싶었어요. 돌이킬 수 없게 되기 전에."

나는 럼주를 입에 머금었다. 튀어나올 것 같은 말을 뜨거운 감촉과 함께 목 안으로 흘려넘긴다.

"하지만 1년쯤 전부터 또 변했습니다. 과거의 공주님 같은 밝고 믿음직하며 모두가 동경하고 있던 전하로."

"그게 나와 살기 시작한 무렵이라는 건가?"

노엘은 고개를 끄덕였다.

"편지에는 당신에 대한 것도 쓰여 있었습니다."

"남자답고 멋진 매쉬에게 홀딱 빠져 있다고?"

"품성이 천박하고 파렴치한데다 말과 성격이 뒤틀려 있고, 손써 볼 수 없을 만큼 형편없는 남자라 하더군요."

"좀 심하지 않아?"

라토비치보다도 평가가 안 좋잖아.

"외람되지만 얼마전 공주님께 여쭤봤습니다. 왜 그런 남자를 옆에 두고 계시는지. 그랬더니 '그래도 매쉬는 나에게 있어서 소중한 생명줄이야. 그러니까 노엘도 아무 말 말고 믿어주도록 해'라고 하시더군요."

"……."

공주기사님은 그런 창피한 말을 너무도 당당하게 말하는 게 문제야.

눈물이 날 것 같잖아.

"저는 공주님을 위해 이곳에 왔습니다. 맥터로드 왕국이나 백성들을 위해서가 아니라 오직 그분만을 위해서."

이야기를 하는 게 익숙하지 않은 듯 신중하게 말을 고르고 있었지만 그 부분만은 막힘 없이 단언했다.

"만약 공주님이 변한 원인이 당신이라고 하면, 공주님에게 필요한 사람이라고 하면 죽일 수 없습니다."

"그래서 돈을 내보이며 나를 떠보려고 했던 건가?"

노엘은 고개를 끄덕였다.

"만약 내가 그 돈을 받았다면?"

"백부님의 밀명을 수행했을 겁니다. 고문해서 당신의 진의를 캐물은 후에 말이죠."

돈으로 움직일 만한 사람은 앨윈의 옆에 있을 가치가 없다. 추문을 퍼뜨리기 전에 해치우는 게 좋다고 생각한 건가.

나랑 마음이 맞을 것 같다.

"그렇군. 아니, 맘에 들었어. 네 충성심과 각오가 말야."

나는 그녀의 어깨를 두드렸다.

"너와는 친해질 수 있을 것 같아. 자, 한 잔 하라고. 쌓여 있는 이야기는 그후에 하기로 하고."

융통성이 없는 부분은 있지만 충성심 하나는 진짜인 것 같다. 이정도면 '미궁'에서도 앨윈을 지켜줄 것이다. 일단은 합격이다. 여기에 다른 녀석들과 잘 지낼 수 있게 된다면 만만세지만, 뭐 술이라도 마시면서 모험자란 무언가를 가르쳐 줄 수 밖에.

노엘은 내가 따라준 럼주에 얼굴을 찡그렸지만 이윽고 코를 잡고 단숨에 들이켰다.

"—그래서 그 결과가 이건가?"

내 두 팔에 기댄 채 잠들어 있다. 술에 약한 게 아니라 애당초 마신 적이 없었던 모양이다. 이렇게까지 약할 줄은 자신도 생각하지 못한 거겠지.

작은 숨소리와 함께 몸을 비틀자 복숭아 같은 향기가 코를 간지

럽힌다. 잠들어 있는 귀여운 얼굴은 마치 어린애같다.

"어떻게 하지?"

옛날 같으면 이대로 방으로 데리고가서 그대로 아침까지 함께 하겠지만, 지금의 완력으로는 조금 어렵다. 그리고 앨윈의 파티 멤버에 손을 대는 것은 위험하다. 윤리 문제가 아니라 내 목숨이.

역시 깨우는 편이 좋으려나? 그렇게 생각하고 돌아보니 신장 차이가 있는 탓에 노엘을 내려다보는 형태가 되었다. 형태가 좋은 가슴이 조용히 오르내리고 있고, 옷 틈새로 보이면 안 될 부분이 보일락 말락 하고 있다.

"흠."

깨지 않도록 신중하게 반대편 손을 뻗어 옷 틈새로 손가락을 가져간다.

어? 귀엽잖아. 색깔도 예쁘고. 혹시 아직 처녀려나?

"이상한 벌레가 꼬이지 않도록 충고해두는 편이 좋겠군."

"그래, 나도 그렇게 생각해."

그 목소리를 들은 순간 땀이 확 분출되었다.

"너같이 품성이 천박하고 파렴치한데다, 입과 성격이 뒤틀려 있고, 손써볼 수 없을 만큼 형편없는 최저의 변태 남자에게 속지 않도록 내가 따끔하게 주의를 줄게."

돌아보니 우리 공주기사님이 웃는 얼굴로 서 있었다.

"그러면 됐지? 매쉬."

그녀는 내 오른쪽 옆에 앉아 거만하게 다리를 꼬았다.

"아니, 저기, 뭐랄까."

손을 떼고 노엘이 깨지 않도록 신중하게 카운터에 눕힌다.

"무슨 말을 하고 싶은지는 알겠어. 하지만 네가 생각하고 있는 그런 잘못은 저지르지도 않았고 일어나지도 않을 거야. 우리들 사이에는 오해가 있다고. 대화로 푸는 게 어때?"

"그렇군. 차분히 들어보도록 하지. 네가 내 소중한 동료에게 음란한 짓을 하고 있었던 것에 대해 말야."

내 멱살을 잡더니 힘껏 비틀어올린다.

"아직 밤은 기니까 각오하라고. 오늘밤은 잘 수 있을 거라 생각하지 마."

그 말은 침대 위에서 좀더 로맨틱하게 듣고 싶었다.

"당면한 문제는 해결됐어."

며칠 후 '미궁'에서 다시 돌아온 앨윈의 얼굴에서는 안도의 미소가 돌아와 있었다.

내가 앨윈에게 제안한 것은 요컨데 분담제였다. 다시 말해 전원을 무언가의 리더로 할당하는 것이다.

교섭, 병참, 지휘, 잡일. 역할이 모호하니까 문제가 생기는 거였다. 그렇다면 파티 멤버들에게 역할과 책임을 부여해주면 된다. 권한을 가지고 싶다면 줘버리라는 거지.

분담제로 하는 것에 의해 각자의 특기도 살릴 수 있다. 담당이라는 이름의 권한을 갖는 것에 의해 승인욕구도 다소는 충족될 것이다. 어느 정도 대화도 나누게 되었고 연계도 취할 수 있게 되었다.

"네 덕분이야. 고마워."

"잘 풀렸다면 다행이로군."

시덥잖은 기싸움으로 공주기사님의 마음을 어지럽히다니 못된 녀석들이다. 밥맛만 떨어진다. 허브를 넣은 수프와 약초 소스를 끼얹은 닭고기는 내 자신작인데 말야.

"하지만 아직 앙금이 남아 있는 것처럼 보이긴 해."

"그렇겠지."

결국은 임시방편이다. 권한 의식은 배척으로 이어지기에 마음을 열고 대화를 하지 않는 한, 이해따윈 얻을 수 없을 것이다.

"너는 이런 일이 생기면 어떻게 했어?"

"싸움."

농담이 아니다. 모험자의 세계는 약육강식이기에 상대의 역량을 재는 한편, 자신의 힘을 보여주기 위해 주먹으로 해결하는 게 빠르다. 강한 상대의 영역을 침범하는 것에는 누구나 신중해진다. 건방진 짓을 하면 반격당한다는 것을 실력으로 보여주면 이쪽을 무시하는 태도도 줄어들게 되고 존경도 생겨나기 마련이다. 모험자가 될 만한 녀석들은 다들 힘의 신봉자이자 숭배자이기도 하다. 녀석들도 모험자인 이상 예외가 아닐 것이다.

나도 모험자 시절엔 곧잘 싸움을 했다. 전사나 검사처럼 싸움에 능한 녀석이 파티에 들어오면 친목을 겸해 시비를 걸곤 했었다. 반대로 상대쪽에서 시비를 걸어온 적도 있었다. 맘에 안 들면 때려눕혔다. 상대에 따라선 사정을 봐주기도 했고 체면을 지켜주기도 했다. 참고로 패배한 적은 없다. 전력을 다하고도 비긴 것은 수염쟁이뿐이다.

"몽둥이 같은 것으로 모두 두들겨 패면 돼. 한 번 혼쭐이 나면 누가 주인님인지 알게 되겠지. 너라면 그게 가능하잖아?"

알고 보면 노엘도 어릴 적에 앨윈에게 패배했기에 이렇게 충성을 맹세하고 있는 것이다.

"버질은 둘째치고 크리포드와 세라피나가 그 방법으로 납득할 것으로는 생각되지 않는데."

"그럴지도."

인텔리는 자존심이 센데다 음흉한 녀석들이니 말야. 겉으로는 따르겠지만 속으로는 천 년 만 년 원망할 것이다.

"그렇다면 남은 방법은…."

내가 다음 방안을 말하려고 했을 때 문을 노크하는 소리가 났다.

"공주님, 큰일입니다. 공주님!"

랄프의 목소리다. 이미 한밤중인데 밀회라고 해도 너무 시끄럽잖아.

"무슨 일이야, 도련님? 이상한 병에라도 걸려버린 거야? 그래서 창관은 잘 고르라고 그렇게나…."

문을 열자 랄프는 내 농담을 무시하고 안색을 바꾼 채 앨윈에게 향했다.

숨을 헐떡거리며 말한다.

"버질 씨 일행이 폭력배들과 싸움을…."

계기는 흔해빠진 것이었다. 모험자 길드 근처에 있는 '달리는 토렌트정'이라는 술집에서 마시고 있을 때 양아치가 별거 아닌 것으로 시비를 걸어왔다. 모험자는 일반인에게 손을 대지 못하는 것으로 착각하고 있는 녀석들이 담력시험처럼 시비를 거는 일은 곧잘 있다. 하지만 얻어맞고도 웃으며 용서하는 성인군자는 모험자따윈 되지 않으며 될 수도 없다. 애초에 양아치들이 착각하고 있는 게 있는데, 몸을 지키기 위한 저항과 반격은 허용되고 있다는 것이다. 무엇보다 그렇게 시비를 걸어오는 양아치들을 세간에서는 일반인으로 부르지 않는다.

당연히 인정사정 없이 두들겨 팬다. 조금 영리한 녀석은 일부러 한 대 맞아주고 10배로 되갚아준다.

그것으로 꼬리를 말고 도망치면 좋은데, 가끔 누군가가 뒤를 봐주고 있는 경우, '내 똘마니가 신세를 졌다면서?'라며 덤벼올 때가 있다. 여기까지라면 술 한 잔 사주는 걸로 온건하게 해결될 수 있다. 하지만 그 녀석까지 때려눕히게 되면 이야기가 복잡해진다.

그 녀석이 소속되어 있는 뒷세계 조직이 떼로 덤벼들기 때문이다.

실력은 둘째치고 숫자가 많기에 적으로 돌리면 성가시다. 일대일이라면 손쉽게 이길 수 있지만 수십 명 상대로는 조금 버거워진다. 좌우에서 붙잡혀 움직임을 봉인당한 후 포박된다면 그후엔 멍석말이를 하든 아지트로 데려가 못된 짓을 하든 그쪽 자유다.

"그래서, 그 세 사람을 붙잡은 게 어디 녀석들인데?"

"'군응회'야."

"또 성가신 녀석들이랑."

표면적으로는 소금을 생업으로 하는 상회지만 뒤로는 도시 남동부를 세력권으로 하고 있는 폭력배들이다. 주된 생업은 밀수, 불법 도박, 경호원 같은 것들. 무투파로 알려져 있어서 혈기왕성한 바보들을 잔뜩 거느리고 있다. 나도 몇 번 두들겨 맞고 얼마 안 되는 용돈을 뺑뜯긴 적 있다.

"처음엔 몇 명이었지만 오즈왈드라는 남자가 20명 정도를 끌고 왔어. 그래서 버질 씨 일행도 붙잡히고 말았지."

오즈왈드라고 하면 '군응회'의 간부다. 50이 넘는 나이에 우락부락한 얼굴을 가진 녀석으로, 머리가 벗겨진 백발에 턱수염, 굵은 눈썹 밑에는 검은 눈을 날카롭게 빛내고 있다.

"그래서 그쪽이 요구하는 게 뭐야?"

죽이는 것으로 끝이라면 랄프가 한밤중에 이렇게 뛰어오지는 않았을 것이다. 이 녀석은 전령이다. 말도 안 되는 요구를 듣고 어찌할 줄 몰라 달려온 것이리라.

랄프는 무표정한 얼굴로 대답했다.

"…공주님의 목."

"얼토당토 않군."

얼간이 3명과 앨윈의 목숨은 비교 대상도 안 된다.

"길드에 부탁해서 중재해 달라고 하는 건…."

"그래줄 리 없잖아."

랄프 도련님의 인식은 너무 안일하다. 모험자 길드는 성가신 일, 특히 폭력배들과 관련된 말썽을 꺼린다. 들이는 수고에 비해 얻는 건 적기 때문이다. 누가 좋아서 그런 녀석들과 엮이고 싶어할까. 그래서 데즈에게도 부탁할 수 없다.

"포기해, 앨윈. 녀석들은 운이 없었던 거야. 다시 루스터 경에게 부탁해서 새로운 멤버를 뽑아달라고 해."

"그럴 수는 없어."

앨윈은 일어섰다.

"내가 이야기를 하도록 하지."

데리러 갈 생각인 듯하다. 내버려두면 좋을 것을, 한 번 결정하면 다른 사람 말은 안 들으니 원.

"나도 갈게."

마지못해 동행을 제안하자 랄프가 싫은 듯한 얼굴을 했다.

"넌 찌그러져 있어. 네가 나설 자리가 아니야."

"네가 나보다 이 도시의 뒷사정을 잘 안다면 그렇게 할게."

알고 있었다면 이런 말썽은 일어나지 않았을 것이다. 앨윈 일행 뿐 아니라 '미궁'에 들어가는 모험자들은 의외로 이런 사정에 어둡다.

"너는 알고 있다는 거야?"

"이것저것 말이지."

이 도시에 온 후로 그런 정보는 적극적으로 입수해왔다. 이상한 녀석들과 말썽을 일으키면 목숨은 부지하기 힘들기 때문이다. 나이 많은 녀석들을 치켜세우고 술을 먹이면 자랑과 함께 이런저런 것들을 가르쳐준다. 덕분에 이 도시 뒷세계 사정에도 해박해졌다. '약'이 거래되는 장소따위를 알아내는 데도 도움이 되고 있다.

"방해는 안 할 테니까 나에 대해선 조언자 정도로만 생각하라고."

"좋을 대로 해."

잘난 척하기는. 결정권따윈 없는 주제에.

이미 아지트로 끌려간 줄 알았는데 버질 일행은 아직 술집에 잡혀 있는 모양이다. 많은 폭력배들과 함께 공주기사님의 도착을 기다리고 있다고 한다. 나로선 깨끗하게 혀깨물고 죽어줬으면 했는데 말야. 그랬다면 쓸데없는 고생은 안 해도 되었다.

"이쪽입니다."

강아지처럼 랄프가 앞장서서 나아갔다. 몇 발짝 뒤에서 앨윈도 긴장한 얼굴로 따라간다. 아직 갑옷을 입을 시간이 아니었기에 사복 외엔 검과 망토뿐이다.

그 옆에서 나란히 걸으며 앨윈에게 귓속말을 한다.

"무슨 작전이라도 있어? 해결할 방법이라든지."

"없어."

"그럴 줄 알았어."

"너는 어떻게 해야 된다고 생각하지?"

"돈으로 해결되면 다행이지만 그렇게 호락호락하진 않겠지."

모험자와 폭력배의 공통점은 많다. 법을 경시하고 폭력에 의존하는 버릇. 무리의식이 강하고 체면을 중시한다.

폭력배들한테 얻어 맞고 돈으로 해결한 게 알려진다면 '이지스'의 명성은 땅바닥에 쳐박힐 것이다. 모험자들 사이에서는 쓰레기 같은 취급을 받게 된다.

"그리고 '군웅회'가 노리는 것은 너였어. 처음부터 말이지. 녀석들은 함정에 빠진 거야."

돌발적으로 일어난 일 치고는 대응이 너무 신속했고 오즈왈드가 등장한 타이밍도 빨랐다. 처음부터 '진홍의 공주기사님'을 노리고 파티 멤버들에게 함정을 판 것이다.

"녀석들은 내 목숨을 노리고 있는 건가?"

"아니, 그건 아닐 거야."

진심으로 앨윈의 목을 원하는 것은 아닐 것이다. 가능성이 아예

없는 건 아니지만 그렇다면 '미궁'에서 돌아왔을 때 양아치들을 보내는 게 그나마 성공률이 높다.

"그쪽 두목이 원하는 것은 아마 네 이름과 몸이겠지."

왕족 출신인데다 강하고 아름다운 '진홍의 공주기사님'. 가까워질 수 있다면 이용가치는 크다. 당연히 이런 미녀와 하룻밤을 보내고 싶다는 것도 있을 것이다. 오즈왈드는 호색가라서 지금도 이곳저곳에 첩을 두고 있다.

"소문으로는 모험자 길드의 길드 마스터와는 견원지간이라고 하더군. 그런 탓에 옛날부터 모험자를 혐오하고 있다고 해."

앨윈을 노린 것은 길드의 유명인을 타락시키고 싶다는 의도도 있을 것이다.

"꿈도 크군."

"동감이야."

나는 한숨을 쉬었다.

"공주기사님에겐 이미 나란 남자가 있는데 말야."

앨윈의 등 뒤로 돌아가서 그녀의 가는 허리를 두 손으로 안고 끌어안는다. 동시에 그녀의 어깨에 턱을 올려놓고 뺨을 붙였다. 키 차이가 있기에 몸을 굽힌 자세가 된다. 달콤한 냄새와 함께 붉은 머리카락이 얼굴에 닿았다. 부드러운 감촉이 기분 좋다.

앨윈은 얼굴을 붉히며 팔꿈치로 찔렀다. 조금 아프다.

"떨어져. 걷기 힘들잖아."

"아아, 미안. 이러면 됐지?"

이번엔 옆에 나란히 서서 다정하게 어깨에 손을 얹고 어깨가 서로 닿을 만큼 잡아당겼다. 보폭도 그녀와 맞추고 있기에 걷는데 지장은 없을 것이다.

앨윈은 내 손을 힐끔 보았다. 뭐 이 정도면 상관없나? 하는 표정
으로 고개를 끄덕이고 다시 걷기 시작한다. 밤바람이 거리를 스치
고 지나갔다.

"안 추워?"

"괜찮아."

"역시 좀더 밀착하는 게 좋으려나? 그러는 게 더 따뜻할 텐데."

"그럼 네가 앞에서 걸어. 좋은 바람막이가 되니까."

"차라리 네가 내 등을 끌어안는 건 어때?"

"앞이 안 보이잖아."

"그럼 이렇게 하자. 서로 부둥켜 안은 채 게걸음으로….."

"적당히 좀 해!"

쭉 앞에서 걷고 있던 랄프가 콧바람을 내쉬며 호통쳤다.

"지금은 심각한 상황이란 말야. 장난칠 거면 돌아가!"

"나는 내 직무에 충실하고 있을 뿐이야. 그래서 이렇게 진지하게
앨윈과 노닥거리고 있는 거라고. 스킨십이 부족하면 오히려 꾸중을
듣게 돼."

"헛소리 하지 마."

이번엔 팔꿈치가 옆구리에 들어왔다.

랄프는 분한 듯 얼굴을 일그러뜨리며 성큼성큼 앞으로 가버렸다.
소중한 공주님을 두고 갈 생각인가? 교육이 덜 된 도련님이다.

결국 타협해서 다시 앨윈의 어깨를 안은 채 나란히 걷기로 했다.
그녀가 물었다.

"그래서 무언가 방법은 있어?"

"미인계라도 써볼래?"

"진지하게 들어."

앨윈은 정면을 본 채 내 손등을 꼬집었다. 그렇게 말해도 상대의 카드를 모르는 이상, 구체적인 제안은 힘들다.

"그쪽은 이쪽 동료라는 판돈을 세 개나 가지고 있어. 교환조건을 제시해온다 해도 이쪽이 준비하는 건 어렵겠지. 결국 이쪽도 판돈을 올릴 수 밖에 없겠지만 과연…."

몇 가지 술책은 있지만 역시 현장에 가보지 않으면 결정할 수 있을 것 같지 않다.

그러는 사이에 '달리는 토렌트정'에 도착했다. 주위에는 수많은 구경꾼들이 모여있었다. '군웅회' 녀석들에게 쫓겨났는지 술병과 요리가 올려진 접시를 들고 있는 녀석도 보인다. 문 앞에서는 랄프가 불안한 표정으로 기다리고 있었다.

"뭐해? 얼른 들어가지 않고. 선두는 양보할 테니까."

"저기, 그게…."

랄프가 말문을 흐렸다. 이제와서 쫄아버린 건가? 한심하긴.

"내가 먼저 들어가도록 하지."

결국 앨윈이 앞장서서 문을 열었다. 나와 랄프도 뒤를 따른다.

'달리는 토렌트정'은 1층이 술집이고 2층이 모험자용 여관으로 되어있다. 돌로 된 벽에는 촛대가 같은 간격으로 설치되어 있는데, 촛불은 모두 켜져 있었다.

1층 술집은 참담한 상황이었다. 나무 테이블은 한쪽으로 모아두었고 의자도 그 옆에 난잡하게 쌓여 있었다. 유일하게 남아 있는 테이블 너머로 앉아 있는 것은 기름기로 번들번들한 남자였다. '군웅회'의 오즈왈드다. 전에 본 적 있으니 틀림 없다.

그 주위에는 험상궂은 얼굴의 부하들이 나란히 서 있었다. 조금 떨어진 곳에는 손발이 묶인 채 땅바닥에 앉혀 있는 얼간이가 세 명.

"어이쿠…."

나는 신음했다.

테이블을 사이에 두고 오즈왈드 앞에 서 있는 것은 노엘이었다.

"노엘 씨가 먼저…."

그것을 먼저 말해.

테이블 위에는 돈이 든 주머니. 그녀가 무엇을 하려고 했는지는 명백했다.

그게 오즈왈드의 심기를 상하게 했다는 것도.

"이것으로 만족합니까? 원하는 대로 가져가시길."

험상궂고 언짢은 표정을 앞에 두고도 노엘은 태연한 얼굴이었다.

"그럼 여러분을 데리고 가겠습니다."

"아, 기다려."

오즈왈드가 팔짱을 끼면서 위협적인 시선을 보냈다.

"이쪽도 거지는 아니라고. 돈만 받고 끝낼 수 있을 거라 생각해?"

"그것 말고 또 뭐가 있다는 거죠? 그게 목적이었잖아요."

세상에는 본심과 겉치레라는 게 있다. 돈을 받고 싶다는 것은 본심일 것이다. 다만 녀석들은 체면에 집착하기에, 자신들의 얄팍한 본심을 대놓고 지적하면 고분고분 수긍할 순 없다. 폭력배들의 그런 심정과 행동원리를 노엘은 상상도 못 하는 거겠지. 앨윈을 위해 후딱 해결해버리려고 한 거겠지만 완전히 역효과였다.

돈으로 해결한다는 방법은 이것으로 사라졌다.

"본래라면 지불할 이유도 없는 돈이지만, 드릴 테니까 얼른 가져가세요."

"입 하나는 살았군. 꼬마 아가씨."

오즈왈드는 코웃음치더니 뒤에 있는 부하들에게 턱을 까딱해보였다.

부하들이 얼간이들에게 칼을 들이댔다.

"그렇게까지 건방진 태도를 보이는 이상 그냥 돌려보낼 순 없어."

"그럼 뭐가 목적이죠? 돈이 부족한 건가요? 얼마나 지불해야 직성이 풀리나요? 얼른 말하세요. 당신들을 상대하고 있을 만큼 우리들은 한가하지 않습니다."

오즈왈드가 포효와 함께 테이블에 손을 댔다. 뒤집으려 했지만 테이블 다리가 약간 들리는 것에 그쳤다. 그 위로 노엘이 잽싸게 뛰어올라 오즈왈드의 목에 나이프를 들이댔기 때문이다. 오즈왈드의 턱에서 땀이 떨어지며 노엘의 나이프를 적셨다.

부하들이 잇달아 칼을 뽑았다. 위험하군. 이대로 가면 틀림 없이 유혈사태가 벌어진다. 오즈왈드를 죽인다 해도 버질 일행은 구해내기 전에 죽을 것이다.

"거기까지만 해."

보고 있을 수 없다는 듯 앨윈이 끼어들었다.

모두의 시선이 일제히 우리들…, 아니 앨윈에게 집중되었다.

"무기를 내려놔, 노엘."

"하지만."

"명령이야."

노엘은 조용히 나이프를 거두고 공중제비를 돌아 테이블에서 내려왔다.

그 대신 앨윈이 오즈월드 정면에 앉았다. 물론 의자를 끌어준 것은 나다.

"일행이 실례를 했군. 초대를 받고 왔어. 내가 앨윈 메이벨 프림로즈 맥터로드다."

"정중하게 소개해주니 고맙군. 나는 '군응회'의 간부 '비늘구름' 오즈월드라고 한다."

정말 풍류 있는 별칭이지만 그 유래는 조금 살벌하다. 한 번 날뛰기 시작하면 폭풍처럼 닥치는 대로 파괴하고 다니기에 그 뒤에는 피와 살점만 남는다고 한다. 가을에 비늘구름이 뜨면 그후에는 비나 폭풍이 오는 까닭에, 그걸 빗대어 비와 폭풍을 일으키는 남자라는 의미로 이름지어졌다.

"보다시피 네 가신들이 우리 애들을 때려눕혀서 말이지. 이쪽에도 부상자가 다수 생기고 말았어. 게다가 거기 있는 아가씨는 돈으로 해결하려다 안 되니까 칼까지 들이댔고 말야."

거기까지 말하고 테이블에 주먹을 내리쳤다.

"어떻게 보상할 생각이야!"

"싸움이 목적이라면 상대해줄 수도 있지만 그러면 또 부상자가 나오겠지. 너희들도 그걸 바라지는 않을 터?"

거기서 앨윈이 곁눈으로 나를 보았다. 이제야 내가 나설 차례인가.

"그럼 내가 제안 하나 할게."

내가 손뼉을 치자 시선이 모였다.

"따지고 보면 술자리에서 일어난 싸움이니까, 그렇다면 이걸로 승부를 보는 게 맞지 않아?"

테이블 위에 술병을 탁 올려놓았다.

"승부는 간단해. 일대일로 한 잔씩 마시면서 먼저 쓰러지는 쪽이 지는 거야. 그리고 마신 술값도 진 쪽이 내는 걸로 하면 이곳에 대한 위자료도 되겠지."

"그런 걸로 우리 체면이 살 수 있을 거라 생각하는 거냐? 제비 녀석아."

오즈왈드가 육식동물처럼 눈을 번들거렸다. 이렇게 대화를 하는 것은 처음이지만 나에 대해서도 알고 있는 듯하다. 무섭군. 쫄아버릴 것 같다.

"저 아가씨한테는 거지 취급까지 받았는데, 그것만으로 끝내려고 하는 건 너무 안일한 생각 아냐?"

"하지만 여기서 날뛰어봤자 부상자가 늘어날 뿐이고, 위병들도 달려올 거야. 사이좋게 모두 감방에 들어가는 건 한심한 일이지 않아?"

"그런 걸로 내가 꽁무니를 뺄 거라 생각하냐?"

"두목은 그래도 좋을지 모르지만 조직 입장에선 어떨까? 댁이 있는 것과 없는 것에 따라 세력 싸움에는 상당한 영향이 생길 텐데."

'군웅회'는 전부터 '얼룩 늑대'와 '마협동맹'과 사이가 안 좋아서 여기저기서 세력 싸움을 펼치고 있다. 무투파인 오즈왈드가 빠지면 불리해질 수 밖에 없다.

"용돈 벌이와 체면때문에 조직의 근간이 휘청거리면 댁도 명분이 안 살지 않겠어?"

오즈왈드의 눈에 약간의 망설임이 떠올랐다. 나는 이때다 싶어 몰아붙였다.

"이쪽이 이기면 저기 세 사람은 풀어주도록 해. 지면 저기 세 사람을 팔아치우든 어떻게 하든 상관 안 할게."

얼간이들이 항의의 목소리를 냈지만 당연히 무시한다.

"이딴 녀석들따윈 때려눕히면 되는데, 어째서 그런 승부를?"

노엘이 불만스러운 듯 말했다.

"악한들을 모조리 때려눕히고 대단원을 맞이하는 것은 옛날 이야기고, 지금의 대중은 좀더 참신한 전개를 원하고 있거든."

연극이라면 이 녀석들을 모두 때려눕히고 해피엔딩으로 막이 내려지겠지만 현실에서는 그렇지 않다. 부상자로 끝나면 좋겠지만 사망자가 나오면 그후엔 보복과 보복이 반복되는 진흙탕 싸움이다.

오즈왈드는 잠시 고민한 후에 말했다.

"술로 승부를 내는 것은 좋다고 해도 판돈이 조금 부족하지 않나?"

역시 그렇게 나오는군.

"일단 승부는 나와 공주기사님이 맞짱 뜨는 걸로 한다. 그리고 내가 이기면 공주기사님이 내 여자가 되는 거지."

앨윈이 미간을 좁혔다.

"아내가 되라는 건가?"

"아내라면 있어. 30년이나 함께 산 주름투성이 할망구지만 말야."

자조기미로 웃는다.

"정부. 첩. 높으신 분 방식대로 말하면 측실이라고 할까? 물론 거기 있는 기둥서방과는 헤어지고 말이지."

진짜로?

"싫으면 됐어. 이 승부는 없는 걸로 할 테니까."

오즈왈드의 목적은 뻔하다. 무리한 요구를 해서 빼앗긴 주도권을 되찾으려 하고 있는 것이다. 상대를 할 필요따윈 없다. 적당히 흘려넘기려고 했을 때 앨윈이 입을 열었다.

"그 조건으로 해도 상관없어."

나는 내 귀를 의심했다.

"앨윈?"

"요컨데 판돈을 올리라는 소리잖아? 알았다고."

뭐든 걸면 되는 건 아니야.

"안 됩니다, 공주님."

"공주님, 물러나세요. 차라리 제가 대신 하겠습니다."

랄프와 노엘이 허둥지둥 만류했다. 이때만은 두 사람을 응원했지만 우리 공주기사님은 가신들의 고뇌와 조바심따윈 아랑곳하지 않았다.

"상대는 나를 지명했어. 그리고 노엘, 너는 술따윈 마실 수 없잖아."

거기서 나를 날카롭게 노려본다. 나는 애먼 곳으로 시선을 돌렸다.

"당신도 뭐라고 좀 해보세요."

설득이 어렵다고 판단했는지 노엘은 나에게까지 부탁해왔다.

나는 앨윈에게 물었다.

"할 거야?"

"음."

"…한다는데?"

한 번 결정하면 다른 사람 말은 안 들으니 말야.

"…공주님은 술에 강하신가요?"

노엘이 작은 목소리로 물었다.

"약하지는 않아."

나는 말했다.

"다만 오즈왈드에게 이길 수 있느냐고 묻는다면 어려울지도 모르겠어."

앨윈은 모험에 지장이 생기면 안 된다고 생각했는지 휴일에도 별로 마시지 않는다. 나와 둘이서 와인 한 병 정도다. 그에 비해 오즈왈드는 술고래로 알려져 있다.

"그렇다면 왜 그런 승부를 제안한 거죠?"

"그렇게라도 하지 않으면 녀석들은 받아들이지 않을 테니 말야."

뻔히 질 승부를 받아들이는 바보는 없다. 물론 내가 상대를 맡을 생각이었지만 이런저런 조건을 정하려고 했을 때 상대가 선수를 쳤고, 앨윈이 바로 결단해 버렸다.

"걱정하지 마."

창백한 얼굴의 노엘에게 앨윈이 미소지으며 격려했다.

"반드시 내가 이길 테니까."

"비책이라도 있는 겁니까?"

"저 남자보다 많이 마시면 되는 거잖아. 그것뿐이야. 나는 꿍무니를 빼지 않아."

속편하게 말하고 있다. 이로써 어찌됐든 질 수 없게 되고 말았다.

최악의 경우 이 녀석들을 몰살시킬 수 밖에 없다. 하지만 그렇게 되면 내 정체는 들통날 테고 이곳에는 더 이상 있을 수 없게 된다. 무엇보다 앨윈은 한 번 받아들인 승부를 그런 식으로 뒤집는 것을 용납하지 않을 것이다. 좀 봐줘.

진저리를 내고 있을 때 앨윈이 소매를 잡아당겼다.

"그런데 꽁무니를 뺀다는 건 무슨 의미지?"

"겁을 먹고 도망친다는 소리야."

규칙은 간단하다. 모래시계를 뒤집음과 동시에 서로의 잔에 따른 술을 한 잔씩 마시는 것이다. 술에 취해 쓰러지거나, 토하거나, 테이블에 놓인 모래시계가 다 떨어질 때까지 마시지 못하면 패배. 덧붙여 말하면 진 쪽이 술값도 낸다.

술을 따르는 것은 저쪽이 헥터라는 형씨, 이쪽이 노엘이다. 나는 모래시계를 뒤집는 담당을 맡았다.

술집 주위에는 구경꾼들이 몰려들어 승부의 행방을 관전하고 있다.

"일단은 와인부터 가볼까?"

오즈왈드의 신호로 두 사람의 잔에 붉은 액체가 가득 채워졌다. 공평을 기하기 위해 같은 술병에서 따른다.

"그럼 건배다."

서로의 잔을 부딪힌다. 이렇게 승부는 시작되었다.

한 잔, 또 한 잔. 잔을 비우고 새로운 술을 따른다.

술병이 두 병, 세 병, 빈 언저리부터 서서히 차이가 벌어지기 시작했다.

스무 병이 비었을 무렵에는 차이가 명백해졌다.

"곧 있으면 모래가 다 떨어질 것 같은데."

"닥치고 있어!"

격앙하며 오즈왈드가 술을 들이켰다. 내려치듯 술잔을 테이블에 올려놓고 술냄새 나는 숨을 내뱉는다. 눈의 촛점이 맞지 않고 있다. 얼굴도 새빨갛고 트림까지 한다.

"다음이야."

앨윈도 붉으스름한 얼굴에 눈이 감겨 있다. 상당히 술기운이 돌고 있는 것 같지만 아직 발음도 또렷하고 술잔을 비우는 것도 한순간이었다.

잔을 비우고 테이블에 올려놓는다. 그에 비해 오즈왈드는 아직 절반이나 남아있었다.

"이대로 가면 이길 수 있겠어. 과연 공주님이야."

랄프가 태평스럽게 칭찬했다. 묶여 있는 녀석들도 기대의 시선을 보내고 있다. 오즈왈드가 모래시계의 모래가 다 떨어지기 직전에 잔을 비웠다. 호흡이 거칠다. 슬슬 한계인 것 같다.

"다음이야."

그것을 확인하고 앨윈이 조용히 술잔을 내밀었다. 노엘이 와인을 가득 따르고나서 수하에게 병을 넘긴다.

"이크."

수하는 받아든 술병을 바닥에 떨어뜨리고 말았다. 액체가 바닥을 적시며 술냄새가 테이블 주위에 퍼진다.

"조심해."

"죄송합니다."

수하는 머리를 꾸벅꾸벅 조아리면서 술병을 주웠다. 아직 내용물은 남아 있다. 조심조심 술병을 기울여 오즈왈드의 잔을 채운다.

"다음이야."

"아, 잠깐 기다려."

앨윈이 승부를 재개하려고 했을 때 나는 말했다.

"아까부터 너희들이 마시는 걸 보고 있었더니 목이 말라서 말야. 나도 좀 마시게 해줘."

"너, 무슨 소리를…."

"이거면 돼."

눈앞에 있는 병을 잡고 그대로 입을 댄다. 누군가가 앗 하는 소리를 냈다. 두 모금 정도 마시고나서 손등으로 입을 닦았다.

"맛있군. 좋은 술이야. 감칠맛도 있고 목넘김도 좋아."

병을 테이블 위에 되돌린다. 확인해 보니 아직 한 잔 분량 정도 남아있다.

"자, 계속해. 맛은 보증하니까."

"……."

"안 마실 거야? 필요없다면 좀더 마셔도 될까? 아, 노엘. 이거라면 너도 마실 수 있을 거라 생각해. 마시기 쉽거든."

"필요없어요!"

노엘이 거부하자 오즈왈드가 술잔에 있는 것을 바닥에 쏟아버렸다. 그리고 부하를 지금이라도 잡아먹을 듯한 눈초리로 노려본다.

"떨어진 술병에 있는 걸 마시는 건 재수가 없으니까 새로운 병을 가져와."

부하가 허둥지둥 병을 가지러 갔다. 오즈왈드가 다시 내 쪽을 보았다.

"…그쪽도 술잔에 있는 것을 버리도록 해. 새로운 걸로 다시 마시자고."

"알았어."

술을 다시 따르고 승부는 재개되었다. 그후에도 승부는 계속되었지만 결판은 갑작스럽게 났다. 다음 술을 따르고 있는 도중에 오즈왈드가 의자째 뒤집어진 것이다. 똘마니들이 달려가서 살펴보니 코를 골고 있었다.

"승부가 났군."

내가 선언하자 가게 밖에서 와 하는 환성이 터졌다. 정말 조마조마했다.

곧바로 랄프가 동료들을 풀어줬다.

버질 일행은 어색한 얼굴로 앨윈 앞에 모이더니 무릎을 꿇고 고개를 숙였다.

"이번 일은 정말 죄송했습니다. 부디 용서를."

"……."

황송한 얼굴로 사과했지만 앨윈은 아무말도 하지 않았다. 턱을 괸 채 텅 빈 술잔만 쥐고 있다.

"공주님, 기분이 안 좋으십니까?"

노엘의 물음에 앨윈이 스윽 술잔을 내밀었다.

"다음이야."

우리들은 얼굴을 마주보았다.

"저기, 공주님. 이미 승부는 끝났습니다만…."

"다음이야."

랄프의 목소리가 들리지 않는 듯 다시 재촉한다. 얼굴을 들여다보고 눈앞에서 손을 흔들어보지만 반응이 없었다. 언짢은 표정으로 먼곳만을 보고 있다.

"너, 혹시 취해서 이미 제정신이 아닌 거 아냐?"

"다음이야."

고주망태가 된 앨윈은 노엘이 운반하기로 했다. 앨윈이 키가 더 크기에 조금 업기 힘들 것 같았지만 다른 녀석들에게는 맡기고 싶지 않았다. 특히 랄프는 논외다. 원래는 내가 업고 싶었지만 지금은 밤중이다. 다섯 발짝도 못 걷고 쓰러지고 말 것이다.

"팔자 좋구나. 이쪽은 심장이 멈추는 줄 알았는데."

노엘의 등에서 기분 좋게 자고 있다. 키스해버릴 테다.

앨윈의 검을 든 랄프가 얼굴을 찡그렸다.

"용케도 그런 소리를 하는군. 승부용 술까지 **빼앗아** 마신 주제에."

"그건 술이 아니라 평범한 물이었어."

형세가 불리해지자 꼼수를 쓰려고 했다. 승부에 몰두해 있는 사이에 부하가 와인 병의 내용물을 몰래 물과 바꿔쳤던 것이다. 일부러 병을 떨어뜨린 후 혼란한 틈에 물이 든 병과 바꿔쳤다. 밤중에, 게다가 흐릿한 불빛 아래라면 들키지 않을 거라 생각한 것이겠지만 내 눈은 속일 수 없다. 물과 와인은 점성이 다르거든.

"하지만 그후에 공주님에게도 따르지 않으면 안 되잖아. 바로 들키지 않아?"

"그래서 내용물이 아슬아슬하게 남아있을 때를 노린 거야. 나머지가 두 잔 분량이 안 되면 다시 새로운 병을 내와야 하니 말야."

"그럼 왜 그자리에서 지적하지 않은 거지?"

"그걸로 고분고분 항복할 녀석들이 아니잖아. 섣불리 궁지에 몰면 에라 모르겠다는 식으로 날뛸 게 뻔해."

부상자를 내지 않기 위한 술마시기 승부인데 그래서는 본말전도다. 그래서 그 이상 이상한 짓을 하지 못하도록 증거를 잡았다는 걸 알려준 것이다. 세 사람을 고분고분 돌려준 것도 사기친 게 들통나는 것을 겁낸 것도 있을 것이다. 술집 주변에는 수많은 구경꾼들이 있었다.

"기억해 둬, 도련님. 협박이라는 건 칼을 들이대고 하는 게 전부가 아냐. 요컨데 상대를 얼마나 쫄게 하느냐가 중요한 거지."

"꼼수 한 번 꿰뚫어본 걸로 아주 유세를 떠는군. 어차피 너따윈 형편 없는…."

"그런 소리 마."

반사적으로 돌아보니 앨원이 고개를 들고 졸린 눈으로 미소짓고 있었다.

"이건 이것대로 도움이 되는 남자니까."

"잘 잤어? 기분은 어때?"

내가 묻자 무겁게 고개를 젓는다.

"…속이 안 좋아."

"겁도 없다니까."

집에 돌아가면 바로 통을 준비해야겠군.

"…그 남자와 술을 마시고 있던 것까지는 기억나는데 정신을 차려보니 지금 이곳이야. 승부는… 내가 이겼다고 생각해도 되겠지?"

안도의 한숨을 내쉬자 얼간이 3명이 잇달아 사과했다. 앨윈은 노엘의 어깨를 쳐서 멈추게 한 후 등에서 내려왔다. 비틀거리면서도 우리들 앞에 서서 양손을 벌린다.

"너희들이 보기에 나는 어떻게 보이지?"

"……."

대답이 없다. 랄프가 "훌륭하십니다"나 "존경하고 있습니다" 같은 헛소리를 주절댔기에 내가 정답을 말하기로 했다.

"주정뱅이로군. 게다가 곤드레만드레 취해 있어."

"그 말이 맞아."

앨윈은 어깨를 들썩이며 웃었다.

"다리는 후들거리고 있고 머리는 술기운때문에 발음도 꼬이고 있어. 싸움은 커녕 혼자서 집에 돌아가는 것도 어렵겠지. 다른 사람의 손을 빌리지 않으면 아무것도 할 수 없어. 그게 지금의 나야."

자조 섞인 말이기는 했지만 비하나 경멸의 어감은 없었다.

"루스터 경 같은 무사도 아니거니와 매쉬처럼 처세가 좋은 것도 아니야. 믿음직하지 못하다는 것은 나도 잘 알아. 그래도 백성들을 위해, 맥터로드 왕국 재건을 위해 목숨을 걸고 싸우기로 맹세했어. 강하지는 않지만 강해질 거야. 그래도 좋다면 부디 나를 따라와주길 바래."

노엘 일행은 그저 멍해 있었다. 어떻게 해야 될지, 뭐라고 해야 될지 몰라 망설이고 있는 것이리라. 어쩔 수 없이 내가 시범을 보여주기로 한다.

그녀 앞에 무릎을 꿇고 그 손을 잡았다.

"분부대로 하겠습니다. 나의 주군."

이곳이 왕국에 있는 성이라면 좀더 폼이 났겠지만 유감스럽게도 이곳은 지저분한 길바닥이다. 그래도 그녀의 위엄은 훼손되고 있지 않았다. 그런 분인 것이다.

가장 먼저 움직인 것은 노엘이었다. 내 옆에 나란히 서더니 깊숙히 고개를 숙인다.

"왕녀 전하께 충성을 맹세합니다."

뒤를 이어 버질 일행이 고개를 숙였고, 마지막으로 랄프가 같은 자세를 취했다. 이것으로 되었다. 이것으로 조금은 깨달았을 것이다. 눈앞에 있는 것은 지켜야 할 공주님이 아니라 모셔야 할 주인이라는 것을. '이지스'도 진정한 의미에서 앨원의 파티로 변해갈 것이다.

전화위복. 다소의 말썽은 있었지만 결과적으로는 잘 되었다.

이것으로 이야기는 끝. 이제 집으로 돌아가서 공주기사님의 옷을 벗기고 몸을 쓰다듬는 즐거운…, 아니 봉사를 할 예정이었지만 훼방꾼이 찾아왔다.

골목 이곳저곳에서 양아치들이 나타났다. 물어볼 것까지도 없이 '군웅회'의 부하들이다. 오즈왈드의 모습은 없는 듯하지만 20명 정도는 된다.

"이건 오즈왈드가 보낸 거야? 아니, 그렇게 자신의 얼굴에 먹칠을 할 만큼 쪼잔한 인물은 아니겠지."

"시끄릿!"

손에 든 몽둥이와 검을 쳐들고 공격해왔다. 수하들의 독단인가?

오즈왈드라면 이런 골목에서 습격하지 않는다. 정면으로 승부를 걸지 않으면 체면이 회복되지 않기 때문이다.

결국 이렇게 되는 건가. 역시 대중은 알기 쉬운 전개를 원하는 듯하다. 되도록 온건하게 해결하려고 했지만 이렇게 된 이상 어쩔 수 없다. 두들겨 패줄 뿐.

"이곳은 위험해. 지금의 너는 방해만 되니까 도망치는 편이….."

소매를 잡아당기자 앨윈은 대답 대신 나에게 기대왔다. 들여다보니 조용한 숨소리를 내고 있다.

"잠자는 공주님인가. 태평스런 분이로군."

밤중이라 나도 도움이 되지 않는다.

"너는 공주님을 데리고 도망쳐. 이곳은 우리들이 맡을 테니까."

랄프가 검을 뽑으면서 건방진 소리를 했다.

"부탁할게."

"너를 위해서가 아니라 공주님을 위해서야."

"그래도 상관없어."

도망치려 해도 지금의 완력으로는 앨윈 한 사람조차 제대로 들수 없기에 어떻게 엄폐물이 있는 곳까지 끌고 가는 게 고작이다.

그러는 사이에 난투는 시작되었다.

"여기서 한 발짝도 통과하게 하지 마. 전투자세를 취해라!"

버질의 지시로 버질과 랄프가 선두에 서고 그 뒤에서 크리포드가 마법으로 엄호하는 대열을 짰다. 그러는 동안 노엘이 종횡무진으로 적진을 누비기 시작했다.

상대한테 빼앗은 몽둥이로 양아치들을 때려눕히고, 반격이 날아와도 왼쪽 오른쪽으로 가볍게 움직여 같은 편을 공격하도록 유도했다. 같은 편의 머리를 때린 녀석이 허둥대는 사이에 노엘은 그 녀석의 머리를 뒤에서 두들겨팼다.

대활약이지만 상대는 숫자가 많았다. 착지하다가 발이 걸려 넘어졌다.

"죽어라!"

양아치가 몽둥이를 치켜들었다. 노엘은 몸을 움추렸지만 공격은 오지 않았다.

"너나 죽어."

세라피나가 등 뒤에서 양아치의 사타구니를 걷어찼기 때문이다.

"괜찮아? 노엘."

손을 잡고 일으켜세운다.

"고맙습니다."

노엘은 웃는 얼굴로 감사를 표했다.

"멍하니 있지 마. 오른쪽이야. 방어해!"

버질의 지시가 날아오자 다른 네 사람도 표정을 바꿨다.

다섯 사람이 고함소리를 내며 일제히 '군웅회' 녀석들에게 돌격했다.

이제야 파티의 연계와 결속이 생겨나고 있는 것 같다.

사이가 안 좋은 녀석들을 결속시키는 가장 좋은 방법은 공통의 적을 만드는 것이다.

이번 싸움은 좋은 계기가 되었다. 알기 쉬운 적도 있으니 말야.

원래는 내 쪽에서 적당한 악역을 준비할 생각이었지만 오즈왈드 일당이 싸움을 걸어왔기에 그 수고를 덜었다. 고맙군.

이리 되면 내가 할 수 있는 일은 한정된다. 기껏해야 돌을 던져

견제하는 정도다. 작은 돌멩이뿐이라 별 위력은 없지만 움찔하게
만드는 정도는 가능하다.

무투파라고 해도 결국 폭력배들 사이에서의 이야기다. 그리고 술
집에서 양아치들이 이길 수 있었던 것은 좁은 곳에서 숫자의 힘으
로 압도했기 때문이다. 정면으로 싸우면 오합지졸에 불과하다.

어느샌가 반 수 가까이가 길바닥에 쓰러져 있었다.

형세가 명확해지자 40대로 보이는 남자가 허둥대면서 도망치라
는 지시를 내렸다. 저 녀석이 주모자인 듯하다. 팔에 바포메트로 보
이는 문신이 있는 걸 보니 아까 오즈왈드 옆에 있었던 헥터라는 남
자다. 기절한 녀석들을 회수해가는 모습에는 감탄했다.

아마 내일쯤에는 오즈왈드의 손에 의해 시체가 되어 '미궁'에 던
져지겠지만.

헥터도 수하들과는 다른 방향으로 도망치기 시작했다.

"거기 서라!"

내버려두면 될 것을 랄프가 뒤쫓았다. 저 바보 녀석, 너무 흥분
했군.

"너무 멀리 쫓지마, 이봐!"

내 충고를 무시하고 도망친 헥터를 뒤쫓는다. 젊어선지 다리가
빨라서 눈깜짝할 사이에 그의 앞길을 막았다.

"제기랄!"

욕설과 함께 여자의 비명이 터졌다. 헥터가 창부로 보이는 여자
를 인질로 잡은 것이다. 한쪽 팔로 뒤에서 목을 조르고 다른 한쪽
손으로는 나이프를 여자 얼굴에 들이대고 있다. 랄프의 얼굴에 동
요가 일었다. 저렇게 될 줄 알았어.

"비겁하잖아. 그 사람을 놓아줘!"

"알게 뭐야, 얼간이!"

랄프의 설득도 욕설로 받아치는 실정이다. 쫓아온 노엘이 빈틈을 노리지만 헥터는 벽을 등지고 있고 여자를 방패로 쓰고 있다. 잘못하면 여자가 다치게 된다. 이럴 때 어떻게 해주는 게 공주기사님이지만 아직 술에서 깨지 않았다.

"거기서 비켜. 안 그러면 이 여자의 얼굴이 구멍투성이가 될 테니까!"

헥터는 진심이었다. 자극하면 정말 그렇게 할 것이다. 우리들은 길을 터주었다.

"잘 들어. 움직이지 마. 내가 됐다고 할 때까지….."

헥터의 협박을 높은 발소리가 차단했다.

우리들이 거의 동시에 돌아보니 밤 골목을 키 큰 남자가 걸어오는 게 보였다.

연령은 20대 후반 정도일까. 맹금류처럼 날카로운 밤색 눈동자에 라이트브라운색 머리카락을 목 뒤에서 묶고 있다. 길쭉한 얼굴에 체격도 호리호리하지만 빈약하다기보다는 불필요한 부분을 극한까지 제거한 느낌이었다. 빈틈이 없다. 모험자인 줄 알았지만 처음 보는 얼굴이었다. 허리에 찬 검도 그렇고 흰색 재킷도 그렇고 돈을 많이 들였다. 동작에서도 오랜 훈련과 교육이 몸에 배어 있다.

기사거나 귀족 계급이다.

틀림없이 초면일 텐데 어딘가에서 만난 듯한 느낌이 든다.

어디였지? 아니면 누군가를 닮은 건가?

내가 생각하고 있는 사이에도 남자는 말없이 헥터에게 다가왔다.

"이봐, 오지 마! 이 여자가 어떻게 되어도⋯."

헥터가 끝까지 말을 하기도 전에 남자는 검을 뽑았다. 은색 빛이 두 번 번뜩였다. 사브르 같은 얇은 검을 칼집에 되돌리자 헥터의 양 손목이 툭 떨어졌다. 검붉은 피가 뿜어나오며 땅바닥에 떨어진 손 목에서 나이프가 떨어졌다.

그제야 비로소 헥터가 비명을 질렀다. 자신이 만든 피웅덩이 속 에서 몸부림치고 있다.

여자도 피를 뒤집어 쓰고 비명을 지르더니 겁에 질린 얼굴로 어 딘가로 도망쳤다.

남자는 거기서 무언가를 떠올렸다는 듯 우리 쪽을 돌아보았다.

"너희들은 모험자인가?"

의외로 젊은 목소리다. 저음에 또렷한 목소리.

"그런데 왜?"

내가 대표로 대답을 했다. 앨윈은 아직 자고 있고, 다른 녀석들은 경직되어 있다. 정확하게 말하면 나는 모험자가 아니지만 세세하게 설명할 이유도 의리도 없다.

"묻고 싶은 게 있는데, 모험자 길드가 관리하고 있는 묘지는 어디 에 있지?"

뜻밖의 질문에 나는 고개를 갸웃했다.

"이런 한밤중에 성묘야? 혹시 묘지기? 아니면 도굴꾼인가?"

"내일 성묘를 할 생각이었는데 장소가 떠오르지 않아서 말야. 마 을 변두리에 있는 묘지라는 것까지는 기억하고 있는데."

화를 낼 줄 알았지만 남자는 내 '와이즈크랙'에 개의치 않고 대답 했다.

"묘지 한복판에 있는 거목에서 똑바로 서쪽으로 가면 있어. 묘 앞에 녹슨 검과 술병들이 바보처럼 널부러져 있으니까 바로 알 수 있을 거야."

"그렇군. 고마워."

"덧붙여 말하면 두 종류가 있어. 개인용과 공동묘지. 개인용은 길드에 공적이 있는 사람과, 이름 있는 모험자, 그 이외엔 대개 공동묘지쪽에 묻혀 있어. 네 지인이 어디에 묻혀 있는지는 모르겠지만."

그 부근에 술이라도 뿌려주면 고인도 좋아할 것이다.

"문제 없어. 내가 가는 건 개인용 묘지니까."

남자는 크게 고개를 끄덕였다.

"그곳에 여동생이 잠들어있지."

여동생이라고 반사적으로 되뇌이더니 남자의 눈이 분노로 불타올랐다. 별로 좋은 죽음은 아니었던 것 같다.

"아, 여기 계셨네."

"찾았습니다, 카라일 경."

조바심을 내는 얼굴로 몇 명의 위병이 달려왔다. 그중에는 아는 얼굴도 있다. 콧수염과 거무틱틱이다. 역시 신분이 있는 분이었던 것 같다.

"미안하군. 오랜만에 거리를 돌아보려 했는데 길을 잃어버려서 말야."

카라일 경이라 불린 남자는 가볍게 사과한 후 피투성이의 헥터를 포박하라는 지시를 내렸다. 이 출혈량이라면 취조하기 전에 출혈사 하겠지만 마음에 두는 낌새는 없었다.

"자, 이쪽으로 오시죠. 영주님이 기다리고 계십니다."

콧수염이 아양떠는 목소리로 재촉했다.

카라일 경은 몇 발짝 걸은 후 내쪽을 돌아보았다.

"너, 이름이 어떻게 되지?"

잠시 망설였지만 솔직하게 이름을 밝히기로 했다.

"매쉬인데, 왜?"

"그렇군. 네가…."

납득했다는 듯 고개를 끄덕인다. 그 눈에 일순간 증오의 불꽃이 서린 듯했다. 이 녀석, 나를 알고 있는 건가?

"나는 빈센트라고 해. 또 만나기로 하지."

빈센트라고?

내 동요를 간파한 듯 의기양양하게 미소짓더니 그대로 콧수염 일행과 함께 떠나갔다.

그 뒷모습을 보면서 나는 등에 식은땀이 흐르는 것을 느끼고 있었다. 저 남자가 누구인지 그제야 짐작이 되었다.

저 남자는…, 빈센트는, 모험자 길드 감정사였던 바네사의 오빠다.

사이가 안 좋았기도 해서 아버지는 데릴사위를 받아들여 뒤를 잇게 하려고 했던 모양이야."

결과적으로 보면 그 의도는 반만 성공했다. 본가는 몰락한 반면, 양자로 간 빈센트는 훌륭하게 성장해서 19세에 왕가 직속의 기사로 취임했다.

"지금은 왕국 수호 부대에 소속되어 있다고 들었는데, 어째서 이런 곳까지 온 건지 모르겠네. 단순히 성묘하러 온 것 같지는 않았어."

가장 먼저 떠오른 것은 신분을 내팽개치고 원수를 갚기 위해 왔다는 것이지만, 위병들이 정중하게 안내를 한 걸 보면 그것은 아닌 것 같다. 좌천이나 부정부패를 저지른 분위기도 아니다. 단정한 얼굴의 기사님이라면 사족을 못 쓰는 부인분들이 많을 텐데 호색가는 아닌 듯하다. 앨윈이나 노엘에게 정신이 팔린 것 같지도 않았다.

"아마 '성호대'로 온 거겠지."

앨윈은 고개를 들고 손으로 머리를 빗었다.

"일전에 소문은 들었다만, 본격적으로 움직이기 시작한 거겠지."

공주님이었던 탓에 앨윈은 종종 높은 분들에게서 정보를 얻는다.

"그게 뭔데?"

"간단히 말하면 레이필 왕국 직속의 치안유지 부대로군."

국왕과 귀족들은 전부터 '그레이 네이버'의 치안 악화를 불안하게 생각하고 있었다고 한다. 녀석들에게 있어서 '미궁'은 희귀한 진품 명품을 가져다주는 보고이다. 그 이익과 물품이 뒷세계로 흘러들어가 녀석들의 배를 불리는 게 맘에 안 들었던 것이리라.

"영주와는 독립된 수사기관이야. 도시 경비는 지금까지처럼 위병들이 맡지만, 범죄 수사…, 특히 장물 매매와 밀수 등의 조직적인 범죄수사는 그들이 맡는다고 해."

"홋."

정말로 높으신 분들이 탁상 위에서 생각해낼 법한 이야기다. 이건 틀림없이 실패한다. 전력을 조금 갖추었다고 이 도시의 어둠이 걷힐 리 없다.

"절대 무리야. 위병 제군들처럼 뇌물에 쩔어질 뿐이지. 내기해도 좋아."

"그런 소리 하지 마."

앨윈은 쓸쓸하게 웃었다.

"이 도시가 조금이라도 살기 좋아진다면 그건 환영해야 할 일이야. 이 도시의 악덕에 물든 내가 할 소리는 아니지만."

"……."

앨윈에게 주고 있는 그 사탕에는 '릴리스'…, 금단의 '약'이 들어 있다.

그녀에게는 사탕의 재료를 시내에 있는 지인한테서 입수하고 있다고 말하고 있다. 치안이 좋아지면 범죄는 일어나기 힘들어진다. 불법적인 '약' 거래도 제한되므로 입수하기 더 힘들어질 것이다. 그녀가 말하고 있는 것은 그것이었다.

대다수의 사람에게는 환영할 만한 일이라도 그것으로 피해를 보는 사람도 있다. 잘못을 또 저지르기 힘들어진다는 점에서는 바람직하지만 그녀에게는 아직 이르다. 아직 그런 경지에는 도달하지 않았다.

"걱정할 것 없어. 나한테 맡겨두면 돼. 네가 신경쓸 필요는 없다고."

　불안해지면 '미궁병'…, 그녀의 병이 재발할 수 있다. 병을 얼버무리기 위해 다시 다량의 '릴리스'를 섭취하게 된다면 지금까지의 고생이 물거품이 된다. 범죄인 것은 둘째치고 그녀의 목숨이 단축되고 만다. 하지만 '약'을 원하는 녀석들은 그리 쉽게 사라지지 않는다. 인간은 어리석고 약한 생물이기에. 그래서 '릴리스'를 입수할 방법은 얼마든지 있다.

　앨윈은 내 손을 잡았다.

　"제발 무리는 하지 마. 어리석은 나를 위해 네가 죽는 것은 보고 싶지 않으니까."

　"그럴 생각은 요만큼도 없어."

　나는 말했다.

　"'생명줄'이 먼저 끊길 순 없으니 말야. 그래서 죽을 수 없고, 죽을 생각도 없어."

　나는 그녀의 손을 맞잡았다. 내가 죽으면 누가 그녀를 지킬까.

　"약속할게. 무슨 일이 있어도 너를 지킨다고."

　"매쉬…."

　눈동자가 뜨겁게 달아올랐다.

　현관 문을 두들기는 소리가 났다. 모처럼 좋은 분위기였는데 정말 눈치 없는 녀석이군.

　짜증을 내면서 문으로 향한다. 두드리는 소리로 판단컨데 녀석이다. 문을 열자 아니나 다를까 낯익은 얼굴이 드러났다.

　"큰일이야, 매쉬 씨!"

　어지간히 당황했는지 에이프릴은 작은 몸으로 최대한 크게 몸짓

손짓을 해가며 말했다.

"'성호대'인가 하는 사람들이 매쉬 씨를 부르고 있어. 바네사 씨 사건으로 이야기를 듣고 싶대."

안내된 곳은 모험자 길드 별동에 있는 감정실이었다. 그것도 바네사가 쓰고 있던 개인실. 그녀가 죽은 후에는 빈 방으로 남아 있다. 새로운 감정사를 부른다고 하는데 인선에 어려움을 겪고 있다고 한다.

안에 들어가자 유리 칸막이 너머로 세 남자가 앉아있었다. 가운데 있는 것은 빈센트다. 세 사람 모두 비슷한 차림을 하고 있다. 저게 '성호대' 제복인가 보군. 기척을 느끼고 돌아보니 옆쪽 벽가에도 네 명의 '성호대'가 창을 들고 서 있었다.

"잘 와주었어. 자, 거기 앉아. 편하게 있도록 해."

말과는 달리 우호적인 분위기는 아니었다. 성가셔질 것 같아서 진저리를 내며 빈센트 정면에 앉는다.

"여, 어제는 고마웠어. 다시 한번 자기소개를 할게. 나는 매쉬. 잘 부탁해."

악수를 청했지만 상대는 그럴 생각이 없어보였기에 손을 거두었다.

"바네사한테 이야기는 들었어. 댁이 바네사의 오빠지? 동생 이야기를 듣고 싶다면 이런 곳보다 술집 같은 곳이 더 좋을 것 같은데, 빈스."

"빈센트야."

기사님은 정색하는 얼굴로 정정했다.

"애칭으로 부르는 것은 좀더 서로를 알고 난 후에도 늦지 않아."

"알았어, 카라일 경."

나는 자세를 고쳤다.

"너는 바네사와 친했다면서?"

빈센트는 단도직입적으로 말했다.

"뭐 그랬지." 나는 고개를 끄덕였다.

"하지만 연인이나 그런 관계는 아니었어. 친구라는 느낌이었으려나?"

이 방에서 단둘이 이야기를 나눈 적도 있었지만 키스 한 번 없었다.

"솔직하게 물을게. 여동생을 죽인 범인에 대해 뭐 아는 거 있어?"

나는 눈을 부릅떴다.

"어딘가의 뒷세계 녀석한테 살해당했다고 들었는데."

"위병들의 조사로도 그런 것으로 되어 있더군. 허나 어디까지나 상황증거에 의한 추측일 뿐이야."

연인인 스타링이 뒷세계 세력권을 무시하고 '약'을 팔아치우다가 그것을 알게 된 녀석들이 제재 차원에서 스타링을 죽이고 증거인멸과 회수를 위해 간 곳에서 우연히 바네사와 조우한 탓에 그녀까지 살해했다.

"시체를 조사한 사람의 이야기에 따르면, 스타링은 본인의 끌에 목을 찔려 사망했고, 바네사는 목이 졸려 죽은 후에 기름이 끼얹고 불태웠다고 하더군."

"잔인한 녀석이야." 나는 신음하면서 이마에 손을 얹었다. "완전히 악마가 따로 없어."

"하지만 범인은 아직 발견되지 않았어. 실행범은 여전히 알 수 없고, 명령한 조직도 모호해. 몇몇 소문은 돌았지만 모두 추측의 영역을 벗어나지 않더군. 그래서 나는 이렇게 생각했어."

거기서 빈센트는 눈을 가늘게 떴다.

"뒷세계 녀석이라는 것은 처음부터 존재하지 않았고 진범은 따로 있다고 말야."

뒷세계 조직은 정보를 얻기 힘들기에 범인을 몰라도 이상하지 않다. 그쪽으로 유도하면 수사의 손길을 늦출 수 있다. 적어도 의심을 다른 곳에 쏠리게 할 수는 있다.

"분명히 말할게. 내가 이 도시에 온 것은 바네사를 죽인 녀석을 잡기 위해서야."

조용한, 그러면서도 굳센 선언이 방 안에 울려퍼졌다.

"'성호대'인지 뭔지의 임무로 온 거 아니었어?"

"물론 이 도시의 치안유지와 회복도 할 거야. 그게 폐하의 명령이니 말야. 바네사의 살인범을 잡는 것과도 모순되지 않지."

살인범을 붙잡으면 이 도시 치안도 좋아진다는 건가? 욕심쟁이다.

"아까 한 질문에 대한 대답은 노야. 기분은 이해할 수 있고 범인을 잡고 싶다는 마음도 너와 같아. 하지만 그것 외에 짚이는 거라면 남자 관계려나? 이상한 녀석들과만 사귀었으니 말야. 스타링이 아니라 해도 그것때문에 표적이 된 것일지도 몰라."

"다이안 클라크는 어때?"

"그게 누구지?"

들은 적 있지만 누군지는 잘 떠오르지 않는다.

"살해되기 얼마 선 바네사가 그녀의 약물 사용을 고발했다더군."

기억났다. 그 여자 말이로군. 바네사의 자비에 반발하여 칼부림으로 큰 소동을 일으켰던가. 데즈에게 붙잡혀 지하 감옥에 갇힌 후에 어떻게 되었는지는 알 수 없지만 많은 사람들 앞에서 창피를 당한 이상, 원한을 품는 것도 당연할 것이다.

"그녀가 범인이야?"

"알리바이가 있어. 그 날은 이곳 지하 감옥에 있었고 지금은 '갱생원' 안에 있지."

"그게 뭐지?"

"간단히 말하면 '약' 중독자를 치료하는 시설이로군."

나는 숨을 삼켰다.

"그런 곳이 있었나?"

"아직 임시 운용 중이야. '성호대' 시설의 일부를 개방해서 만들 예정이지. 밀매꾼과 중독자를 단속하는 것만으로는 언발에 오줌누기니 말야. 성공하면 중독자 숫자도 줄어들겠지."

"헤에."

바네사는 '약'을 증오하고 있었으니, 여동생의 유지를 이어받은 건가?

"'갱생원'인지 뭔지는 뭘 하는 곳이지? 치료약 같은 걸 주는 건가?"

"기본적으로는 '약' 기운이 다 빠질 때까지 감금하는 것이로군."

틀렸잖아. 치료법이 있다면 따라하려고 했는데.

"치료법에 대해서는 왕도의 약학원에서도 연구 중이라고 해. 그쪽에서 성과가 나오면 제공해 달라고 수배해뒀어."

"그거 좋군. 바네사도 기뻐할 거야."

"그리고 범인을 체포하면 더 편히 잠들 수 있겠지."

"…그렇겠지."

흥미로운 이야기였는데 쓸데없는 말을 하고 말았다. 자신의 어리석음에 신물이 난다.

"이야기를 되돌리겠는데, 증거라는 것은 어디에서 나올지 알 수 없어. 잊고 있었을 뿐 사소한 것이 진범의 동기로 이어지기도 해."

빈센트는 사냥꾼 같은 냉철함으로 말했다.

"다시 한번 묻는데 정말 없는 거지?"

"생각나면 가장 먼저 가르쳐줄게."

나는 기지개를 켜고 나서 일어섰다.

"이야기는 이것으로 끝인가? 마시러 갈 때는 나도 불러줘. 가능하면 사흘 전에 통보해주면 고맙겠어. 이래봬도 바쁜 몸이라서 말야."

"너는 모험자였다고 들었어, 매쉬."

빈센트는 다른 질문을 해왔다.

"동쪽에 있었는데 그곳에서 사고를 치는 바람에 이곳으로 도망쳐온 거야."

모험자의 과거따윈 많든 적든 구린 것들뿐이다. 빚을 지고 있건, 폭력배에게 쫓기고 있건, 다른 나라에서 일어난 범죄를 빈센트가 고발할 권리는 없다.

"은퇴했다고 들었는데 다친 것처럼은 안 보이는군."

"외형적으로는 말야. 하지만 안은 너덜너덜해. 검을 휘두르는 건 고사하고 나이프와 포크를 드는 것도 버겁지."

"그래서 이 도시에 온 후에는 일도 안 하고 그렇게 탱자탱자 놀고 있는 거야? 앨윈 양을 만나기 전에도 몇몇 여자들에게 기생해서 기둥서방을 했다고 들었는데."

"방황하는 여성의 조언자라고 해줘."

그것을 오해하면 곤란하다.

"그중에는 폴리도 있었다면서?"

나는 눈을 부릅떴다.

"알고 있는 거야?"

"오랜 지인이거든."

그러고보니 폴리와 바네사는 옛날부터 아는 사이였으니, 오빠인 빈센트와 알고 지냈다 해도 이상하지는 않다. 소꿉친구인 셈인가?

"듣자하니 너와 폴리는 사이가 별로였다던데."

"그래서 버려진 거야. 마차를 타고 이곳을 떠난 후로는 못 봤어."

"하지만 그것도 불확실한 이야기야. 지난 1년간 네 주위에서 한 사람이 사라지고 한 사람이 죽었어. 무슨 이유에서였을까?"

"우연이야."

아니면 운명이라는 웃기는 가이드북 탓이다.

폴리는 얼마 전에 이 도시에서 죽었지만 신원불명자로 취급되어 '미궁'에 버려졌다. 아마 뼈도 남지 않았을 것이다.

"바네사는 폴리를 꽤 신경 쓰고 있었어. 나에게도 편지가 왔었지."

빈센트의 속셈이 훤히 들여다보인다. 내가 폴리를 죽이고 그게 들통나자 입막음을 위해 바네사까지 죽였다고 말하고 싶은 거로군.

아깝군. 70점이다. 정답에는 도달하지 못했어.

"알고 있어. '좀더 무언가 해줄 수 있는 게 있지 않았을까?'라고 했었거든. 꽤 마음 아파했었지."

"……."

빈센트가 갑자기 침묵했다. 날카롭게 추궁하고 있던 그가 마치 야단맞은 어린애처럼 약해진 모습이다.

"알았어."

빈센트는 고개를 좌우로 흔들고나서 이야기가 끝났다는 듯 일어섰다.

"불러내서 미안했군. 무언가 떠오른 게 있으면 연락줘. 본부는 도시 북쪽에 있지만 출장소를 몇 곳 마련할 예정이야. 모험자 길드 근처에도 설치하기로 했어."

알았다 하고 밖으로 나가기 위해 몸을 돌린 순간 눈앞에 가늘고 긴 것이 툭 떨어졌다. '성호대'의 창이라는 것을 깨달은 나는 그것을 양팔로 받아내다가 그대로 앞으로 고꾸라졌다. 에구구. 얼굴을 바닥에 들이박고 말았다. 쓸데없이 무겁다. 보기에는 가늘지만 납 같은 것이 들어있는 모양이다.

"아아, 미안. 손에서 미끄러진 것 같군. 부하를 대신해 사과할게."

분명 고의적이다. 내가 정말 나약한지 어떤지 기습을 해서 확인해본 것이리라.

"사과할 거면 일단 이것부터 치워줘."

빈센트의 명령으로 '성호대'의 병사가 창을 한손으로 집어들었다. 어딘가의 기둥서방과는 차이가 크군.

"미안해. 나중에 엄중하게 주의해둘게."

뻔뻔한 얼굴로 말한다. 방심 못 할 녀석이다.

창에 깔려있던 팔 부분을 쓰다듬으면서 일어선다. 문에 손을 댔을 때 빈센트가 물었다.

"혹시나 해서 묻는데 바네사가 살해당한 그날 밤 너는 어디서 뭘 하고 있었지?"

"그날은 데즈와 마신 후에 거리를 어슬렁거리고 있었던 것 같아. 어디를 어떻게 돌아다녔는지까지는 기억나지 않지만."

"'유화 길'에는 안 간 거지?"

그곳에는 바네사의 연인이었던 스타링의 집이 있다. 바네사의 집도 그 근처다.

"그럴 거야. 술을 마신 터라 기억은 잘 안 나지만."

"그럼 '독늪 골목'은?"

거기까지 알고 있는 건가? 상상 이상으로 꼼꼼하게 조사했다.

"그곳은 불법 약물 거래에 자주 쓰이고 있는데, 그런 곳에 무슨 볼일이 있어서 간 거지?"

"딱히 '약' 같은 건 안 해. 뭐하면 확인해봐도 좋아."

아니, 그럴 필요는 없다며 빈센트는 고개를 저었다.

포기한 줄 알았지만 빈센트는 다른 방면에서 공격해왔다.

"목뼈가 부러진 상태를 보건데 바네사의 목을 조른 것은 체격이 좋은 거한이었어."

"어쩌면 여자일지도 모르잖아. 거인족이라든지 덩치 큰 여자도 있으니 말야."

빈센트는 내 머리부터 발끝까지 훑듯이 살폈다.

"너도 상당한 거구로군, 매쉬."

"너도 상당하잖아, 빈스."

키만으로는 나와 별 차이 없다.

"그럼 가볼게."

이번에야말로 나는 복도로 나왔다. 그렇게 긴 시간은 아니었을 텐데 묘하게 지쳤다.

아무도 없는 복도에서 벽에 몸을 기댄다. 자신도 모르게 자신의 양손을 보고 있었다.

뭐야, 매쉬. 이제 와서 후회하고 있는 거냐? 누군가가 그렇게 묻고 있는 듯한 느낌이 들었다.

"홋, 그럴 리 없지."

똑같은 일이 백 번 일어나도 같은 일을 할 것이다. 다음엔 좀더 교묘하게 할 뿐이다. 필요하다면 몇 번이고 바네사의 목을 조를 수 있다.

그 얼마 후 '성호대'가 정식으로 '그레이 네이버'에 배속되었다. 왕가 직속의 수호기사 빈센트가 대장으로 선두에 서서 도시 범죄 박멸을 위해 분전하고 있다고 한다. '성호대' 제복을 입은 녀석들을 시내 이곳저곳에서 볼 수 있게 되었다. 일단 마약 등의 밀수품 단속을 강화하고 있다고 한다. 뇌물을 받는 관리는 처벌하고, '솔 마그니' 같은 수상한 종교단체에도 감시의 눈길을 늦추지 않는다.

현재까지는 성과를 내고 있는 듯하지만 동시에 역시나 하는 생각도 들었다.

붙잡힌 것은 잔챙이들뿐이고 거물들에게는 손길이 미치고 있지 않다.

조직 녀석들도 있었지만 역시 말단 녀석들이었다. 간부들에게는 접근조차 못 하고 있다. 위에 있는 녀석들은 귀족에게까지 뇌물을 보내고 있으니 그리 쉽게 붙잡히진 않을 것이다.

아니나 다를까 위병들과도 사이가 안 좋은 듯했다. 몇 번인가 대립하는 모습을 본 적이 있다. 앞 길이 험난하다.

"그 오라버니가 이제 어떻게 할지가 문제로군."

그래도 죽기살기로 정의를 관철할지, 아니면 위병 제군들과 마찬가지로 뇌물과 부정에 물들어 잔챙이를 단속하며 무난하게 지낼지.

어느 쪽이 더 좋은지는 나로선 단언할 수 없다. 사명과 신념을 관철하는 것도 인생이고, 부정을 눈감아주고 유연하게 사는 것도 하나의 처세술이다.

앨윈도 오늘 아침 '미궁'으로 떠났다. 파티의 연계가 이루어지기 시작했기에 오늘부터 본격적으로 '미궁' 탐색을 재개한다고 한다. 거친 콧바람을 내쉴 만큼 의욕이 고취된 상태였다. 나는 그동안 집을 보는 역할이다.

용돈도 받았으니 창관에라도 가볼까 생각하고 있을 때 손님이 찾아왔다.

조심조심 문을 열었다가 나는 질렸다는 듯 한숨을 쉬었다.

"이곳은 도박장이나 식당이 아닌데 말야."

찾아온 것은 어떤 의미에서 친숙한 두 사람이었다. 콧수염과 거무튀튀. 시내를 순찰하는 위병이었는데 무슨 까닭인지 지금은 '성호대' 제복을 입고 있었다.

"전직이라도 한 거야?"

"파견이야."

대답을 한 것은 거무튀튀였다. 특징적인 걸걸한 목소리로, 나도 곧잘 흉내를 내고 있다.

"'성호대'는 외지인들뿐이라 이곳에 대해 잘 아는 사람을 요청받고 위병대에서 몇 명 보내게 됐어."

"급료는 똑같지만 말야."

콧수염이 자조적으로 웃었다.

"동료들한테도 배신자 취급이고 말이지. 게다가 이런 때때옷을 입고 토사물과 먼지투성이인 거리를 걸으라고 하니 무슨 재주꾼이라도 된 기분이야."

"안됐군."

공무원의 비애인가.

"아무튼 그 상부의 지시로 왔어, 매쉬."

두 사람이 창을 겨누었기에 두 손을 든다.

"카라일 경이 너를 초대했으니 '성호대' 본부까지 와줘야겠어. 네가 주빈이래."

거무튀튀가 불쌍하다는 듯 말했다.

"미안하지만 드레스를 아직 못 골라서 말야. 코르셋도 조여야 되고."

"안심해. 오늘은 가장 무도회거든. 너는 '불쌍한 기둥서방' 역할이라더군."

옆구리를 쿡쿡 찔러왔기에 어쩔 수 없이 걷기 시작한다.

"백마 탄 기사님이 기다리고 계시니까 이틈에 왈츠 스텝이라도 떠올리고 있으라고."

'성호대' 본부는 도시 북부 영주성 근처에 있다. 원래는 낡은 요새였던 것을 개장했다고 한다. 튼튼한 것만이 상점일 것 같은 석조 건물의 문을 통과해서, 들어오자마자 보이는 계단을 내려간다. 그곳이 취조 장소인 듯하다. 문은 강철제. 반지하로 되어 있고, 천장 부근에 있는 가늘고 긴 격자창을 통해 햇볕이 스며들고 있다. 그리고 의자와 테이블. 안쪽 의자에는 빈센트가 버티고 앉아 있다. 그 뒤에는 네 명 정도가 대기하고 있었다.

"잔치 여흥 치고는 너무 지나친 것 같은데."

맞은편 자리에 앉혀졌다. 가지고 있던 물건과 지갑은 압수되고 양손목에는 수갑이 채워졌다. 물론 지금의 나로선 풀 수 있는 게 아니다.

빈센트는 내 농담을 무시하고 꾸깃꾸깃한 서류를 테이블 위에 올려놓았다. 본 적은 없지만 내용과 필적은 눈에 익었다.

"바네사한테 빚을 지고 있었던 모양이더군."

"그래."

얼버무릴 이유도 없기에 순순히 인정한다. 차용증 같은 것을 일일이 쓰지 않았기에 바네사 쪽에서 기록해둔 것이리라. 돈을 빌린 장소는 대부분 모험자 길드 감정실이었기에 그쪽에 보관해두었던 모양이다.

"혹시 돈을 못 갚게 되어서 죽였다고 생각하는 거야?"

그런 이유라면 나는 데즈를 이미 30번은 죽였다. 죽을지 어떨지는 알 수 없지만.

"돈이라면 다른 녀석들한테도 빌렸고 찔끔찔끔 갚고도 있어."

"확실히 조금씩이나마 변제는 하고 있군. 곧 다시 빌리고 있는 것 같지만."

빈센트는 서류를 쿡쿡 찔렀다.

"바네사와는 연인 관계가 아니라고 했지? 그렇다면 네가 일방적으로 추근댄 거 아냐?"

"그야 상당한 미인이었으니 말야. 오라버니 앞에서 할 말은 아니지만 상대할 수 있다면 하고 싶다고 생각한 적은 있었어. 하지만 그것뿐이야. 무슨 하렘 왕도 아닌데 하고 싶은 상대와 모두 할 수 있는 녀석따윈 없다고."

"억지로 관계를 강요한 건 아니고?"

"망상이로군."

"욕망을 주체하지 못하고 덮쳤는데 큰 소리를 지르니까 목을 졸랐다가 힘이 너무 들어가서 죽이고 말았다든지."

"그건 나와 바네사에 대한 모욕이야. 소중한 여동생의 죽음을 가지고 자위라도 할 생각이야? 변태 녀석."

슬슬 부아가 치밀기 시작했다. 도발이라는 것은 잘 알고 있다. 내가 이성을 잃고 말실수하는 것을 기다리고 있는 거겠지만 한도라는 게 있다.

"앨윈 메이벨 프림로즈 맥터로드."

빈센트가 그 이름을 입밖에 낸 순간 찬물을 뒤집어 쓴 것처럼 뱃속이 싸하게 식었다.

"눈빛이 변했군. 방금전까지 실실 웃고 있었는데."

"네 입에서 그 이름을 듣고 싶지 않아. 그녀의 이름이 더럽혀지니까."

"나와 처음 만났을 때 '군응회' 녀석들과 싸우고 있었던가."

"녀석들이나 얼른 감방이나 처형대로 보내. 그게 댁이 할 일이잖아."

"솔직히 말하면 난투가 벌어졌을 때 네가 그녀를 지키고 있는 것을 보고 있었어."

"선량한 시민이 궁지에 처했는데 구하지도 않고 구경만 했다는 거야? 정말 속편한 직업이네."

내 도발을 무시하고 빈센트는 흥미로운 듯 눈을 빛냈다.

"기둥서방이라는 족속을 몇 명 알고 있지만 네가 앨윈 양을 보는 눈은 욕정에 사로잡혀 있거나 돈줄을 보는 눈이 아니었어. 목숨을 걸고 지켜야 할 상대. 마치 아버지나 오빠 같았지."

"기왕이면 연인이나 남편이라고 해줬으면 해."

"확실히 너는 바네사를 죽일 동기가 없었을지도 몰라. 허나 앨윈 양을 위해서라면 어떨까? 사랑하는 사람을 위해서라면 살인도 무릅쓰는 사람이 이 세상에는 있거든."

"바보같군."

나는 코웃음쳤다.

"앨윈과 바네사 사이에 그런 말썽따윈…."

"없겠지. 내 조사에서도 나오지 않았어."

빈센트는 순순히 인정했다.

"물론 금전이나 남자 문제도 아니야. 하지만 말했을 텐데? 증거라는 것은 어디서 나올지 모르고, 잊고 있었을 뿐 사소한 것이 진범의 동기로 이어질 수도 있다고."

빈센트는 거기서 뒤에 있는 부하에게 신호를 보냈다. 명령을 받은 부하는 잠시 얼굴을 찡그렸다가 건성으로 종이다발을 올려놓았다. 어지간한 사전만 한 두께다.

"앨윈 양에 대한 증언을 정리한 거야. 유명인이라서 그런지 증언하는 사람도 많더군. 대부분은 아무래도 좋은 이야기겠지만 그 안에는 반드시 진실이 숨겨져 있을 거라 나는 확신하고 있어."

유명인이기에 그 행동은 사람들 눈에 띄기 쉽다. 본인이 모르는 곳에서 불편한 사실을 누군가가 목격했을 가능성도 있다. 과거의 내가 그랬던 것처럼.

대답을 하지 않고 있으려니, 빈센트가 집념을 꾹꾹 눌러담은 듯한 편지 다발을 손가락으로 헤집는다.

"말해두지만 아직 조사 도중이라 앞으로도 계속 늘어날 거야. 앨윈 양이 이 도시에 온 후로 지금까지 정말 아무 일도 없었을 거라 너는 단언할 수 있어? 그녀가 청렴결백했다고 말야."

"……."

그녀의 비밀을 누군가가 보았을 가능성은 충분히 있다. 하지만 바로 잊어버렸거나 마음에 두지 않았거나 착각이라 생각해서 아무도 의아하게 생각하지 않았다. 그래서 앨윈은 지금까지 무사할 수 있었다. 오스카 같은 협박자는 아직 나타나지 않았다.

하지만 증언을 요구받으면 다시 떠올릴지 모른다. 그러고보니 어째서 공주기사님이 그런 곳에 있었지? 그런 곳에서 뭘 하고 있었던 거지? 라면서.

차라리 협박하러 오면 그나마 대처할 방법이 있다. 하지만 수천 명의 증언자를 모두 해치우는 건 불가능하다. 어디서 무엇이 진실로 이어질지는 아무도 모른다. 아무것도 나오지 않을 거라 장담하기에는 불확정 요소가 너무 많다.

만약 그녀의 비밀이 백일하에 드러난다면 우리들은 끝장이다.

목이 말라왔다. 이 국면을 벗어날 방법은 없는 건가? 최소한 앨 원만이라도 구해낼 방법은? 문득 수갑이 눈에 들어왔다. 죄인을 포박하기 위한 구속구가 몹시 딱딱하고 차갑다.

"왜 그래? 수갑이 맘에 걸리는 거야? 아니면 바네사를 죽인 순간을 떠올리기라도 했어?"

내 시선이 향한 곳을 눈치챘는지 빈센트는 몸을 앞으로 내밀고 교활한 짐승의 눈으로 나를 내려다보았다.

"어떤 거야? 매쉬."

"시덥잖은 질문을 하지 마, 빈스."

처형대에 목이 매달리든, 목이 잘리든 상관할 것 같나. 맘대로 해보라지. 나는 아무것도 이야기하지 않고 이야기할 생각도 없다. 이 비밀은 묘지뿐 아니라 내세에까지 가져간다. 각오를 하고나니 수단이 보이기 시작했다.

"애초에 앨윈을 지키는 것은 당연한 일이잖아."

나는 말했다.

"그녀가 없으면 나는 먹고 살 길이 없어. 그렇게 되면 길바닥에서 죽을 뿐이야. 그러니까 상대가 폭력배든 뭐든 싸울 수 밖에 없잖아. 싸우고 싶지는 않지만 말야."

어느 누구에게도 앨윈을 나눠줄 생각이나 넘겨줄 생각은 없다.

"소중한 여자를 위해 목숨을 거는 것은 기사님의 18번이잖아. 너는 안 그런 거야?"

그 순간 빈센트는 쓰디쓴 것을 삼킨 듯한 얼굴을 했다.

숨이 턱 막혔는지 무언가를 이야기하려 했지만 말이 나오지 않는 듯한 인상을 받았다.

갑자기 찾아온 침묵에 피로가 단숨에 몰려왔다.

나는 등받이에 몸을 기댔다.

"…복수에 불타는 댁에게는 미안하지만 나에게는 집을 봐야 하는 소중한 임무가 있어. 잡담은 이제 됐잖아. 얼른 보내주라고. 그리고 지갑과 그것도 돌려주고. 아까 댁이 압수한 내 수정구슬 말야."

"이게 그렇게 소중해?"

빈센트는 품속에서 반투명한 구슬을 꺼냈다. '템포러리 선'이다.

"모험자 길드 직원한테 들었어. 길드가 바네사에게 양도한 거라 하더군."

빈센트의 눈에 살의가 서린 것을 보았다.

"왜 네가 가지고 있지?"

"받은 거야. 바네사한테서."

"어째서? 별 효과는 없는 듯하지만 엄연한 매직 아이템이라 팔면 그럭저럭 돈이 돼. 게다가 돈을 빌리고 있는 너한테 선물할 이유는 뭐지?"

"남친인 스타링이 폭력배 상대로 사고친 것을 내가 해결해줬거든. 그 답례라고 하길래 고맙게 받았어."

"그것을 증명할 것은? 증인은 있어?"

"없어. 증인도 없고."

그때는 나와 바네사 단둘이었다. '가짜 돈' 문제였기에 사람들 앞에서는 이야기할 수 없었다. 사고를 친 스타링도 이 세상에 없으니까 증언은 불가능하다.

"혹시 그것을 훔치기 위해 그녀를 죽였다고 하지는 않겠지? 댁이 말한 대로 허접한 효과밖에 없다고."

"그렇다고 한다면 어쩔 거지?"

빈센트는 '템포러리 선'을 나에게 들이댔다. 반투명의 공 안에 떠오른 것은 태양신의 문장이다.

"왜 평소에도 가지고 다니나 했는데 설마 태양신의 신도였을 줄이야."

"아냐!"

나는 큰 소리를 내면서 일어섰다.

"아무래도 정곡을 찌른 것 같군."

빈센트가 냉철한 눈으로 바라보았다.

"종파는 어디야? '솔 마그니'에라도 귀의한 건가?"

"아니라고 했잖아!"

호통치면서 몸을 앞으로 내밀다가 '성호대' 녀석들에게 제압당했다.

땅바닥에 엎드린 나를 내려다보면서 빈센트는 말을 이었다.

"태양신 신앙 자체는 딱히 금지되고 있지 않아. 허나 '계시'니 '신의 궁전'이니 하면서 신앙에 너무 몰입하다 범죄를 저지르는 사람이 많은 것도 사실이지. 특히 '솔 마그니'는 최근 위험한 움직임을 보이고 있어."

불법 약물에 무기 밀수, '스크롤'을 이용한 마물 유입. 최근에는 유괴, 살인 등 뭐든 다 하고 있다. 역시 구더기 태양신에게 똥구멍을 바친 녀석들은 뭐가 달라도 다르다.

"그중에서도 특히 신성시하고 있는 것이 태양신의 문장이 들어간 매직 아이템이야. 녀석들은 '신기'라 부르고 있더군. '신기'를 입수하기 위해서는 수단과 방법을 가리지 않아. 다른 도시에서는 살인으로까지 발전하고 있어."

그렇게 말하며 빈센트는 내 눈앞에 '템포러리 선'을 들이댔다.

"다시 말해 이건 살인 동기가 된다는 거지. 이것을 입수하기 위해서라면 너희들은 여자를 목졸라 죽이는 것도 마다하지 않아."

"잠꼬대도 작작 해!"

나는 소리쳤다.

"좋아. 증명해줄게. 그 녀석의 험담이라면 백만 개라도 할 수 있으니 말야. 뭐하다면 녀석들의 교회에 대소변과 토사물을 끼얹고 올 수도 있어."

"설사 네가 교회를 불태운다고 해도 증거는 되지 않아. '일식'이라면 말이지."

"그게 뭔데?"

"시치미 떼지 마. '태양신' 신앙의 교리잖아. '태양신은 언제나 하늘에 계신다. 구름에 가려지든 달에 뒤덮히든 그림자처럼 언제나 곁에 계신다'라는 것이지. 그 가르침때문인지 박해에서 도망치기 위해 신앙을 감추는 것도 허용되고 있다고 들었어."

요컨대 숨어 있는 신자라는 건가. 그건 몰랐군.

"그런 짓 안 해. 그 망할 대머리 새끼를 숭배하는 일따윈 절대 없으니까."

"그렇게 싫다면 왜 가지고 다니는 거지? 버리든 팔든 하면 될 것을."

"그게 가능하면 이런 고생 안 해!"

"저주의 아이템이라고 말할 생각이야? 그런 저주는 일절 걸려 있지 않아. 이 수정구슬을 가지고 있었던 것은 틀림없이 네 자신의 의지야. 이걸 빼앗기 위해 바네사를 죽였어. 그렇지?"

"안 했다면 안 했어!"

멱살을 잡으려다가 다시 제압당했다. 상체를 테이블에 억누른 채 양팔을 둘이서 붙잡고 있다.

"이쪽이 진짜 동기였나."

빈센트는 옷 매무새를 가다듬으면서 뜻밖이라는 듯 중얼거렸다.

"끌고 가. 털어보면 이것저것 여죄도 나올 것 같으니까."

손뼉을 치자 '성호대' 녀석들이 나를 끌고 갔다. 멀어져가는 빈센트를 바라보며 나는 힘없이 웃었다.

아무리 앨윈을 지키기 위해서라고 해도 내 입으로 태양신의 신자라는 것을 밝히게 될 줄이야. 물론 빈센트가 이야기한 '솔 마그니'에 관한 건 방금 알았다.

평범하게 반론해도 빈센트는 납득하지 않을 것이다. 그래서 강하게 부정해 주었다.

부정하면 할수록 그 뒤에 무언가가 있을 거라고 생각하고 싶어진다. 머리 좋은 녀석일수록 그렇다. 제대로 걸려든 덕분에 앨윈의 명예는 지킬 수 있었지만 대신 내가 똥으로 범벅이 됐다. 아니, 태양신 신자로 오인되느니 차라리 그쪽이 낫군.

저기 바네사, 혹시 이게 너의 복수인 거야?

그렇다면 잘 생각해냈어. 이거 상당히 괴롭거든.

그후에는 당연히 고문 타임이다. 비좁은 방에 던져지나 싶더니 네 명에서 두들겨 패고 걷어차고 집어던지고 짓밟고 목을 졸라댔다. 나무 몽둥이와 채찍으로도 얻어맞았다. 저주에 걸린 후에도 튼튼함만은 자신이 있다. 따분해져서 꾸벅꾸벅 졸 뻔했지만 물을 끼얹고 큰 소리로 호통치기도 하고 벽에다 얼굴을 문지르는 등 인정사정 없다. 울 것 같다.

밤이 된 후에도 내가 실토하지 않자 네 사람 쪽이 먼저 지쳐버린 듯 지하 감옥에 내던져졌다. 소변과 똥 냄새가 나는 돌 감방에 엎드린 채 쓰러져 있자니 발소리가 났다.

빈센트인 줄 알았지만 찾아온 것은 콧수염이었다.

"여, 괜찮아?"

나는 얼굴만 돌리고 말했다.

"이제 틀렸어. 너무 느끼고 말아서 한계야. 갈 것 같아."

"팔팔해 보이는군."

콧수염이 내 근처로 오더니 쇠창살을 사이에 두고 웅크려 앉았다.

"무슨 용건이야? 악덕 관리."

"그런 소리 하지 마. 일부러 너를 위해 온 거니까. 자, 저녁밥."

작은 반입구를 통해 빵과 물이 올려진 쟁반을 감옥 안으로 밀어 넣는다.

"독 같은 건 안 들었겠지?"

"아마도. 뭐 들어 있어도 포기하라고."

친절하군. 기왕이면 독이 있는지도 확인해주면 좋았을 것을.

"나한테 무슨 볼일이야? 내보내 주려고?"

"그건 무리야. 카라일 경은 너를 처형대로 보낼 생각에 잔뜩 들떠 있거든. 섣불리 지켜주려다 나까지 말려들고 말아."

그렇게 말하고 자신의 목에 손을 댄다.

"무섭군."

"그래, 다들 쫄아 있어. 특히 파견 나온 녀석들."

이 도시 위병은 많든 적든 뒷세계 조직과 부자들한테서 뇌물을 받고 범죄를 눈감아 주며 이득을 챙기고 있다. 그 녀석들에게 있어서 빈센트의 방침은 기득권에 대한 개입이다. 밀가루에 모래를 뿌린 거나 다를 바 없다.

"이쪽 지갑사정은 악화일로인데, '갱생원'인가 하는 뭔지 모를 곳을 지으려 하고 있어. 그딴 것으로 녀석들이 정상으로 돌아올 거라 생각해?"

놀리는 듯한 어조로 말하고나서 웃음을 터뜨린다. 나는 웃지 않았다.

"그러니까 너도 그만 포기하라고 말하고 싶지만…."

콧수염은 의미심장하게 웃었다.

"경우에 따라선 전언 정도는 해줄 수 있어. 너 하기 나름이야."

거기서 나는 감이 왔다.

"내일 '독거미 광장' 시합?"

"그래."

"몇 번째 시합인데?"

"마지막에 있는 제일 큰 시합."

"그렇다면 '미스터 와이즈'야. 실력은 '오거스트'가 더 좋지만 이번 시합에는 장해물이 있거든. 점프력이 있고 대응력이 있는 '미스터 와이즈'가 더 유리해."

둘 다 투계 도박에서 싸우는 닭의 이름이다. 강한 닭을 꿰뚫어보는데 능하기에 가끔 승부 예측을 해주고 있다.

"틀림 없지?"

"물론이야."

콧수염은 우락부락한 얼굴을 하고 있지만 실제론 도박광이다. 급여 대부분을 투계와 주사위 도박에 쏟아붓는다. 그 나이에 아직도 말단인 것은 그때문이다. 시내 지리에 해박한 것도 여기저기서 열리는 도박장을 돌아다닌 탓이었다.

참고로 거무튀튀는 대식가다. 이곳저곳의 상점에서 보호비 명목으로 음식을 무상제공 받고 있다. 그래봤자 과자와 술 안주 정도기에 지금까지는 묵인되고 있었다.

"그 드워프한테 전하면 되지?"

"아니, 꼬맹…, 에이프릴에게 부탁해."

데즈는 좋은 녀석이지만 지혜가 부족하다. 나를 구해낼 방법따윈 이곳을 폐허로 만드는 것 외엔 모를 것이다. 에이프릴이라면 틀림없이 할아버지한테 매달린다. 길드 마스터 할아버님이라면 나를 석방하도록 압력을 넣을 정도의 권력은 있을 것이다. 그 할아버님에게 빚을 지는 것은 싫지만 지금은 찬밥 더운밥 가릴 때가 아니다.

"공주기사님에게는 안 전해도 괜찮은 거야?"

"야단맞으니까 싫어."

말하면 당장이라도 달려올 것 같다는 생각이 들지만 지금은 '미궁' 안에 있고 빈센트와 접촉하게 하는 것은 위험하다. 똥범벅이 된 의미가 없다.

"'자상한 매쉬 오빠가 나쁜 사람들한테 붙잡혀 있으니까 구하러 와'라고 전해줘."

"한 마디도 빠짐 없이 그대로 전해줄게."

콧수염은 그 말을 남기고 못 기다리겠다는 듯한 걸음걸이로 계단을 올라갔다. 이것만을 위해 일부러 여기까지 오다니 뇌까지 투계 도박으로 꽉 찬 녀석이다.

저런 녀석이 있는 이상, 역시 '성호대'가 부패하는 것은 시간 문제로군. 아니, 이미 부패하고 있으려나? 그 수호기사님이 그것을 알고 있을지 어떨지는 둘째치고.

다음날도 아침부터 밤까지 취조니 고문이니로 난리법석이었다. 한가한 놈들.

그 다음날 아침, 해가 떠오르고 얼마 정도 지났을 무렵, 단체로 몰려와서 지하감옥에서 나를 끌어냈다. 데려간 곳은 어제와 그제 폭행 파티가 열렸던 그 유희 회장이었다. 다만 오늘은 빈센트도 있었다. 직접 참가할 생각인 듯 곤봉도 쥐고 있다.

"자백할 생각이 들었어?"

"…2년 반이야."

빈센트의 물음에 수갑을 찬 손등으로 얼굴을 닦으면서 대답한다.

"뭐라고?"

"나와 바네사가 알고 지낸 시간 말야. 지금은 입만 열면 바네사, 바네사, 여동생이 좋아 죽는 오빠를 연기하고 있지만 그동안 너한 테선 편지 한 통 안 왔어. 그녀가 죽었을 때도 그래. 모험자 길드에서 연락이 왔었을 텐데, 장례식에 못 온 것은 둘째치고 길드에도 연락 하나 없었지."

"너와는 상관 없어."

"또 하나 있어. 아만다라는 할머니는 알고 있겠지?"

"…바네사의 하인 말인가."

그녀 집에서 함께 살면서 일하고 있었지만 지금은 손자 집에서 신세를 지고 있다. 한 번 상태를 보러 갔었는데 '그때 내가 집만 안 비웠어도 바네사 씨는 죽지 않았을 텐데'라고 울면서 말하고 있었다.

"바네사 일로 실의에 빠져 있을 때 오빠라는 남자가 찾아와서 마치 할머니가 살인범이라도 된 것처럼 질책했다면서? 불쌍하게도. 충격으로 지금도 몸져 누워있어. 댁의 눈에는 그 허리 굽은 작은 할머니가 여동생을 목졸라 죽인 것처럼 보였어?"

"오늘은 '와이즈크랙'도 절호조로군."

빈센트는 코웃음쳤다.

"그것도 태양신의 교리인가?"

"대답은 이거야."

나는 얼빠진 얼굴에 중지를 세웠다.

"뒈져버려, 똥싸개 시스터 퍽커!"

"…유감이야, 매쉬."

움켜쥔 곤봉이 삐걱이는 소리를 냈다.

"너와 마시러 갈 기회는 영원히 없을 것 같군."

빈센드는 금이 간 곤봉을 집어던지고 대신 난잡하게 문양이 들어간 종이를 내게 들이댔다.

"'성호대'에는 범죄자를 처형할 권리가 허락되어 있어. 기뻐해. 네가 영예로운 사형 제1호니까."

전혀 안 기뻐.

"죄목은? 네가 여동생을 좋아하는 변태라는 걸 폭로한 것?"

"강도살인에 방화. 이것만으로도 사형 이유로는 충분해."

동기는 태양신 신자가 '신기'를 입수하기 위해서인가? 울고 싶군.

"증거는?"

"현장 부근에서 너로 보이는 사람을 봤다는 사람이 있어. 너한테는 알리바이도 없고, 수면제를 먹이면 힘이 없는 너라도 목졸라 죽이는 건 가능하지."

"그런 모호한 증거만으로 사형이라고? 다른 사람의 목숨이라고 너무 대충 하는 것 아냐?"

"끌고 가."

빈센트의 신호에 부하들이 내 양옆에서 붙잡았다.

"처형은 이틀 후야. 그때까지 감옥에서 태양신에게 기도나 해."

억지로 일으켜 세워져 끌려간다. 이틀 후라. 밝은 햇볕 아래에서 처형해준다면 그나마 기회는 있겠지만.

에이프릴의 연락은 아직 없다. 어쩌면 할아버님이 반대한 것일지도 모른다. 1년전 유괴사건 때도 그랬다. 창부 모녀를 못 본 체한 것처럼 무능한 제비 녀석따윈 손쉽게 손절할 것이다.

그렇다면 남은 것은 데즈뿐인가? 이미 에이프릴한테서 사정은 들었을 것이다. 녀석이라면 '성호대'따윈 아무것도 아니다. 허나 힘으로 범죄자를 탈옥시키면 데즈도 범죄자가 되고 만다. 가족들과 함께 평온한 생활을 하고 있는 녀석을 수배자로 만들고 싶지 않다. 부탁이니까 얌전히 있어주라고.

머리를 감싸쥔 그때였다.

"거기 누구 없나!"

건물 밖에서 큰 목소리가 들렸다. '성호대' 녀석들이 허둥대며 채

광창 쪽을 보았다.

"거기 누구 없나!"

다시 한번 목소리가 들렸다. 처음에는 환청인 줄 알았는데 틀림없다. 이런 큰 소리로 안내를 청하는 공주기사님은 한 사람뿐이다.

얼마 후 건물 안이 시끄러워졌다. 발소리와 제지의 목소리가 점점 다가온다.

"무슨 일이야? 무슨 일이 일어나고 있어?"

상황을 살피기 위해 부하들이 허둥지둥 움직이기 시작했다. 문을 열고 뛰쳐나가려 했지만 곧바로 뒷걸음질 치며 들어왔다.

"실례한다."

그 녀석들의 옆을 지나쳐 뚜벅뚜벅 발소리를 울리면서 그녀가 찾아왔다.

"내 기둥서방을 데리러 왔어."

하지만 어째서 이곳에? '미궁'에서 돌아오려면 아직 멀었는데.

"여기까지 오셨는데 죄송하지만 이곳은 당신 같은 분이 올 곳이 아닙니다. 돌아가 주시길."

갑작스런 난입에도 불구하고 빈센트는 태연하게 퇴거를 요청했다.

앨윈은 반론하지 않았다. 큰 걸음으로 그 옆을 지나치더니 품속에서 꺼낸 흰 천을 내 머리에 갖다댔다.

"괜찮아? 곧 세라피나도 도착하니까 그때까지만 버텨."

"어째서 이곳에?"

"당연하잖아. 너를 데리고 가기 위해서야."

앨윈은 뒷걸음질 치더니 검을 뽑아 내 수갑을 베어냈다.

"나가자."

"아, 응."

앨윈에게 손을 잡혀 비틀비틀 일어선다.

"기다리십시오."

그걸 가로막은 것은 당연히 빈센트였다.

"이곳은 레이필 왕국입니다. 다른 나라, 그것도 나라를 잃은 당신에게는 아무런 권한도 없습니다."

앨윈은 주머니에서 흰 종이를 꺼내 빈센트 눈앞에서 펼쳤다.

"길드에서 빌려왔어. '템포러리 선'인지 뭔지의 양도 증명서야."

감정품을 양도할 때 기록한 서류였다. 빈센트의 얼굴이 일그러졌다. 내 위치에서는 보이지 않지만 증명서라면 당연히 받은 바네사의 이름도 쓰여 있을 것이다.

"특징과 효과에 대해 이것저것 적혀 있지만 태양신의 문장따윈 어디에도 적혀 있지 않아. 다시 말해 바네사에게 양도된 시점에서 문장따윈 없었어."

"그게 무슨 문제라도?"

"그렇다면 이 문장은 언제 떠오른 거지? 매쉬가 입수하기 전이라는 걸 증명하지 못한다면 태양신의 신기를 빼앗을 목적으로 죽였다는 귀하의 추리는 틀린 것이 돼. 무엇보다 문장의 유무는 애당초 문제가 되지 않아."

빈센트의 얼굴이 불쾌감으로 물들었다. 추리를 깨뜨린 것도 그렇지만 취조 정보가 외부로 유출된 것에 화가 난 것이리라.

이어서 앨윈이 꺼내든 것은 조그마한 책자였다.

"오빠분에게 설명할 것까지도 없겠지만 그녀는 꼼꼼한 성격이었어. 예전에 감정품 도난 소동이 있었던 모양인지 감정품에 대해서도 세세하게 기록을 해두었다고 해. 이곳에 기록도 남아 있어. '매쉬에 대한 답례'라고."

"하지만."

"이 글자는 틀림 없이 바네사 본인의 것이라고 하니까 의문이 있다면 나중에 모험자 길드에 확인해봐."

다시 말해 '템포러리 선'은 틀림없이 바네사의 의사에 따라 나에게 양도되었다는 것이다. 태양신의 문장따윈 관계 없이, 건네기 전이든 후이든 태양신의 문장만으로는 내가 살해할 이유는 되지 않는다.

"덧붙여 말하자면 이 남자의 석방 수속도 이미 끝내뒀어. 그러니까 아까 이렇게 말한 거야. 데리러 왔다고."

"……."

철저하게 논파당한 빈센트는 이마에 손을 얹었다. 찍 소리도 못할 줄 알았지만 눈은 아직 죽지 않았다.

"그리고 한 가지 더 말해두는데."

앨윈은 서류를 품속에 넣더니 강하게 선언했다.

"맥터로드 왕국은 멸망하지 않았어. 반드시 그 땅으로 돌아갈 거야. 반드시."

"……."

"용건은 끝났군. 그럼 실례하지."

"앨윈 양."

복도로 나가서 몇 발짝 걸었을 때 빈센트가 뒤에서 말을 걸어왔다. 상대할 필요는 없다. 내버려두라고 내가 말하려 했을 때 다음

말이 날아왔다.

"1년쯤 전에 당신은 '야광첩 길'에 다니셨다면서요?"

앨윈의 발이 멈추었다. '야광첩 길'은 이 도시의 환락가이다. 창관이 늘어서 있는데다 '약' 거래도 끊임없이 이루어지고 있다.

확실히 1년여 전 그녀는 그 부근에 있었다.

"물론 불법이나 그런 건 아닙니다. 당신이 어느 남자와 자고 어느 남자를 돈으로 사든 자유죠. 거기 있는 기둥서방처럼요."

"……."

"자주 갔던 곳은 '붉은 관짝'이라는, 아니, 그곳에는 남창이 없군요. 그렇다면 무언가 다른 용건이라도 있었습니까?"

"미안하지만."

앨윈은 천천히 돌아보고 무덤덤하게 말했다.

"귀하가 무슨 말을 하고 있는지 전혀 이해를 못 하겠군."

"그러시군요. 실례했습니다."

빈센트는 은근무례하게 고개를 숙였다.

"다시 만날 날을 기대하도록 하죠."

앨윈은 대답을 하지 않고 걷기 시작했다. 내 손을 잡고 아무도 없는 복도를 앞에서 걷는다. 두 사람의 발소리가 울려퍼지는 가운데 나는 그녀의 떨리는 손을 꽉 움켜잡았다.

"재난이었구나, 매쉬."

밖으로 나오자 비로소 앨윈이 입을 열었다.

"복귀는 좀더 나중이지 않았어?"

"'미궁'에서 야영하고 있을 때 전령이 와서 말야. 그래서 돌아왔어."

모험자 길드에서는 긴급시를 위해 '미궁' 내의 모험자에게 소식을 알리는 전령이 있다. 콧수염에게 사정을 들은 에이프릴이 할아버님에게 매달리자 할아버님은 내 뒷처리를 앨윈에게 떠넘기기 위해 '미궁'에서 불러들인 모양이다.

"그 '성호대' 사람에게 들었어. 무능한 기둥서방이 무언가 사고를 치고 감옥에서 울면서 목숨을 구걸했다고 하던데."

맞은 건 세 글자 정도려나?

"그나저나 이런 것을 가지고 있는 건 몰랐군."

어느 틈에 돌려받았는지 앨윈이 '템포러리 선'을 건네주었다.

"넌 태양신을 끔찍하게 싫어하지 않았었나?"

"지금도 그래."

이름도 듣고 싶지 않다.

"하지만 지금은 이게 유품이 되어버렸으니 말야. 버리고 싶어도 버릴 수 없어."

"그렇군."

쓸쓸하게 미소짓는다.

"그것보다 그 빈센트라는 녀석 말인데."

"음."

앨윈이 시선을 떨구었다.

"아마 범죄조직을 조사할 때 들은 거겠지. 신경 쓰지 마. 증거따 원 없으니까 끝까지 시치미를 떼면 끝나는 일이야."

그렇다면 그렇게 겁먹은 눈을 하지 말라고. 허세를 부리고 있는 것으로밖에 보이지 않으니까.

"혹시 들키더라도 너한테 폐는 끼치지 않을 거야."

"아니 잠깐만, 그것은….”

"그나저나 심하게도 다쳤군.”

앨원은 이 이야기는 끝났다는 듯 억지로 화제를 바꾸었다.

새 천을 꺼내서 내 얼굴에 묻은 피와 얼룩을 닦아낸다.

"아파.”

"참아.”

거기서 앨원은 슬픈 듯한 얼굴을 했다.

"분하겠지만 지금은 참도록 해. 언젠가 의심이 풀릴 날이 올 테니까.”

그게 아냐, 앨원.

내가 얻어맞은 것은 자업자득이다. 경우에 따라서는 웃으며 용서해줄 수도 있다.

하지만 절대 양보할 수 없는 것도 있다. 그것에 손끝 하나라도 댄다면 내가 죽든 녀석이 죽든 둘 중에 하나다. 그냥 위협해볼 생각이었다고 해도 이 여자에게 해를 끼친 녀석은 내 적이다.

미안해, 바네사.

네 오빠도 그쪽으로 보내줘야 할 것 같아.

다음날 앨원의 '이지스'는 다시 '천년백야'로 떠났다. 앨원은 걱정스런 눈치였지만 나는 거의 억지로 내보냈다. 안 그래도 공략이 늦어지고 있는데 나때문에 쓸데없이 번거롭게 만들고 싶지 않다. 다른 녀석들에게도 원망을 살 것이다.

그리고 그녀가 있으면 빈센트의 목을 따기도 힘들어지고 말이지.

하지만 상대는 왕국의 기사님이다. 변두리 양아치들과는 격이 다르다.

평범하게 죽인다면 '성호대'는 체면을 걸고 범인을 붙잡으려 할 테니 가능한 한 사고로 위장하고 싶다. 그걸 위해서도 녀석의 동향을 파악할 필요가 있다.

일단 주거지는 '성호대' 본부 근처의 기숙사이고, 일은 대개 본부 안에서 한다.

가끔 순찰이나 체포를 위해 밖으로 나오지만 당연히 부하를 거느리고 있다.

저녁에 일이 끝나면 술을 마시러 나온다. 인적 없는 길을 홀로 걸어서 두 잔 정도 마신 후에 기숙사로 돌아간다. 도장으로 찍은 것처럼 똑같은 생활을 하는 걸 보고 있자니 싫어도 이해하게 된다.

이건 함정이다.

앨윈을 흔들면 내가 움직일 거라 생각한 것이리라. 그래서 그런 헛소리를 지껄인 거다. 다른 사람이 있는 것 같은 낌새는 없지만 그래도 승산이 있는 거겠지. 내가 태연하게 모습을 보인다 해도 해치울 수 있는 방법이. 교활한 녀석.

함정이라는 것을 안 이상, 미행도 중단해야 한다고 생각했지만 이날은 여느 때와 달랐다. 황혼 무렵이 되어 밖으로 나오더니 여느 때와는 다른 길을 나아가기 시작했다. 매번 같은 길을 걷는 것은 안 좋다고 생각해서 코스를 바꾼 건지 아니면 단순한 변덕인지. 신중하게 뒤를 밟아보니 눈에 익은 길로 나왔다. 이곳은 바네사의 집으로 가는 길이다.

해가 저물어 도시가 어둠에 잠길 무렵 빈센트가 찾아간 것은 예상대로 바네사의 집이었다. 물론 건물은 화재로 전소되어 그을린

토대와 기둥, 벽의 흔적만이 잔해로 남아 있다. 소문으로는 머지않아 잔해 철거와 새 집 건축이 시작된다고 한다. 여동생의 추억이라도 찾으러 온 건가? 불탄 집터로 들어가더니 몇 발짝 걷고나서 웅크려 앉아 재가 된 가구의 파편을 줍는다. 각도때문에 얼굴은 보이지 않지만 감상에 잠겨 있는 듯하다.

지금이라면 죽일 수 있을 것 같다고 생각하고 있을 때 이곳저곳에서 발소리가 몰려오는 게 들렸다.

역시 함정인가 싶어 몸을 숨기며 경계하고 있자니 골목 이곳저곳에서 칼을 든 녀석들이 나타났다. 열 명은 될 것이다. 복장은 제각각이지만 다들 얼굴에 복면을 쓴 채 다짜고짜 빈센트를 공격했다.

빈센트는 허를 찔려 동요한 듯하지만 공포에 질린 낌새는 없었다. 허리에 찬 검을 뽑고 포위되기 전에 등을 돌려 도망치려 했다.

"서라!"

복면 한 사람이 뒤쫓았다. 소리친 말투는 무뢰한의 그것이 아니었다. 달리는 발걸음도 군마처럼 굳세다. 인원수를 살려 빈센트의 앞길을 막는데 성공했고, 한 번 발이 멈추자 다른 인원들에게도 곧바로 따라잡혔다. 빈센트를 포위하는데 성공했다.

"누구냐? 강도? 아니면 어딘가의 조직에서 보낸 자들?"

정체를 물으면서 빈센트는 시선을 분주하게 움직였다. 목소리로 상대를 견제하면서 살아남을 방법을 찾고 있는 듯하다. 큰 소리를 낸 것도 누군가가 눈치채주기를 바라고 한 것이리라. 허나 이 도시에서 성가신 일에 참견할 만큼 친절한 사람은 극히 일부다. 실제로 주변에 집이 몇 채 있기는 하지만 사람이 나올 낌새는 없었다. 아직 초저녁이라 잠이 들 시간이 아님에도.

암살자로는 생각되지 않는 외침소리를 내며 복면 한 사람이 검을 휘둘렀다. 빈센트는 익숙한 손놀림으로 검을 흘리더니 그 기세를 이용해서 그 손목을 베었다. 선혈과 함께 손목이 툭 떨어진다. 비명을 지르며 땅바닥에서 몸부림친다. 한 명을 전투불능으로 만든 것도 잠시, 곧바로 두 명째와 세 명째가 거의 동시에 공격해왔다. 빈센트는 검을 휘둘러 돌파구를 찾으려 했지만 복면들의 움직임은 망설임이 없고 정확했다. 한 명이 다치면 곧바로 후퇴하고 새로운 습격자가 빈센트를 공격한다.

빈센트는 필사적으로 저항하고 있는 듯했지만 지형이 별로 안 좋았다. 베인 두 팔에서 피가 흐르면서 점점 움직임이 안 좋아지기 시작했다. 이미 결판이 났군. 어설픈 양아치가 아니라 어딘가의 조직이 보낸 암살자, 혹은 훈련을 받은 인간의 움직임이다.

이대로 가면 여동생이 죽은 곳에서 목숨을 잃게 될 것 같다. 저 시스터 퍽커라면 기꺼이 여동생이 있는 곳으로 가줄 것이다. 내가 손을 쓸 것까지도 없다. 수고를 덜었군.

잘 가. 나야말로 너와 마실 기회가 없어진 게 유감이야.

떠나려다가 문득 나는 다시 자신의 손을 바라보고 있다는 것을 깨달았다.

"……."

내 결의는 변함 없다. 필요하다면 몇 번이든 바네사의 목을 조를 것이다.

속죄따윈 어울리지 않는다. 빈센트는 고상한 척하는 건방진 녀석이기에 없어지는 건 대환영이다. 나에게 있어서든 앨윈을 위해서든 죽어주는 게 좋다.

하지만 이런 타이밍에 죽는 것은 조금 위험할지 모른다. 나에게 의심의 눈길을 보내고 있는 빈센트가 별안간 죽는다면 앨윈은 어떻게 생각할까? 지금까지처럼 앨윈에게 알리지 않고 처리해온 케이스와는 다르다. 아무리 곱게 자란 공주님이라도 껄끄러웠던 사람이 매번 사라진다는 사실에 위화감을 품지 않을까?

그뿐만이 아니다. 어디 사는 누구인지는 모르겠지만 암살자들은 사고사로 위장할 생각이 없는 듯했다. 나와 빈센트 사이에서 일어난 일은 '성호대' 녀석들이라면 모두 알고 있기에 다음에는 빈센트 살인의 용의자로 체포될 수 있다. 그리고 지금 빈센트가 죽으면 임시 운용중인 '갱생원'인지 뭔지도 백지화된다. 앞으로를 위해서도 희망의 싹은 되도록 남겨두는 게 좋다.

그래서 이건 그저 손익에 따른 행동이다. 바네사에 대한 빚, 앨윈에게 내 비밀이 들킬 가능성, 내 몸의 안전, '갱생원'과 치료법 때문에 저울이 아주 약간 기울었을 뿐이다.

"이쪽이야. 이쪽! 카라일 경이 위험해!"

나는 코를 손으로 쥐면서 목소리를 꾸몄다. 특기인 거무튀튀 흉내다.

복면들이 돌아보았다. 갑작스런 목소리에 동요하는 기색도 없이 눈짓으로 지시하더니 세 명 정도가 이쪽으로 달려왔다. 내 흉내가 통하지 않을 줄이야. 허둥대는 사이에 내가 숨어 있던 곳으로 다가온다. 야단났군.

나는 등을 돌리고 달리기 시작했다. 두 번 정도 모서리를 돌고 길바닥에 누워있는 주정뱅이를 뛰어넘은 뒤 빈센트 쪽에서 보이지 않는 것을 확인하면서 품속에서 반투명한 구슬을 꺼냈다.

"'이레이디에이션'."

내 목소리와 동시에 '템포러리 선'이 눈부신 광채를 내뿜었다.

세 명의 복면은 순간적으로 멈칫한 낌새를 보였지만 곧바로 시선을 아래로 떨구며 나를 향해 달려왔다. 멍청한 놈들.

당연히 한 주먹감이다. 주먹으로 안면을 함몰시키고, 검을 피하면서 팔을 뻗어 목을 으스러뜨린다. 움직임이 멈춘 마지막 녀석은 머리를 붙잡고 벽에 처박았다.

움직이지 않게 된 것을 확인하고 나서 품속을 뒤져보니 눈에 익은 것이 발견되었다. 호각이다. 나는 옷으로 일단 닦고나서 그것을 불었다.

짧게 연속으로 부는 것은 위병이 지원을 요청할 때의 신호다.

갑자기 소란스런 소리가 났다. 돌아가보니 복면들이 부리나케 도망치고 있었다. 빈센트는 멍하니 그 모습을 지켜보다가 무릎을 꿇었다. 호흡이 거칠다.

"여, 오랜만이야."

나는 뒷처리를 하고나서 말을 걸었다. 빈센트는 반사적으로 일어서려고 했지만 도중에 얼굴을 찡그리며 다시 무릎을 꿇었다.

"무리하지 마. 곧 순찰 중인 위병도 올 테니까 그 녀석들 보고 도와달라고 해."

"방금 목소리와 호각은 너였어?"

"글쎄?"

솔직하게 말하면 또 성가셔질 것이다. 나는 겸허한 남자라서 구해준 은혜따윈 일일이 자랑하지 않는다.

"나를 죽이러 온 것 아니었나?"

"그럴 리가."

나는 어깨를 으쓱했다.

"너한테 당한 곳이 아직 욱신거려서 말야. 잠을 못 자고 이렇게 산책을 하는 중이야."

"그 말을 믿을 것 같아?"

"믿고 안 믿고는 네 자유야. 다만 이렇게 만난 것도 무언가의 인연이니까 너한테 충고를 좀 해둘까 해서 말야. 원래는 돈받고 해주는 거지만 댓가는 신경 쓰지 마. 네 여동생한테 이미 받은 게 있으니까."

하나를 빼앗았고 하나를 구했으니 이제 빌린 돈만 청산하면 마음에 걸리는 것은 없어진다.

"충고?"

"두 가지야." 일단 손가락 하나를 세운다.

"하나는 방금 습격자들에 대한 것. 저건 네 '동료'의 소행이지?"

움직임은 훈련 받은 사람의 그것이었다. 거무튀튀의 흉내를 내봤자 같은 소속 녀석들 상대로는 역시 효과가 없을 수 밖에 없었다. 목소리를 듣고 곧바로 가짜라고 판단했기에 주저없이 나를 죽이려 한 것이다.

"짚이는 게 있을 거야. 뭐, 어차피 뒷세계 녀석들한테 용돈을 받고 있는 녀석들의 소행이겠지만."

"…그런 건 없어."

빈센트는 어색한지 눈길을 외면했다. 대답과는 반대로 기억을 더듬으면서 필사적으로 추리를 하고 있는 듯하다.

"…그리고 다른 한 가지는."

나는 두 번째 손가락을 세웠다.

"댁은 복수를 위해 이 도시에 왔다고 했지만 그건 거짓말이지?"

"뭐라고?"

빈센트가 언성을 높였다.

"댁이 정식으로 기사로 임명된 건 열아홉 살때. 다시 말해 바네사가 열일곱 살일 때야. 그때 너희 남매들한테는 터무니 없는 재난이 닥쳤어."

사업의 실패와 몰락, 그리고 부친의 파멸이다. 미술상이었던 빈센트의 부친은 실의에 빠져 '약'에 손을 댔고, 그후로는 행동과 사고가 이상해져 갔다. 빈센트는 양자로 떠났고 모친도 몰락을 계기로 몸져 눕고 말았다. 그런 까닭에 바네사는 부친을 거의 혼자서 상대해야 했다.

"바네사는 너한테 편지를 보냈다고 했지만 답장이 없었다더군. 그 이후로는 편지가 뚝 끊겼어. 물론 이유는 기사 서훈이겠지. 영예로운 기사가 되려는 참에 친아버지가 '약'에 빠져 있다는 게 알려지면 안 되잖아?"

"닥쳐."

"기분은 이해해. 겨우 출셋길이 열리나 싶었는데 사이가 안 좋은 부친한테 발목을 잡히고 싶지는 않았겠지."

그래서 여동생의 부탁을 무시했다. 친아버지와 함께 여동생까지 손절한 것이다. 결국 부친은 '약' 때문에 죽었고 바네사는 빚을 갚기 위해 바보와 건달들이 득시글한 모험자 길드에 취직했다.

"모든 게 잘 풀린 것처럼 보였지만 댁의 양심은 그것을 허락하지 않았어. 그래서 바네사에 대한 죄책감이 남았지."

어쩔 수 없는 이유라고 해도 한 번은 여동생을 버렸던 것이다. 그 죄책감은 빈센트의 마음속에 계속 남아 있었다. 만나서 사과하고 싶어도 거리가 너무 떨어져 있었고 바쁘기도 했기에 연락 하나 없이 방치해두고 있었다. 만나려고 하지 않았다.

　"그동안에도 바네사는 일에 열심인 한편으로 이상한 남자들과만 사귀고 있었어. 오스카 같은 '약' 밀매꾼이나 스타링 같은 허접 화가와 사귀었던 것도 댁이 곁에 없어서 그랬을 거야. 적어도 댁은 그렇게 생각하고 있어."

　그런 쓰레기들과만 사귀고 있었던 것도 절반은 아버지와 오빠의 영향일 것이다. 나머지 절반은 본인의 취향이겠지만.

　"하지만 얼마 전 바네사가 죽어버린 탓에 사과할 기회를 영원히 잃고 말았지."

　도움을 요청받았을 때 돌아왔다면, 부친도 적절한 치료를 받았을지 모른다. 가게가 처분되지 않았다면 데릴사위를 받아들여 바네사에게 가업을 잇게 했을 것이다. 빚을 안고 모험자 길드에 취직할 필요 없이 평온하게 지금도 이 도시에서 살고 있었을지 모른다. '그랬을 것이다'와 '그랬을지 모른다'는 어느샌가 '그랬다'와 '그랬을 텐데'로 변해갔다. 가정은 잃어버린 미래가 되어 빈센트의 마음을 옭아맸다.

　바네사도 그랬다. 창부로 전락한 끝에 행방불명된 폴리에 대해 죄책감을 계속 품었다. 묘한 부분에서 이 남매는 닮았다.

　"그만해."

　"죄의식은 나날이 부풀어올랐어. 그때 '성호대' 제안이 온 거고, 여동생이 살았던 도시를 위해 최소한 무언가를 할 생각으로 속죄를 위해 이 도시에 온 거야. 안 그래?"

"네가 뭘 안다는 거야!"

소리치면서 내 멱살을 잡고 끌어당긴다.

"어디서 주워들은 걸로 주절주절 나불대지 마! 뭘 근거로….'"

"댁의 눈에 분노는 있어도 열의는 느껴지지 않았거든."

냉정해서가 아니다. 처음부터 흥미가 없었던 것이다.

"원수를 갚는 것도 그래. 그저 죄책감에서 벗어나기 위해 그러는 척하고 있었을 뿐이야. 그래서 관리기록도 일부러 못 본 척했어. 안 그래? 곱게 자란 앨윈조차 발견할 수 있었던 증거를 보통은 놓칠 리 없으니 말야!"

귀중품 관리기록은 보통이라면 맨먼저 확인하는 법이다. 나를 점찍은 것도 가장 수상하고 '범인역'으로 적당하기 때문일 것이다. 진실을 규명해서가 아니라 내 반응이 가장 좋았던 것을 범행동기로 골랐을 뿐이다.

빈센트는 처음부터 진실따윈 추구하지 않았다. 원하는 것은 여동생의 '용서'뿐이었다. 용서받고 싶을 뿐이었다.

"죄책감으로 일을 하지 말라고. 좋은 일따윈 없으니까."

"닥쳐!"

격앙된 모습으로 내 얼굴을 때렸다. 잔해와 잿더미 위에 쓰러진 내 몸 위로 빈센트가 올라탄다. 한 손으로 내 목을 누른 채 반대편 손을 몇 번이고 휘둘렀다.

"네가 죽였어! 네가 바네사를 죽였다고!"

누워있는 내 시야를 빈센트의 얼굴과 주먹이 가득 채웠다. 단정한 얼굴이 무너져서 엉망진창이다. 울고 있는 것처럼도, 화를 내고 있는 것처럼도 보인다. 문득 나는 그때 어떤 얼굴을 하고 있었을까 생각했다. 바네사는 어떤 얼굴의 나를 보면서 죽었을까.

"네가 그렇게 생각하고 싶다면 그렇게 생각하도록 해. 하지만 나를 처형대로 보낸다 해도 죄책감은 사라지지 않을 거야. 그건 네 자신의 문제니까."

"닥치라고 했잖아!"

"나 같은 녀석을 상대할 시간에 성묘라도 가는 게 어때? 아직 안 갔지?"

주먹이 내 눈앞에서 멈췄다.

"어떻게 그걸 알고 있지?"

"오늘 아침에 갔다 왔는데 전에 비해 아무것도 바뀐 게 없었거든. 적어도 댁이 왔다 간 흔적은 없었어."

장소를 물었을 정도니까 갈 생각이었겠지만 그럴 용기가 생기지 않았겠지. 겁쟁이 녀석.

빈센트의 몸에서 힘이 빠진 틈에 몸 밑에서 빠져나온다.

"일단 댁의 마음속에 있는 가족들과 정면으로 마주하도록 해. 복수 같은 것은 그후에 해도 늦지 않아."

천천히 일어나서 먼지를 턴다. 빈센트는 더 이상 공격해오지 않았다.

"이것으로 충고는 끝이야. 이것으로 빚은 다 갚은 셈이군."

등을 돌리고 걷기 시작한다.

"어딜 가는 거지?"

"집에 돌아가는 거야."

모처럼 회복마법으로 치료했는데 또 퉁퉁 부을 때까지 맞고 말았다. 더 이상 앨윈에게 걱정을 끼치고 싶지 않다.

"그럼 가볼게. 밤나들이도 적당히 해두라고."

손을 흔들고 그 자리를 떠났다.

"이곳에 있었군."

며칠 후 대낮부터 '야광첩 길'을 걷고 있자니 누군가가 말을 걸어왔다. 빈센트다.

"네 소행이지?"

"뭐가?"

"요전번 내가 습격받은 것은 기억하고 있겠지?"

"네가 나를 두들겨 팬 사건 말이지?"

친절하게 정정해주었지만 빈센트는 답례조차 하지 않았다.

"그 습격에 가담했던 녀석들을 체포했어."

범인은 역시 '성호대' 내부 인사들이었다. 파견나온 사람들 중에는 위병뿐 아니라 이 도시 영주를 모시는 기사도 있었다. 그 녀석들은 모두 빈센트를 비롯한 왕국 기사보다 직급이 낮다.

아무리 주인의 신분에 차이가 있다고 해도 외지인이 와서 자신들의 영역을 침범한데다 부하로까지 삼았으니 화가 나는 것도 무리는 아니다. 게다가 지금까지처럼 상인들과 폭력배들에게 뇌물과 여자를 요구하는 것도 어려워졌다. 아무리 쓰레기들이라도 쪼잔한 자존심과 돈, 모두를 침해당하면 앙갚음을 하고 싶어지는 법이다.

"습격에 참가한 자들 중에서 내가 벤 녀석들 외에 세 명이 더 사망했어. 모두 초인적인 괴력에 의해 살해당했더군."

시체를 보았던 모양인지 빈센트의 얼굴에 공포가 스쳐지나갔다.

"그래서 왜 내가 범인이라는 거지? 내 실력이 허접한 것은 잘 알고 있잖아."

"취조한 바에 따르면 사망한 세 사람은 그때 수상한 목소리를 뒤쫓아간 자들이었어. 그후 호각소리가 났고 네가 나타났지. 우연치고는 너무 절묘하지 않아?"

거기서 빈센트는 내 팔을 붙잡았다.

"이런 체격으로 그렇게나 무력한 것은 보통이라면 있을 수 없어. 다쳤다고 했지만 네 움직임에는 어디에도 이상은 보이지 않아. 다시 말해 너는 자신의 괴력을 감추고 있는 거야."

"양아치들한테 얻어맞고 삥을 뜯기면서까지?"

"앨윈 양을 위해서라면 가능한 일 아닐까?"

나는 코웃음쳤다.

"내가 이 도시에 온 것은 앨윈보다 훨씬 전이야. 그 무렵에도 툭하면 얻어맞고 돈을 갈취당하고 있었다고. 거짓말이라 생각한다면 아무 양아치나 붙잡고 물어봐."

"동료가…."

"어디 사는 누구? 말해두지만 그날 앨윈 파티는 '미궁'에 있었고 데즈도 모험자 길드에서 야근중이었어. 도와줄 녀석따윈 없었다고."

빈센트는 침묵했다. 내 일거수일투족에 주목하며 내 말에 거짓이 없는지 살피고 있는 듯하다. 끈질기네.

"애당초 그 녀석들도 댁을 죽이려 했었잖아. 범인을 찾아줄 필요가 어디에 있지? 착한 것에도 정도가 있다고."

"그게 질서라는 거야."

"훌륭하시네."

나는 이해 못 하겠지만 말야. 나는 그의 손을 뿌리쳤다. 의외로 간단히 빈센트의 손은 떨어졌다.

"이제 됐지? 나는 지금부터 갈 곳이 있어서 말야."

"이봐, 아직 이야기는…, 음?"

빈센트는 문득 골목 쪽을 보았다.

"이봐, 앨윈 양은 아직 '미궁'에 있다고 했지?"

"그래. 저녁에는 돌아올 예정이지만."

시선이 향한 곳에서는 긴 붉은 머리의 여성이 등을 돌린 채 걷고 있었다.

내가 말을 걸기도 전에 빈센트는 달려갔다.

"거기 서도록 해."

빈센트가 어딘지 의기양양한 어조로 불렀다. 그녀는 돌아보았다.

"어?"

얼빠진 목소리가 흘러나왔다. 헤어스타일과 복장은 비슷하지만 틀림없이 다른 사람이었다. 미인으로 통할 만한 얼굴이지만 앨윈과 는 전혀 안 닮았다.

빈센트는 허를 찔린 듯했지만 곧바로 헛기침을 하고 마음을 추스 렸다. '성호대' 기사님의 얼굴로 돌아와 있다.

"당신은 누구지? 어째서 '진홍의 공주기사' 차림을 하고 있는 거 야? 설마 우연은 아닐 테고."

"아, 이거. 가게에서 입는 차림이야."

솜사탕처럼 달콤한 말투로 대답했다.

"저기, 공주기사님은 인기가 있잖아. 하지만 본인에게는 손을 댈 수 없으니 이런 차림을 하면 손님들에게 인기가 있어."

가발을 벗자 짧게 깎은 흑발이 드러났다.

"원래는 이 차림으로 밖에 나가면 안 된다고 했는데 손님이 잊고 간 물건이 있어서 허둥지둥 나온 거야."

"그 차림은 언제부터 입은 거지?"

"음, 1년쯤 전부터였나? 저기, 전에 공주기사님이 유괴 사건을 해결한 적 있잖아. 그 무렵부터였어. 아, 괜찮으면 오빠도 놀러 와. 우리 가게는 요 앞에 있거든. '붉은 관짝'이라는 창관 바로 옆이야."

빈센트는 실망한 얼굴로 그만 가보라고 말했다. 앨윈의 차림을 한 여자가 골목으로 사라지는 것을 지켜보다가 돌아본다.

"너는 알고 있었어?"

"본인에게는 비밀로 해줘."

나는 진저리를 내는 말투로 말했다.

"저 창관에서 자기 차림을 한 창부가 남자 위에서 허리를 놀리고 있다는 걸 알면 피바람이 불 테니까. 진짜로."

"그만두라고는 안 한 거야?"

"당연히 그만두라고 했지. 그랬더니 그만큼 매상이 떨어지니까 나보고 돈을 내라더군. 말이 전혀 안 통했어."

"그렇군." 빈센트는 몹시 지친 얼굴로 고개를 저었다.

"네 말대로였군. 좋은 결과는 바라기 힘든 것 같아. 아니, 다음에 앨윈 양에게는 다시 사과하도록 하지. 미안했어."

아무래도 성공한 듯하다.

말할 것도 없이 아까 그 누님은 내가 직접 연출한 거다. 빈센트가 순찰하는 타이밍에 맞춰 이곳을 걷도록 사전에 협의해두었던 것이다. 그 차림으로 장사를 하고 있다는 것도 전부터 알고 있었다. 불명예스럽기 짝이 없는 이야기지만 무언가 도움이 될지 몰라 살려둔 게 도움이 된 것 같다.

"이제 볼일은 없지? 그럼 나는 이만 가볼게. 앨윈에게는 꼭 사과하라고."

"기다려."

"또 무슨 일인데?"

약간 짜증을 내면서 돌아본다. 빈센트는 어색하게 눈길을 딴데로 돌리면서 말했다.

"…바네사의 묘에 다녀왔어."

"소감은?"

"모르겠어. 그저 가슴 속에 맺혀 있던 게 조금 풀린 것 같아."

실제로 빈센트의 얼굴은 씌였던 게 벗겨진 것처럼 개운해져 있었다.

"묘 앞에서 다시 한번 맹세했어. 나는 포기하지 않아. 반드시 바네사의 원수를 갚겠어."

"맘대로 해."

성가신 게 남아버렸지만 뭐 좋다. 일단은 살려두기로 하지. 다음은 없지만.

볼일을 마치고 향한 곳은 모험자 길드였다. 전부터 예정하고 있었던 일이 조금 난항에 빠졌기에 데즈에게 도움을 구하기 위해서다.

"뭐지?"

별동 쪽이 시끄럽다. 모험자 제군들이 건물 주위에서 무언가를 구경하고 있다. 저곳은 감정실일 텐데.

"무슨 일 있어?"

일단 근처에 있는 모험자에게 물어본다.

"혹시 금발의 예쁜 아가씨가 허리라도 흔들고 있는 거야?"

"네 말이 맞아, 제비 녀석."

우락부락한 형씨가 씨익 웃으며 말했다.

"이번에 새로 온 감정사도 좋은 여자더라고. 엉덩이도 크고 말이지. 너희 공주기사님과는 좀 다르지만 상당한 미인이야."

"헤에."

미인이라고 하면 궁금해지는 게 인지상정이다. 구경꾼들 머리 위에서 어디지? 어디지? 하고 찾고 있자니 별동으로 들어가는 문이 열렸다.

"호오."

등까지 닿는 완만한 금발에 살짝 치켜올라간 푸른 눈동자, 오똑한 코에 두툼한 입술은 화려함을 느끼게 하는 조형이다. 볼륨감이 있는 몸매 탓인지 움직일 때마다 파란 보석이 박힌 목걸이가 들썩거리고 있다. 검정색 재킷 밑에는 무릎까지 밖에 안 내려오는 빨간색 미니 원피스를 입고 있다. 저래선 조금만 웅크려도 속옷이 보일 텐데, 참으로 쾌씸한 차림이다.

감정품이라도 들어 있는지 하얀 장갑을 낀 양손으로는 작은 나무 상자를 들고 있었다.

곧바로 얼간이 모험자들이 외설적인 말을 던졌지만 아랑곳도 않는다. '나중에'라든지 '언젠가' 같은 적당한 말로 흘려넘기고 있다.

얼간이들을 상대하는 것에는 익숙한 듯하다. 이 정도면 문제 없이 잘 해갈 수 있을 것 같다.

눈호강했다 생각하고 철수하려고 한 순간 그녀와 눈이 마주쳤다.

"저기."

구경꾼들 옆을 지나쳐서 조금 낮지만 달콤한 목소리로 말을 걸어왔다.

"혹시 네가 그 기둥서방이야? 이름은 음…, 마빈이라고 했던가?"

"매쉬야."

"그래 그거. 미안해. 사람 이름을 기억하는 게 서툴러서."

쿡쿡 웃는다.

"혹시 데이트 권유야? 이래봬도 바쁜 몸이지만 너를 위해서라면…."

어깨를 안기 위해 손을 뻗었지만 그녀는 너무도 쉽게 피해버렸다.

"맞아."

앞으로 쓰러질 뻔한 나를 내려다보면서 그녀는 말했다.

"내 이름은 글로리아야. 너한테 부탁하고 싶은 게 좀 있는데 시간 좀 내줄래? 기둥서방 씨."

제3장 감정사의 방임

　도착한 곳은 별동 안에 있는 감정실이었다. 투명한 판을 사이에 두고 글로리아와 마주앉는다.

　"많은 사람들이 보는 곳에서 정열적으로 초대한 것 치고는 재미없는 곳이네."

　힐끔 살펴보니 양옆이 보이지 않도록 나무판으로 막혀 있다. 비좁은데다 압박감이 심하지만 이게 일반적이다. 모험자 길드의 감정사는 보통 3인 1실이다. 방을 3등분해서 써야 한다.

　"모처럼 길드 마스터의 초빙으로 온 건데 신입이라고 취급이 너무 안 좋아. 왠지 속은 기분이랄까."

　1인실을 받는 것은 바네사처럼 우수하고 실력을 인정받은 사람뿐이다.

　"초빙되었다는 건 다른 길드에서도 감정사를?"

　"그래. '트위스티드 라이트하우스'에서."

　이곳 북서쪽에 있는 항구도시다. 가본 적은 없지만 무역이 성행하는 곳이다. 그런 도시의 모험자 길드에는 여러가지 것들이 반입된다. 당연히 감정사의 업무도 방대할 것이다.

　"어째서 이곳에?"

　"급료때문이려나? 두 배를 준다고 하길래."

　모험자 길드에서도 우수한 인재는 서로 데려가려고 한다. 특히 감정사 같은 기능직은 인재 빼내기가 자주 발생한다. 생전의 바네사도 몇 번인가 다른 길드의 권유를 받았었다.

"어제부터 근무하면서 인수인계 중인데, 뭐랄까 전임자가 급사한 탓에 감정을 기다리는 물건이 산더미처럼 쌓여 있대. 그래서 어제부터 난리도 아냐."

힘들다는 듯 왼 손목을 주무르고 있다. 등 뒤로 나무 상자와 작은 통이 수북히 쌓여 있는 게 보인다.

"힘들겠네. 고생이 많구나."

내가 말했다.

"그래. 감정사는 힘든 일이야. 그런데도 모험자들은 싸움도 안 하는 편한 일이라고 하니 진저리가 나."

턱을 테이블에 올려놓는 형태로 엎드린다.

"푸념이라면 이곳보다 술집에서 하는 게 좋지 않아?"

그리고 아침까지 함께 지내면…, 아, 안 되는군. 오늘은 앨윈이 돌아오는 날이다.

"깜빡했네. 실은 말야, 기둥서방 씨한테 부탁이 었어."

그렇게 말하고 글로리아가 꺼낸 것은 낡은 천조각이었다. 크기는 어린이용 망토 정도려나? 중앙부 절반 이상이 검붉게 오염되어 있다. 아마 혈흔일 것이다. 나머지 부분도 갈색으로 변색되어 있고 벌레 먹은 것처럼 구멍도 뚫려 있다.

"그게 뭐야? 오래된 첫날밤 시트?"

"'베레니의 성해포(주1)'야."

나는 코웃음쳤다. 전형적인 사기상품이잖아.

옛날 이야기에 의하면 이렇다. 어느 산속 마을에 베레니라는 가

주1) 성해포: 聖骸布. 성자의 시신을 싸는데 쓴 천.

난하지만 마음씨 좋은 소녀가 살고 있었습니다. 어렸을 때 양친을 잃었지만 작은 밭을 일구면서 홀로 생활하고 있었습니다. 이윽고 베레니도 성장해서 마을 젊은이와 결혼하게 되었습니다. 그러던 어느 날 빨래를 걷다가 마을 밖에 눈부신 빛이 떨어지는 것을 보았습니다. 무슨 일인가 싶어 달려가보니 그곳에는 아름다운 청년이 피를 흘린 채 쓰러져 있었습니다. 베레니는 곧바로 들고 있던 시트로 청년의 피를 닦아주었습니다. 그러자 청년을 깨어나 베레니에게 감사를 표하고 천상으로 돌아갔습니다. 청년은 신이었던 겁니다. 홀로 남겨진 베레니는 시트를 안고 마을로 돌아갔지만 그것을 본 젊은이가 격노했습니다.

"그 피는 뭐지? 너는 다른 남자와 몸을 섞은 거냐?"

젊은이는 베레니를 질책하며 그대로 마을에서 쫓아내버렸습니다.

절망한 베레니가 시트를 안고 절벽에서 몸을 던지려 했을 때 시트에 묻은 신의 피가 기적을 일으켰습니다. 베레니의 등에서 날개가 돋아나 하늘을 날 수 있게 된 겁니다. 그후에도 신의 피가 묻은 시트는 기적을 일으켰습니다. 어떤 때는 빵과 와인을 만들어냈고, 어떤 때는 상처를 치유했으며, 어떤 때는 거대한 방패가 되어 베레니를 지켰습니다. 베레니는 세계를 돌아다니며 시트의 힘으로 기적을 일으키고 사람들을 구했습니다. 이윽고 베레니는 성녀로 불리게 되었습니다. 그녀가 죽은 후 시트는 시신과 함께 묘지에 묻혔고, 시트는 어느덧 '베레니의 성해포'라 불리게 되었습니다. 끝.

성해포는 시신과 함께 묻혔지만 그후 도굴꾼에 의해 도난당했다고 한다. 가끔 그 조각이라는 게 어딘가의 교회에 장식되기도 하고, 수상한 승려가 기적의 도구로 쓰기도 하고, 장물상에서 걸레조각이 되어 팔리고 있기도 하다. 진짜가 나왔다는 이야기는 아직까지 듣지 못했다.

"가짜지?"

"연대로 보건데 상당히 오래된 물건이야. 그리고 마력도 느껴지니까 진짜가 아니더라도 귀중한 매직 아이템일지 몰라."

내 눈에는 그냥 누더기로 밖에 안 보이는데 말야.

"그런데 그게 나랑 무슨 상관이지?"

"이것을 가져온 사람을 찾아줬으면 해서."

"무슨 소리야?"

"이것은 가져온 사람이 모습을 감춰버렸거든."

일의 발단은 한 달여 전. 어느 남자가 이 누더기를 가져왔다. '베레니의 성해포'일지 모르니까 감정해 달라면서. 하지만 그 다음날 담당이었던 감정사가 급사한 탓에 혼란 속에서 방치되고 있었다고 한다. 인수인계를 받은 글로리아는 곧바로 감정했지만 확증은 얻을 수 없었다. 일단 경과보고를 위해 연락하려 했지만 묵고 있던 여관에서 이미 떠난 상태였다. 도시 밖으로 나간 흔적은 없지만 현재 행방불명 상태다.

"줄행랑을 친 거라면 그건 더 이상 필요없다는 말이니까 길드가 가져버리면 되는 거 아냐?"

"그럴 수도 없어."

모험자 길드의 규정상, 처분하기 위해서는 연락이 끊긴 지 반 년 이상 지났거나 '의뢰인의 사인'이 필요하다고 한다. 과거에 모험자 길드에서 감정품을 빼돌리는 사태가 속출한 탓에 그런 규칙이 만들어졌다고 한다.

"의뢰인이 죽으면 어떻게 하지?"

내가 바네사에게서 받은 '템퍼러리 선도 그런 경위였던 것으로 안다.

"그때는 필요 없지만, 지금은 죽었다는 확증이 없는 상태라서 이대로는 처분도 할 수 없어. 반 년후까지 기다릴 수 밖에 없다고."

"그럼 기다리는 수 밖에."

"감정품은 곧잘 사라지잖아."

"응."

빼돌리는 녀석이 있으니 말야. 아무리 나라도 그런 짓은 안 하지만.

"그렇게 된 후에 의뢰인이 다시 나타나면 골치 아프지 않아? 그리고 길드 마스터도 감정품을 전부 다 처리해야 개인실로 옮겨준다고 했어. 나는 다른 사람들과 같이 일하면 집중이 안 되어서 싫다고."

진저리를 내며 옆에 있는 나무판을 두드린다.

"그 녀석을 찾고 싶은 건 알겠는데 어째서 나지? 모험자나 네 동료라도 괜찮잖아."

"드워프 씨한테 물어봤더니 네가 사람 찾는 데는 제격이래."

데즈 녀석, 나한테 떠넘기고 도망쳤군. 확실히 이곳 모험자들은 싸움만 할 줄 알지 사람을 찾을 만한 성격은 아니다. 직원들도 남자들은 그런 녀석들뿐이다. 그렇다고 여직원을 보내면 사고가 났을 때 감당이 안 된다.

"보수에 따라선 맡을 수도 있어."

어차피 한가하니 말야.

"말해두지만 내 보수는 싸지 않아. 이래봬도 어떤 분의 전속이니 말야. 그에 상응하는 보수가…."

"하룻밤 상대해줄 수도 있어."

나는 잠시 할 말을 잃었다.

"그거 남자랑 여자가 하는 그거 말하는 거지? 다트나 카드 말고."

"섹스, 성행위, 교미, 정사, 동침, 잠자리, 아무튼 그런 걸 말해. 난 돈도 별로 없고, 기둥서방 씨는 기둥서방이니까 그런 거 좋아할 거 아냐."

"정말 좋아하지."

"일단 피임만 해주면 끝까지 해도 좋아."

진짜냐? 나는 다시 한번 글로리아의 몸매를 살펴보았다. 얼굴이 내 취향인 것은 물론이고, 엉덩이도 비교적 크지만 형태는 나쁘지 않다. 가슴의 융기도 옷 밑에서 답답한 듯 강하게 자기주장을 하고 있다. 몸매는 굉장히 입맛을 돋군다.

"어때?"

글로리아는 앞으로 몸을 숙여 가슴을 보여주려는 듯 앞섶을 벌렸다. 이런 거 정말 좋아. 맘에 들었어. 앨원에게 부탁하면 혼쭐이 나겠지만.

"그럼 이런 플레이는 가능해?"

투명한 판 너머로 글로리아에게 귓속말로 말했다. 최근에는 창관에서도 별도요금인 곳이 많아서 말이지.

"…뭐, 좋지만."

"오케이. 알았어."

조금 차가운 눈총을 받았지만 언질은 받았으니 힘내보기로 하자.

"부탁할게. 이건 그 사람의 자료."

건네받은 두 장의 종이를 둥글게 말아서 바지 뒷주머니에 넣는다.

"혹시나 해서 묻는데 선불은 안 돼?"

"안 돼."

"착수금 정도는 받고 싶은데."

"얼굴을 좀 붙여봐."

속삭이는 듯한 몸짓을 했기에 얼굴을 붙인다. 반투명한 판에 내 얼굴이 닿았다. 글로리아의 얼굴이 다가온다.

유리판 너머로 붉은 입술이 겹쳐졌다.

"지금은 이것뿐이야."

"어린애 푼돈 수준이잖아."

쓰게 웃지만 이런 밀당은 싫어하지 않는다.

"기한은 없지만 최대한 빨리 부탁할게. 기둥서방 씨… 가 아니라 음, 머쉬룸 씨라고 했던가?"

"매쉬야."

감정실을 나온다.

의도치 않게 성가신 일을 맡게 되었지만 보수는 훌륭하다. 하룻밤이면 충분하다. 다음부터는 그쪽에서 사정하게 될 테니까.

아찔한 관능의 세계를 떠올리고 있자니 돌연 배에 격렬한 통증이 엄습했다.

"기분 나쁜 소리 내지 마."

어느 틈엔가 수염쟁이가 내 앞에서 찡그린 얼굴로 노려보고 있었다.

"뭐야, 데즈였잖아. 너무 키가 커서 기둥으로 착각하고 말았네."

이번엔 옆구리를 얻어맞았다. 간을 으스러뜨릴 생각이냐, 이 수염쟁이 악마.

"일일이 때리지 마. 안 그래도 지금 네 뒤치다꺼리를 하고 있는 중인데 말야."

나는 글로리아에게 받은 의뢰에 대해 이야기했다.

"'트위스티드 라이트하우스'에서 왔다고 했는데 누구야? 평범한 감정사는 아니지?"

움직임에 빈틈이 없었다. 무술을 배운 사람의 움직임이다.

"나도 자세한 것은 모르지만 그곳에서는 '경비견' 역할도 하고 있었다 하더군."

"혜에."

모험자 길드에는 그 지부마다 고용된 모험자가 있다. 행방불명된 모험자 수색과 뒷처리를 하고, 가끔 규칙을 위반한 녀석들을 제재한다. '경비견' 혹은 '사냥개'라고 해도 좋지만 아무튼 나름의 실력이 요구된다. 이렇게 말하는 데즈도 '경비견'이지만 이 녀석의 경우는 다리가 너무 짧아 개라기 보다는 멧돼지다. 입에 담으면 진짜로 죽을 수도 있기에 말 안 하지만.

"감정 실력도 괜찮은 듯하지만 그쪽에선 괴짜로 통하고 있었다는 군. 요상한 것들만 모으고 있다는 소문이야."

"설마 시체 같은 걸 모으는 건 아니겠지?"

"위작들이래."

데즈는 이해할 수 없다는 듯 고개를 저었다.

"유명한 미술품 등의 위작들만 모으고 있다고 해."

"별난 성격이네."

가짜 투성이인 '베레니의 성해포'에 심상치 않은 관심을 가지는 것도 그 때문인가?

"그보다 너는 여기 뭐하러 온 거야? 또 돈 빌리러 온 건 아니겠지?"

"너한데 돈이 될 만한 소식을 가지고 왔어."

이곳에 온 본래의 목적을 떠올렸다. 원래 나는 데즈를 만나러 온 것이었다.

우리들은 데즈의 대기실로 이동하면서 이야기를 계속했다.

"이번에 꼬맹이와 리턴매치를 하게 됐어. 팔씨름 말이야."

얼마전 이야기를 하다가 어떻게 팔씨름을 하게 되었는데, 열세 살인지 열네 살인지 알 수 없는 여자아이한테 나는 패배했다.

"너는 그곳에 없었지만 종이 한 장 차이의 승부였지."

"내가 듣기로는 너의 참패라고 하던데."

"그건 과장된 이야기야. 거짓말쟁이니까 얼른 인연을 끊는 게 좋아. 아무튼 그것에 맛을 들인 에이프릴이 재경기를 제안해왔어. 내가 이기면 돈을 주겠지만 지면 모험자 길드에서 일하래."

"그거 좋군." 데즈는 주먹을 우득우득 울렸다. "팔 좀 내밀어 봐."

"부러뜨릴 생각이잖아!"

"농담이야."

분명 진심이었다, 이 녀석. 무서운 수염쟁이다. 마음이 변했어도 무섭기에 이야기를 진척시킨다.

"그래서 나는 그 조건을 받아들이기로 했어. 시합 일시와 장소를 내가 정해도 된다는 조건으로 말야."

내 작전을 이해했는지 데즈는 어이없다는 얼굴을 했다.

"장소는 길드 밖. 일시는 대낮. 물론 맑은 날에 할 거야. 다시 말해 내 승리는 약속된 거나 마찬가지지."

"사기잖아."

"본래의 힘을 낼 수 있는 환경을 정비하는 게 어째서 사기라는 거야?"

전쟁도 병력이 전부는 아니다. 지형과 날씨, 유리한 조건을 갖춘 후에 싸우는 법이다.

"본론은 지금부터인데, 이 승부를 북메이커인 사이몬에게 제안했어. 하지만 나한테 거는 녀석이 없어서 이대로 가면 승부가 성립되지 않는다고 하더군."

"그렇겠지."

"그래서 말인데, 데즈. 너 나한테 돈을 걸지 않을래? 알고 있잖아. 이런 안전한 도박은 없다는 걸."

"사기꾼은 다들 그렇게 말하지."

"부탁할게, 응? 너라서 이런 이야기를 하는 거야. 이번 기회에 용돈 좀 벌어서 사모님한테 선물이라도 해줘."

"공주님한테 말해."

"이미 말했어."

조건 운운은 빼고 말했지만.

"그랬더니 뭐라 한 줄 알아? 부끄러운 줄 알래."

"나도 같은 의견이야."

데즈 주제에 건방지다.

"그리고 너는 운이 없으니 말야. 안전패로도 도둑을 뽑잖아."

"보통은 그렇지. 하지만 중요할 때 좋은 패를 뽑는 게 매쉬 씨라고."

데즈는 지친 듯 한숨을 쉬었다.

"뭐, 내기에는 참가해줄게. 사이몬이라고 했나? 나중에 등록해두지."

"역시 데즈는 말이 통한다니까."

"내가 거는 건 아가씨 쪽이야."

데즈는 당연하다는 듯한 얼굴로 단언했다.

"너를 일하게 만든다면서? 그렇다면 나도 협력할 수 밖에 없지. 열심히 땀 흘리며 세상에 공헌하도록 해."

오랜 친구의 배신으로 실의의 빠진 채 모험자 길드의 계단을 내려간다. 수염쟁이 녀석, 모처럼 돈 벌 기회를 허사로 만들다니. 빈털털이가 되어도 책임 안 진다.

"아, 매쉬 씨!"

1층으로 내려오자 카운터 안쪽에서 에이프릴이 뛰쳐나왔다.

"마침 좋을 때 왔어. 여기에 사인해줘."

회심의 미소와 함께 들이민 것은 서약서였다. 모험자 길드에서 쓰이고 있는 서식과 똑같지만 글자로 보건데 에이프릴이 직접 작성한 것 같다. 잘 만들어져 있다.

"매쉬 씨 성격상 분명 이상한 변명을 하거나 거짓말로 얼버무릴 테니까."

묘한 지혜를 습득했군. 누구 영향이려나.

일단 서약서 내용을 확인해보고 나는 신음했다.

내용은 단순했다. 내가 지면 얼마간 모험자 길드에서 일해야 한다. 업무 내용은 모험자 길드에서 잡일 전반과 전속 모험자의 보좌. 쉽게 말해 데즈의 부하다.

좀 봐줘. 녀석의 부하가 되면 지금까지 이상으로 얻어맞는다고.

"할아버님한테 조언을 구했더니 같이 생각해주셨어. 이거라면 매쉬 씨라도 일할 거라면서."

손주 바보인 것에도 정도가 있다.

"자 자, 얼른 써. 이름을 정확히 기입해야 돼."

"그래 그래."

감시를 받으면서 펜까지 쥐어주니 따를 수 밖에 없다. 시키는 대로 이름을 적는다. 솔직히 본명이 아닌 사인이 효력이 있을까도 생각했지만.

"이걸로 됐어. 그럼 날짜가 정해지면 알려줘. 꼼수나 사기를 치면 안 돼."

"그래, 완전한 실력승부야."

두고보라고. 내가 이겨서 꼬맹이의 용돈을 투계 도박에 전부 탕진하고 말 테니까.

아무튼 나는 글로리아가 부탁한 사람 수색을 하기로 했다. 감정 의뢰 자료에 따르면 이름은 코디. 나이는 열여덟 살. 이 도시에는 '미궁'에 들어가기 위해 왔다. 물론 앨윈처럼 미궁을 공략할 생각은 아니고 얕은 층에서 적당히 마물 가죽과 비늘을 벗겨 돈을 벌 생각인 듯했다.

묵었던 여관 주인의 이야기로는 길드에 감정 의뢰를 한 그날도 여느 때처럼 모험자 길드에 갔었다고 한다. 하지만 돌아오자마자 창백한 얼굴로 여관비를 돈을 더 얹어서 낸 후 그대로 나가버렸다.

다시 말해 그날 중에 코디에게 무언가가 있었던 것이다. 모습을 감춰야만 하는 무언가가.

이 도시 출입구에서는 검문을 하고 있으니까 쉽사리 밖으로는 나갈 수 없다. 길드 쪽 조사에서도 나갔다는 기록은 없었다.

코디는 아직 이 도시 어딘가에 있다. 문제는 어디에 있느냐인데 대충 짐작은 간다.

추측컨데 코디는 무언가에 겁을 먹고 있었다. 목숨의 위기를 느끼고 있었던 것이다. 하지만 이 도시에 갓 도착한 녀석이 누구를 의지할 수 있을까? 본래라면 모험자 길드 같은 곳을 찾아가야 하지만 그곳을 의지할 수 없다면 갈 곳은 정해져 있다. 교회다.

생각할 수 있는 머리와, 손과 다리가 있음에도 굳이 신의 노예가 되려는 녀석은 세계 도처에 있다. 그래서 이렇게 맛이 간 도시에도 종교는 존재한다. 종교라는 족속은 자신을 불완전한 성인군자로 믿고 있고, 자신의 소굴을 성지로 착각하는 인종이기에, 만약 도움을 구하러 오는 사람이 있다면 숨겨주는 게 보통이다. 코디의 고향은 남쪽에 있는 바라델이라고 한다. 그곳에도 종교는 여럿 있지만 주로 믿고 있는 것은 대지모신이다. 일단은 그 교회를 이 잡듯이 뒤져보기로 한다. 이 도시에 대지모신의 교회는 세 개 있다. 북쪽에 있는 것은 부자들 전용이기에 코디 같은 서민이 갈 만한 남쪽 두 곳만 찾아보면 된다.

"글쎄요? 그런 분은 모르겠군요."

두 번째로 찾아간 남서쪽 외벽 근처의 대지모신 교회 '그레이 네이버' 남쪽 지부의 신부님은 아쉽다는 듯 고개를 저었다.

"어쩌면 이름을 바꾸었을지도 몰라. 흑발에 갈색 눈, 다부진 체격. 햇볕에 그을려 있어서 모험자라기보다는 시골 농민 같은 풍모인데."

여관에서 들은 코디의 특징을 늘어놓아봤지만 여전히 글쎄요? 라며 고개를 갸웃할 뿐이다.

"이곳에는 길 잃은 어린 양들이 매일같이 수도 없이 찾아오니 말이죠. 한 명 한 명의 이름과 얼굴을 모두 기억하는 건 좀…."

교회는 아담해 보였다. 나보다 키가 작은 입구를 들여다보니 대지모신의 문장이 장식된 벽과, 설교대 뒤에 있는 신상. 구색만 맞춘 듯한 의자가 몇 개 놓여있을 뿐이다. 옆을 보니 내 허리 정도의 울타리 안에 작은 텃밭을 일구고 있다. 적어도 많은 신자가 몰려오는 그런 교회로는 보이지 않는다. 애당초 사람의 얼굴과 이름을 기억하지 못하는데 신부를 할 수 있을 리 없다. 뻔뻔하군.

교회 옆은 화려한 색깔로 칠해진 2층 건물이었다. 간판은 없기에 아마 무허가나 불법 창관일 것이다. 대낮임에도 돼지 멱따는 소리 같은 신음소리와 듣기 거북한 교성이 큰소리로 들려왔다.

"뭐라고 말씀하셔도 그런 분은 안 왔습니다. 의심이 된다면 직접 조사해보시겠습니까?"

"그만둘게."

이런 경우 조사해봤자 소용없을 경우가 많다. 확증이 있기에 이렇게 자신만만한 것이다. 그리고 신부님이 나에게 설교하고 싶어서 눈을 빛내고 있다는 것도 이유 중 하나다. 섣불리 들어갔다간 열쇠가 채워지고 신자가 될 때까지 나올 수 없을 것이다. 분명히.

"그의 가족이 걱정하고 있으니까 혹시 발견한다면 모험자 길드로 연락을 줘. 매쉬라고 하면 다들 알 거야."

지명도만은 높으니 말이지. 신용도는 거의 제로지만.

"그럼 가볼게. 땅과 풀과 나무의 은혜가 있기를."

대지모신의 기도문을 말하고 그곳을 뒤로한다. 그대로 돌아가는 척하며 반대편으로 돌아간다. 교회 옆을 지나쳐서 시끄러운 신음소리를 내는 건물 뒷편으로 나간다. 정면에서는 알기 힘들지만 텃밭을 사이에 두고 교회 통용문과 옆 건물 뒷문이 일직선상에 위치해 있었다.

건물 그늘로 어둑어둑해진 곳에서 작은 문을 노크한다.

"신부님이 보내서 왔습니다."

최대한 정중한 목소리로 말하자 문이 약간 열렸다. 안에서 작은 눈이 엿보고 있다. 나는 문 틈새로 발을 집어넣음과 동시에 문을 잡고 단숨에 열… 수 있었으면 좋았겠지만 닫으려는 힘과 상쇄되어 얼굴 절반 정도 밖에 열지 못했다.

"여, 미안해. 꼬마 아가씨. 오빠는 이상한 사람이 아니라 이곳에 있는 코다라는 오빠한테 볼 일이 있어서 왔어."

필사적으로 문을 닫으려 하고 있는 것은 열 살 정도의 여자아이였다. 곱슬곱슬한 금발에 녹색 눈동자. 밥을 제대로 못 챙겨먹고 있는 건지 비쩍 마른 체구였지만 제법 귀엽다. 그런 여자아이와 호각의 승부를 펼치고 있는 나. 이러니 에이프릴한테도 못 이기는 거지.

"돌아가! 꺼져! 이 덩치만 큰 녀석!"

입은 거칠지만 열심히 나를 내쫓기 위해 문 틈새로 몸을 밀고 있다. 정말 기특하고 사랑스럽다. 그에 비해 이쪽은 추하고 더러운 어른이기에 이런 방법도 쓴다. 나는 손을 뻗어 여자아이의 손목을 붙잡았다. 여자아이가 창백한 얼굴로 몸을 뒤로 뺐다.

"얼른 나와, 코디. 안 그러면 이 빈약한 팔이 어떻게 될지 모른다고. 너무 아파서 울어버릴 수도 있어!"

문 틈새로 큰 소리로 불렀다. 거짓말은 하지 않았다. 이렇게 힘을 많이 주고 있으니 내일 아침은 근육통으로 고생할 것이다. 울 것 같다.

"그만둬!"

건물 안쪽에서 달려온 것은 흑발에 갈색 눈을 한 청년이었다. 햇볕에 그을린 다부진 체격으로, 모험자라기보다는 시골 농민이라는 분위기다. 손에는 무뎌 보이는 검을 들고 있다.

"그 아이에게서 손을 떼. 대체 넌 누구야?"

"여, 코디. 처음 뵙겠어. 내 이름은 매쉬. 모험자 길드의 심부름으로 왔어."

"용케 이곳을 알았군."

안내된 곳은 화려한 색깔을 한 건물의 다락방이었다. 코디는 이곳에 숨어 있었던 것 같다.

뭐어, 라고 나는 말했다.

"이곳도 교회 일부로 보였거든."

신이 있는 곳이라 해도 나같이 신앙이 없는 녀석은 도망자를 찾아올 수 있다. 하지만 옆에 관계 없는 건물을 짓고 그곳에 숨겨두면 의심할 녀석은 없다. 무허가 창관은 이 도시에 얼마든지 있지만, 내가 위화감을 느낀 것은 그 신음소리였다. 무허가 창관이라면 소리가 새어나가는 것을 조심하는 법인데 오히려 들으라는 듯 큰 소리를 내고 있었다. 이곳이 창관이라는 것을 어필하려는 듯.

"이곳은 원래 여성과 아이들을 숨기기 위한 장소야."

남편이나 아버지한테 폭행을 당하고 갈 곳을 잃은 사람들의 피난 장소라고 한다. 이곳에서 대지모신의 교회를 통해 다른 도시로 피난하거나, 돈을 벌 수단을 찾을 때까지 이용하는 임시 거처라고 한다.

그때 눈앞에 찻잔이 난폭하게 놓여졌다. 돌아보니 아까 그 여자아이가 불만스러운 눈으로 나를 노려보고 있었다. 인사를 해보았지만 여자아이는 무시하고 다른 찻잔을 코디 앞에 조용히 내려놓았다.

"무슨 일 있으면 곧바로 큰 소리를 질러."

그렇게 말하고 나에게서 고개를 휙 돌린 채 계단을 내려간다. 미움을 받고 말았군.

"저 조그만 아이도?"

"친아버지가 팔아치우려 하는 걸 보고 여동생과 함께 도망쳐나왔대."

진절머리가 나는 세상이다.

"그런데 어째서 너는 이곳에 있지? 마누라한테서 도망쳐 온 것은 아닐 테고."

코디는 잠시 침묵하다가 창백한 얼굴로 이야기를 시작했다.

"그 천조각에는 악마가 씌어 있어."

코디가 그 천조각을 발견한 것은 우연이었다. 이 도시에 오는 도중 강가에서 쉬고 있다가 강기슭에 걸려 있는 그 천조각을 발견했다. 처음에는 버리려고 했지만 고향 마을에서 들은 '성해포' 이야기를 떠올리고 가져가기로 했다. 이야기를 그럴 듯하게 꾸미면서 장물상에게라도 팔아치우면 용돈 정도는 벌 수 있을 거라 생각했다.

하지만 코디가 이곳에 도착하기 직전 가도 옆에서 기묘한 전신갑옷을 입은 남자가 나타났다. 녹이 슨 낡은 갑옷때문에 얼굴은 알 수 없었지만 목소리로 간신히 남자라는 것만은 판단할 수 있었다.

"그 녀석이 팔을 뻗으며 땅속에서 울리는 듯한 목소리로 말했어. '그것을 돌려줘'라고."

무서워진 코디는 도망쳤다. 주운 것을 후회했지만 이미 늦었다. 전신갑옷은 뒤쫓아 왔다. 허둥지둥 도시 안으로 들어와 안도한 것도 잠시, 전신갑옷은 이곳저곳에서 나타났다. 어느 틈엔가 코디 옆에 나타나서 '그 천을 돌려줘'라고 부탁했다. 누군가에게 도움을 요청하면 전신갑옷은 어느 틈엔가 모습을 감춰버렸다. 그런 일이 계속되자 코디는 점점 평정심을 잃어갔다.

"어째서 버리거나 건네지 않았지?"

"저주받을 것 같다고 생각했어. 버리더라도 그런 기분 나쁜 녀석 손에 들어가면 어떤 무서운 일이 일어날지 알 수 없잖아. 그래서 모험자 길드가 어떻게 해줬으면 하는 마음에서 감정사에게 맡기고 도망쳐왔어. 맡긴 김에 감정도 받아보면 그 천이 뭔지 알 수 있을까 싶기도 했고."

모험자 길드를 나온 후에도 전신갑옷과 조우한 탓에 허둥지둥 여관을 옮기려 했지만 혼란통에 지갑과 모험자 길드 조합증을 잃어버렸다고 한다. 그것은 신분증도 겸하고 있기에 잃어버리면 여관에도 묵지 못한다. 묵을 수 있는 여관도 있지만 대개는 무허가 영업이나 도둑 여관이다.

어떻게 해야 할지 고민하다가 고향에 있는 대지모신 교회를 떠올리고 이곳으로 달려왔다고 한다. 그 이후로 전신갑옷은 출몰하지 않았다.

"흐음."

이것저것 수상한 점은 있지만 이렇게 본인을 발견한 이상, 나와는 관계 없는 이야기다.

"일단 네가 할 일은 하나야. 여기에 사인하는 것. 이제 필요없지?"

내민 것은 감정품의 권리포기서였다. 이것을 글로리아에게 가져가면 내 임무는 끝난다.

서류를 보고 코디는 불안한 얼굴을 했다.

"아니, 저기, 매입해주진 않는 거야?"

"매입하기 위해서는 감정비용을 추가해야 하는데 어떡할래?"

단순한 누더기라면 모를까 무언가의 마법이 걸려 있다면 조사하는데 촉매라든지 약품 같은 여러 비용이 든다.

"그럴 돈은 없어."

"그럼 포기해. 아니면 밖으로 나가서 길드까지 가지러 갈래? 그동안 그 전신갑옷이 안 나타면 다행이겠군."

"안 지켜줄 거야?"

"내 업무가 아냐."

그리고 열 살짜리 아이와 호각인 남자에게 기대해봤자 소용없어.

"이대로 평생 전신갑옷에게 쫓겨다닐 생각이야? 시골로 돌아가서 밭이라도 일구라고."

"하지만 돈도 없고, 돌아가려고 해도… 어느 정도 돈은 있어야."

이 녀석, 전신갑옷이 얼마동안 출몰 안 했다고 욕심이 생긴 모양이네.

"아무튼 너는 모험자로 살기에는 무리니까 얼른 쓰기나 해. 아니면 뜨거운 맛을 볼 테니까."

보란 듯이 주먹을 우득우득 울리자 코디의 얼굴이 창백해졌다. 덩치만 큰 등신으로 불린 지 오래지만 아무것도 모르는 녀석에게는 내 덩치도 협박에 쓸 수 있다. 정말로 싸운다면 뜨거운 맛을 보는 것은 내 쪽이지만 말이지. 코디는 떨리는 손으로 펜을 잡고 천천히 쓰기 시작했다.

"얼른 써. 네 이름이니까 실수로라도 '빌어먹을 녀석'이라고 쓰는 저속한 짓은…."

이야기하는 도중에 커다란 비명이 그것을 방해했다. 목소리의 주인은 아까 그 꼬마 아가씨인가?

"리타!"

코디가 창백한 얼굴로 계단을 뛰어내려갔다. 나도 그 뒤를 따라 1층으로 내려가서 목소리가 난 쪽으로 향한다.

나는 숨을 삼켰다.

좁은 복도 너머에 검은색 바탕에 적갈색으로 녹이 슨 갑옷이 서 있었다. 관절부와 목 주변 등 본래라면 갑옷이 가리지 못하는 부분도 검은 천으로 덮혀 있어서 그 안을 살필 수 없다. 이 녀석이 코디가 말했던 전신갑옷인가? 녀석의 발밑에는 다리가 풀린 리타가 철 퍽 주저앉아 있었다.

"얼른 도망쳐!"

소리치면서 코디가 전신갑옷을 향해 꽃병을 집어던졌다. 동체 부 근에 맞고 파편이 흩날린다. 마음에 두는 낌새도 없이 전신갑옷은 이쪽을 향해 손을 뻗었다.

【그것을 돌려주지 않겠나?】

낮고 차분한 목소리다. 기묘할 만큼 귀에 잘 들어왔다.

"어, 어떻게 이곳을…?"

【목소리가 들렸다.】

아까 리타를 구하려고 코디 군은 큰 소리를 냈으니 말야. 원인은 나였지만.

【부탁이니까 돌려줘.】

전신갑옷은 비틀거리면서 무언가에 인도되듯 주춤주춤 다가왔 다. 완전히 좀비다.

코디도 완전히 쫄아서 털썩 주저앉아 뒤로 물러날 뿐이었다.

어쩔 수 없군.

나는 전신갑옷 앞을 가로막고 섰다. 여기서 다리가 풀려 있는 바 보는 둘째치고 아이가 눈앞에서 살해되는 것은 차마 볼 수 없으니 까.

"너는 대체 뭐지? 어째서 그런 누더기를 원하는 거야? 딸의 웨딩 드레스를 만들기엔 치수가 좀 안 맞지 않아?"

【나에게는 성해포가 필요하다.】

전신갑옷이 호소하듯 코디에게 다가왔다. 그렇군, 이 녀석 아직 성해포를 코디가 가지고 있는 것으로 착각하고 있는 거야.

"무엇을 위해?"

【그게 있으면 나는 다시 인간으로 돌아갈 수 있을 거다.】

"그럼 뭐야, 지금은 인간이 아니라 괴물이라도 되어버렸다는 건가?"

침묵. 다시 말해 긍정이다. 좀 봐달라고.

"무슨 일을 저지른 건데? 악마와 거래라도 했어?"

【…비슷한 일을 했다.】

전신갑옷의 목소리에는 비탄인지 증오인지 알 수 없는 감정이 서려 있었다.

갑옷 밑에는 어떤 괴물 얼굴이 숨어 있는 건지. 이쪽은 겁쟁이로 통하고 있는데 말야. 오줌을 지리면 성해포로 닦고 말 테다, 이 녀석.

【…증거를 보여주마.】

전신갑옷이 투구로 손을 뻗었다. 나도 모르게 침을 꿀꺽 삼킨다.

―그 순간 살의가 부풀어오르는 것을 느꼈다.

나는 곧바로 코디를 덮치듯 몸을 날렸다. 그 머리 위로 바람이 스쳐지나갔다.

등에 있는 솜털이 곤두서는 것을 느끼며 고개를 들어보니 복도 너머 판자로 된 벽에 금속제 고리가 박혀 있었다.

차크람인가? 진귀한 무기를 쓰는군. 차크람은 보았다시피 금속 고리지만 바깥 부분이 칼날로 되어 있어서 벨 수도 있다. 하지만 이것은 전신갑옷이 던진 것이 아니다.

"누구야!"

소리치며 차크람이 날아온 방향을 돌아보니 전신갑옷 뒷편에 백의의 남자가 서 있었다.

나이는 40 전후려나? 짧게 깎은 금발에 파란 눈동자. 검정색 바지와 셔츠, 발목까지 내려오는 흰색 롱코트. 양팔에는 금속제 고리를 여럿 차고 있다. 좌우의 숫자가 다른 것은 방금 하나를 날렸기 때문일 것이다. 목에 걸고 있는 목걸이는 대지모신의 문장이었다.

백의의 남자는 우리들을 훑어보더니 거추장스럽다는 듯 손을 뻗었다.

"'베레니의 성해포'를 내놓아라."

이 녀석도냐.

"남에게 명령하기 전에 자기소개부터 해. 성미가 급하면 미움을 받는다고. 아무리 여기가 창관이라도 들어오자마자 바지를 벗어던질 건 없잖아."

곧바로 내 옆을 금속 고리가 통과했다. 오는 걸 알고 있었기에 여유를 가지고 피할 수 있었다.

등 뒤에서 다시 벽이 소리를 내며 부서졌다. 나무 파편을 뒤집어쓰면서 코디가 비명을 질렀다.

"창부를 부르기도 전에 벌써 두 번이나 싸버린 거야? 정말 빠르기도 하군."

"네놈은 누구냐?"

겨우 흥미를 품은 것 같군. 남자든 여자든 관심을 끄는 건 어렵네.

"보다시피 삼국 제일의 미남이야. 아까 저 갑옷도 성해포를 내놓으라고 해서 절찬리에 교섭중이지."

"그건 원래 우리 신의 소유물이다."

"대지모신의?"

"내 이름은 저스틴 루빈스타인. '인퀴지터(이단심문관)'다."

또 성가신 녀석이 나왔군.

같은 종교라 해도 여러가지 파벌과 교리가 존재한다. 주류파 입장에서는 정통적인 가르침에서 벗어난 부정확하고 사악한 것들은 이단으로 보일 것이다. 그런 이단으로 취급받는 교리와 신자를 찾아내서 올바른 가르침으로 이끄는 것이 '인퀴지터'다.

쉽게 말해 주류파에 의한 소수파 박해고, '인퀴지터'는 그 첨병이자 심부름꾼이다. 그 권한은 강해서 종파 내부의 사법권과 수사권도 가지고 있다고 한다.

특히 대지모신의 '인퀴지터'는 그 철퇴를 다른 종교에까지 휘두르기로 유명하다. 다른 종교를 믿고 있는 것 자체가 이단이고 사악한 일이라고 하니 무섭다.

"성해포는 본래 대지모신의 교회에서 기려지고 있던 물건이었다. 도난당한 거다. 저기 있는 저 자에게 의해서 말야."

저스틴이 가리킨 것은 전신갑옷이었다.

"성스런 보물을 도적에게서 되찾기 위해 여기까지 왔다."

"들었지? 그래서 네 주장은?"

【그것은 나에게 필요한 물건이었다.】

아아, 자백해버리고 말았네.

"돌려받겠다."

제3장 감정사의 방임 | 173

선언이 끝나자마자 저스틴이 팔을 옆으로 휘둘렀다. 그 기세를 이용해서 손목에 찬 차크람을 투척한다. 전신갑옷은 피하지도 못한 채 금속 고리를 잇달아 얻어맞았다. 절단되지는 않았지만 충격으로 갑옷이 찌그러지며 기묘한 춤을 추듯 비틀거렸다.

버티지 못하고 전신갑옷이 등을 돌려 달리기 시작했다. 나와 코디 옆을 지나쳐서 복도 너머 벽에 충돌해서 멈추자 그곳으로 저스틴이 도약했다. 단숨에 거리를 좁히더니 공중에서 허리에 찬 소검을 뽑는다. 두껍고 뭉툭한 그것을 치켜들고 전신갑옷의 등을 베었다.

휘청거리다 힘없이 쓰러졌다. 마른 금속음이 났다. 손발의 관절이 기묘한 형태로 구부러지고 투구가 벗겨져 데굴데굴 구른다.

"음?"

소리가 너무 가볍다. 무엇보다 깊숙히 베인 것 치고는 피도 나오고 있지 않다. 틈새를 들여다보니 그곳에는 아무것도 없었다. 텅 비었다. 핏자국조차 없다. 투구와 장갑도 들여다 보았지만 안에 든 것은 아무것도 없었다.

"도망친 건가?"

저스틴은 아쉬운 듯 말하고 차크람을 회수해서 다시 손에 찼다.

"녀석의 정체가 뭔지 알고 있나?"

"글쎄? 다만 충격을 받은 듯한 느낌은 없었어."

유령인가? 아니면 마술이나 무언가로 멀리서 원격조종?

"하지만 신경 쓸 것 없다. 어차피 죽을 녀석에겐 관계 없는 이야기니까."

그렇게 말하고 내 눈앞에 뭉툭한 소검을 들이댄다. 나는 양손을 들었다.

"녀석은 성해포를 가지고 있지 않았다. 너희들이 가지고 있는 거냐? 내놓아라."

"성해포라면 아까 그 누님이 걸레대신…."

코끝을 바람이 스쳤다.

"거짓말은 용납 안 한다."

말이 안 통하는 녀석이로군. 코끝에 묻은 피를 손가락으로 닦으면서 혀를 찼다. 저스틴은 눈을 가늘게 뜨고 내 일거수일투족에 주목하고 있었다. 어설픈 거짓말은 통용될 것 같지 않다.

"모험자 길드에 있어. 지금은 모험자 길드가 보관하고 있지."

"…정말이겠지?"

"서두르지 않으면 변소 걸레가 될지 몰라."

저스틴은 혀를 차더니 검을 허리춤에 되돌렸다. 이곳에 용건은 없다는 듯 출구로 걸어간다. 밖으로 나가기 직전 돌아보고 은근한 태도로 말했다.

"그럼 당신들에게 땅과 풀과 나무의 은혜가 있기를."

조금 기다렸지만 돌아올 낌새는 없었다. 아무래도 정말 간 것 같다. 피로가 확 몰려와서 그 자리에 털썩 주저앉는다. 길드 이름을 꺼낸 것은 좋지 않았지만 그 상황에서는 어쩔 수 없었다. 내 목숨이 더 소중하니 말야. 그리고 모험자 길드 상대로는 아무리 '인퀴지터'라도 강인한 수단은 쓸 수 없을 것이다. 잘못하면 대지모신 교회까지 말려드는 전쟁이 터진다. 그 정도 판단력은 있을 것이다. 미친개 같은 녀석이긴 했지만 정말로 미친개는 '인퀴지터'가 될 수 없다.

"그나저나."

그 전신갑옷의 내용물은 어디로 사라진 거지? 이야기를 하고 있었을 때는 분명 기척이 있었는데 어느 틈엔가 텅 비어 있었다. 마법이라도 쓴 건가?

갑옷을 다시 확인해봐도 평범한 강철 갑옷이다. 오래된 물건이지만 그 이상도 이하도 아니다.

"음?"

갑옷 안쪽에 무언가가 달라붙어 있었다. 그것을 꽃병 파편으로 신중하게 뜯어낸다.

보라색 점액이다. 만져보니 손가락 피부가 약간 얼얼해졌다. 마치 산이라도 만진 것 같다. 이건….

"이봐, 코디. 이건…."

돌아보니 코디의 모습이 보이지 않았다. 방금전까지 다리가 풀린 채 주저앉아 있었는데. 그 녀석, 어디로 가버린 거지? 그때 리타가 계단에서 힐끔 얼굴을 내밀었다.

"코디라면 아까 나갔어."

혼란한 틈에 도망쳐버린 듯하다. 리타와 가게의 창부에게 물어봐도 짚이는 곳은 없다고 한다. 짐도 그대로 둔 채 행방불명 되었다.

"뭐 좋아."

권리포기서를 확인해보니 서명은 이미 되어 있었다. 이로써 녀석이 어디로 사라졌든 상관 없다.

"시끄럽게 해서 미안했어. 이건 그 사례야. 너와 여동생 몫."

리타에게 사탕과 아몬드를 쥐어주었다. 처음엔 경계하고 있었지만 독따윈 들어있지 않다는 걸 증명하자 머뭇머뭇 입에 넣더니 환하게 웃었다.

"그럼 가볼게."

손을 흔들어보이고 그곳을 떠난다.

지금부터는 즐거운 해피타임이다. 돌아가는 길에 어딘가에서 뱀 술이라도 마셔둘까? 오늘은 철야로군.

돌아보니 리타가 자신과 매우 닮은 여자아이에게 사탕을 건네고 있었다. 저 애가 여동생인가 보군. 내가 준 사탕을 쥐어주고 맛있게 먹는 여동생의 머리를 쓰다듬고 있었다.

해질 무렵 빠른 걸음으로 모험자 길드로 돌아온 나는 글로리아의 감정실로 뛰어들어갔다.

"자, 이거."

서명이 되어있는 권리포기서를 내민다. 덤으로 그동안 있었던 일 도 보고해둔다.

"이것으로 성해포는 길드의 소유물이 되었으니까 맘대로 하도록 해. 무서운 승려와 괴물이 세트로 따라오겠지만."

"뭐야, 그게? 그런 것은 부탁 안 했어."

"나도 그렇게 말했지만 말야. 세트가 아니면 안 판다 하더라고. 끼워팔기라는 거지."

"난처하네."

글로리아는 머리를 감싸쥐었다. 무리도 아니다. 시덥잖은 서류 절차가 겨우 끝났나 싶었는데 좀더 성가신 문제가 터졌으니 말야.

"걱정할 것 없어." 나는 그녀의 오른손을 잡았다. 장갑 너머지만 부드러운 감촉이 전해져온다.

"두려운 것도 무리는 아냐. 특히 밤은 불안하고 외롭겠지. 오늘 밤은 내가 곁에 있을게."

"기둥서방 씨는 이번 일과 별로 상관없는 것 같은데…."

"어차피 오늘밤은 침대에서 너를 진득하게 감정하기로 약속했으니 말야. 겸사겸사지."

"아니, 그래도."

뒤로 빼려는 손을 놓치지 않도록 조심하며 오른손 장갑을 벗긴다. 드러난 하얀 손등을 쓰다듬자 매끈매끈한 게 기분이 좋다.

"난폭하게는 안 해. 이래봬도 여성의 감정은 특기 중의 특기거든. 유리로 된 여신상을 다루듯 부드럽고 신중하게, 그리고 진득하게 감정해줄게."

일단은 포장지를 벗기고 흠집이 없는지 구석구석까지 확인한다. 그러고나서 손끝과 혀로 명공의 조형을 확인한 다음 마지막으로 조각상의 내부를 만끽하는 것이다….

"감정액은 얼마나 될까? 어쩌면 내가 감정했던 것들중 최고액이 될지도."

"호오, 그렇다면 나도 감정을 받아볼까?"

그 순간 머릿속에서 추모의 종소리가 울려퍼졌다.

내 목에 차갑고 딱딱한 것이 닿았다.

"맥터로드 왕가에 대대로 전해져 오는 이 보검. 몇 번이고 양도 해달라는 부탁을 들었지만 그때마다 돈으로는 바꿀 수 없다고 거절해왔지. 허나 여기서 금전적인 가치가 얼마나 되는지 알아두는 것도 나쁘지는 않은 것 같아. 사양할 것 없어. 그 몸으로 직접 확인해 보도록 해."

돌아볼 것까지도 없다. 엄청난 살기를 내뿜으며 내 목에 검을 들이댈 공주기사님은 세계에서 한 사람뿐이니까.

잊고 있었다. 이곳은 3인실이었다. 당연히 글로리아 외에도 감정사는 존재한다. 그 녀석들 중 누군가가 '미궁'에서 돌아온 앨원에게 일러바친 것이리라. 게다가 어느 틈엔가 글로리아까지 모습을 감춘 상태였다.

"아니 아니, 진정해."

자극하지 않도록 신중하게 돌아본다. …응, 나 오늘 죽을지도 모르겠어.

"조상님한테 물려받은 소중한 검이잖아. 돈으로는 바꿀 수 없어. 가치는 스스로가 결정하는 거야. 다른 사람의 평가따위에 신경쓰면 안 돼."

"그러는 너는 여성의 감정이 특기라고 하지 않았나?"

"옛날 이야기야. 최근에는 너라는 초일류에 유일무이한 최고급품을 보다보니 다른 여성이 원숭이로밖에 안 보인다고."

"겸손해할 것 없어. 처음엔 어디가 좋아? 팔? 다리?"

앨원이 검을 치켜들었다.

"그래, 역시 절조 없는 그 물건이 좋겠군. 안심해. 단숨에 끝내줄 테니까."

민감한 부분이니까 살살해줘. 칼날은 세우지 말고.

그후 자존심도 뭣도 없이 싹싹 빌어서 간신히 아들과 생이별하지 않아도 되었다.

오랜만에 목숨의 고마움을 떠올렸다. 아아, 살아있다는 건 정말 멋진 일이야.

"너란 남자는 대체 어디까지 썩어 있는 거야?"

집에 돌아간 후에도, 저녁 식사 중에도 앨윈은 화가 나 있었다. 덕분에 생약이 들어간 수프도, 향신료로 맛을 낸 닭고기도, 허브를 넣은 샐러드도 전혀 맛이 안 느껴졌다.

테이블에 마주앉아 있지만 사실상 취조다.

"여성의 약점에 파고들어 몸을 요구하다니 부끄러운 줄 알아!"

"그쪽에서 제안한 거라고."

"그것을 승락한 이상, 똑같은 거야!"

그건 아니라고 말하려 했지만 날카로운 눈빛에 입을 다물었다.

"이 변태, 호색한, 색마, 음란, 에로공작, 게을러터진 기둥서방."

테이블 밑에서 내 다리를 걷어차며 닥치는 대로 욕설을 늘어놓는다.

한바탕 매도가 끝나자 앨윈은 턱을 괴면서 시선을 돌렸다. 삐친 듯이 입술을 뾰족거린다.

"어차피 나는 그런 화려한 여성이 아니니 말야."

"어머, 혹시 질투?"

"결단코 달라!"

앨윈은 뺨을 붉히면서 테이블을 두드렸다.

"나는 그저 비열하고 음란한 짓을 용서할 수 없을 뿐이야…."

"쑥스러워할 것 없어. 너도 알잖아. 내 보물은 너라는 것을."

일어나서 어깨에 손을 감고 끌어당긴다. 달콤한 향기와 피부의 감촉을 만끽하려 했지만 옆구리를 팔꿈치로 얻어맞았다. 아프다.

"내 보물은 이 검과, 함께 싸워주는 동료, 그리고 왕국 백성이야. 너는 포함되어 있지 않아."

뭐 생명줄을 보물이라고는 안 하니 말야.

"그것 이외엔 전부 뺏겼어. 전부 잃어버렸어."

양친은 죽고 마물에 의해 왕국은 붕괴. 국토는 유린되어 지금도 돌아가지 못하고 있다.

동료와 가신들도 잔뜩 잃었다. 이 도시에 온 후에도 한 명이 죽고 한 명이 싸울 수 없게 되었다.

앨윈의 손에서 너무도 많은 것들이 흘러내리고 있다.

"아무리 소중한 것이라도 지키지 않으면, 힘이 없으면 잃고 말아. 그것을 나는 일곱 살때 절실하게 느꼈어."

"무슨 일 있었던 거야?"

"대수로운 것은 아니야."

앨윈이 쓴웃음을 지었다.

"옛날에 어머니가 소중히 하던 보석함이 있었어. 너무도 아름다워서 떼를 써 어머니한테 물려받았지."

맘에 드는 리본이라든지 예쁜 돌멩이라든지, 당시 앨윈의 보물들을 넣어두었다고 한다.

"하지만 내가 기사가 되고 싶다고 하자 화가 난 어머니에게 몰수되고 말았어. 내가 울면서 애원했지만 결국 돌려받지 못했지."

그럼에도 기사로 싸우는 길을 선택했으니 상당히 완고한 아이였을 것이다. 아니, 지금도 그런가?

"그후로 십수 년. 수중에 남아있는 것은 너무도 적어. 그래도 나는 잃어버린 것들을 되찾기 위해, 더 이상 아무것도 잃지 않기 위해 계속 싸우고 있는 중이야."

"그래서?"

이야기의 종착점이 보이지 않아서 나도 모르게 묻고 말았다.

"다시 말해 한 번 잃은 것을 되찾는 것은 어렵고, 지금 있는 것을 지키는 것도 힘들다는 말이야! 그러니까….."

앨윈은 내게 몸을 붙여왔다.

"좀 더 나를 소중히 해. 네 보물이라면서?"

"물론이야."

나는 그녀의 어깨를 안았다. 이번에는 저항하지 않았다.

"소중히 할게. 정말로. 절대로."

"말해두지만 '소중히'라는 것은 다른 여자에게 손을 대지 않는다는 의미이기도 해."

"…선처할게."

아니, 기대에 부응하고 싶다는 마음은 있지만 경험상 사흘도 못 갈 것이다. 옛날부터 금방 질리는데다 취미도 여자랑 노는 것 외엔 없다. 성격은 쉽게 바뀌지 않는 법이다.

일단 글로리아에게 보수를 받고나서 생각하기로 하자.

다음날 아침, 나는 몰래 집을 나섰다.

글로리아는 저번 일로 흐지부지하게 끝낼 생각이겠지만 그럴 순 없다. 기다리게 한 것까지 포함해서 듬뿍 사례를 받아낼 생각이니 각오하라고. 참고로 앨윈은 아직 자고 있다. 비위를 맞추기 위해 늦게까지 재우지 않았기에 어쩔 수 없다.

거친 콧바람을 내쉬며 길드로 쳐들어가보니 카운터 앞에 인파가 몰려 있었다.

무슨 일인가 싶어 들여다보니 그곳에 있는 것은 어제도 본 얼굴이었다. '인퀴지터'인 저스틴이다. 카운터 위에는 금화가 수북히 쌓여있다.

"이걸로도 부족한 건가? 가져온 것은 이게 전부지만 기다려준다면 두 배의 돈을 낼 수도 있다."

저스틴은 담담하게 말했다.

"돈이라면 준비하지. '베레니의 성해포'를 내어줘. 여기 있다는 건 알고 있으니까."

그렇군. 정공법으로 나온 셈인가. 모험자 길드는 모험자가 가져온 희귀품을 매입해서 고가로 되팔아 이득을 본다. 리스트업된 것을 호사가들에게 팔아치우거나 길드가 주최하는 옥션, 혹은 출입상인에게 팔기도 한다. 하지만 예외도 있다. 귀중한 무기나 매직 아이템을 모험자가 입수했다는 소문이 돌면 아이템이 길드에 들어오기 전부터 고객이 길드에 구입 의향을 밝힐 때가 있다.

그 경우 자잘한 절차를 모두 생략하고 매입한 것을 그대로 **빼돌**린다. 저스틴이 노린 방법도 그것이었다. 경쟁상대는 한 사람이라도 적은 편이 좋으니까.

'베레니의 성해포'는 코디로부터 모험자 길드에 권리가 갓 이양된 참이고, 진짜인지 어떤지도 아직 분명치 않다. 그럼에도 이렇게까지 큰 돈을 준비한 이상, 어느 정도는 확증이 있는 것이리라. 저스틴이 이쪽을 돌아보고 위압하는 듯한 눈길을 보냈기에 나는 어깨를 으쓱했다.

손님으로 온 거라면 내가 뭐라 할 권리는 없으니까 맘대로 해. 그 돈도 어차피 대지모신 교회에서 나온 돈일 것이다. 그것도 신자들이 피땀 흘려 번 돈. 그 사용처가 누더기라면 기부한 보람이 없을 거라 생각하지만.

안에서 에이프릴의 할아버지인 길드 마스터가 나타났다. 글로리아도 함께. 지금 '베레니의 성해포'를 관리하고 있는 것이 그녀이기 때문일 것이다. 길드 마스터는 저스틴과 몇 마디 이야기를 나눈 후 '베레니의 성해포'를 가져오라고 명령했다.

거기서 글로리아가 내 존재를 눈치챘는지 순간적으로 눈을 크게 뜨더니 부드러운 미소를 떠올리고 천천히 손을 흔들었다. 오, 귀엽잖아? 나도 손을 흔들어보였다.

이윽고 길드 직원이 작은 나무상자를 가져왔다. 카운터 위에 올려놓고 뚜껑을 연다. 나는 발돋음을 하며 구경했다.

누군가가 놀란 소리를 냈다.

상자 안은 비어 있었다. 저스틴이 상자를 뒤집자 보라색 점액이 떨어졌다.

"어떻게 된 거냐?"

저스틴은 나무상자를 바닥에 내던졌다. 나무상자가 부서지며 그 진동으로 쌓여 있던 금화더미가 무너졌다.

"'베레니의 성해포'는 어딨어!"

길드 마스터는 변명도 하지 못하고 분한 얼굴을 했다.

글로리아가 보라색 점액을 만져본 후 내 쪽을 돌아보았다.

"저기, 이건 기둥서방 씨가 말했던 전신갑옷의 그것 아니야?"

"아마도."

녀석이 어딘가에서 숨어들어온 거겠지. 선수를 친 건가?

"그게 무슨 의미냐?"

저스틴이 나를 추궁했기에 어제 전신갑옷에 묻어 있던 보라색 점액에 대해 설명했다.

"범인은 아직 멀리까지 안 갔을 테니 분담해서 찾으면 찾을 수 있지 않겠어?"

"그럼 발견한 후에 연락해라."

저스틴은 금화를 자루에 담더니 등에 짊어졌다.

"찾아낸다면 돈을 내지. 잊지 마. 그건 우리의 것이다."

일방적으로 말한 후 저스틴은 길드 밖으로 나갔다. 아마 밖을 수색하러 간 것이리라. 길드 마스터는 똥 씹은 얼굴을 했다. 돈 벌 기회를 놓친데다 체면까지 구겼으니 무리도 아니다.

그후 강권발동으로 길드 내부를 수색했지만 당연히 성해포는 발견되지 않았고, 비슷해 보이는 걸레와 누더기만 카운터에 수북이 쌓일 뿐이었다. 글로리아는 그것을 일일이 다 감정해야 했기에 진저리를 내며 테이블에 엎드렸다.

"전부 아냐. 평범한 천조각들 뿐이라고."

"그렇겠지."

현재 우리들이 있는 곳은 전에 바네사가 썼던 감정실이다. 글로리아의 방은 수색중이기에 임시로 이곳을 쓰게 된 것이다. 참고로 감시 명목으로 직원 두 명이 방 구석에서 지켜보고 있다.

"너는 가짜를 좋아한다고 했잖아. 가짜 성해포들에 둘러싸여 있으니 오히려 잘 된 것 아냐?"

"내가 좋아하는 것은 모조품이야. 이런 것은 그냥 천조각이라고.

모조품이라는 것은 좀더 진짜와 비슷하게끔 노력한 흔적이 있어야
돼."

"그보다 손을 움직이는 게 좋지 않아?"

"아아, 정말!"

자포자기한 표정의 글로리아는 썩은내가 진동하는 천을 손에 들
고 얼굴을 찡그렸다.

"그럼 나는 이만 가볼게."

오늘은 꼬실 수 있을 것 같지 않다. 무슨 까닭인지 나까지 이곳저
곳 조사를 받아서 지쳤다. 기왕이면 여직원이 조사해줬으면 했는데
우락부락한 사내 두 명이 달려들었다. 몸의 위험을 느끼고 지릴 뻔
했다.

감정실을 나온 후 광장을 가로질러 건물 뒷편으로 향한다. 쓰레
기장이다. 이곳에서 쓰레기를 태우기도 하고 업자가 회수할 때까지
일시적으로 쌓아두기도 한다.

"여기 있었군."

아까 저스틴이 내던져서 부순 나무상자다. 무참히 파괴되어 본래
의 용도로는 쓸 수 없겠지만 아직 쓸모는 있다. 안쪽에 부착된 보라
색 점액을 신중하게 손가락으로 떠낸다. 점성이 강해서 엄지와 검
지 사이에서 쭉 늘어났다.

아니나 다를까로군.

그후 바지에 점액을 닦아내려 했지만 너무 끈끈해서 좀처럼 떨어
지지 않았다. 물로 몇 번씩 씻어낸 후에야 겨우 떨어졌다. 점착력이
강하군.

밖으로 나가보니 이미 해가 중천에 떠 있었다. 아침에 왔는데 벌

써 점심인가? 완전히 예정이 틀어져 버렸다. 창관에 갈 기분도 아니고 이미 앨윈도 깨어났을 테니 오늘은 일찍 돌아가보기로 할까?

"아, 매쉬 씨."

반대편에서 온 것은 꼬맹이인 에이프릴이다.

"무슨 일 있었어?"

"도난 소동이 좀 있어서 말야."

"그래?"

눈을 휘둥글게 뜬다. 허둥지둥 돌아가려 했기에 뒤에서 말을 걸었다.

"넌 어디 갔었던 거야?"

"아침부터 길드의 심부름."

잘 보니 납작해진 자루를 짊어지고 있다.

"오늘은 건수가 많아서 지쳤어."

"네가 할 일은 아니잖아. 위험하다고."

애당초 에이프릴은 정식직원이 아니라 할아버지를 좋아하는 여자아이일 뿐이다. 이 도시 치안을 생각하면 칭찬받을 행위는 아니다. 호위는 붙어 있지만 잘못이 일어난 후에는 늦는 것이다.

"그렇긴 하지만."

에이프릴은 난처한 듯 웃었다.

"그래도 이 일이 좋아서 그래. 거리를 걷는 것도 좋고."

"계속 도울 수도 없잖아. 너는 장래 뭐가 되고 싶은 거지?"

"모르겠어. 이것저것 생각하고는 있지만."

"그거 다행이군."

고민할 정도로 선택지가 있는 것은 좋은 일이다. 나에게는 없었다.

"위험해지면 곧바로 큰 소리를 질러. 손주를 걱정하는 할아부지가 안색을 바꾸고 달려올 테니까."

거기서 에이프릴이 고개를 갸웃하더니 표정을 살피는 듯한 몸짓을 했다. 키 차이가 있기에 자연스럽게 올려다보는 형태가 된다.

"매쉬 씨는 도와주지 않을 거야?"

"기껏해야 너 대신 맞아주는 정도겠지."

예전이나 지금이나 튼튼한 것만이 장점이다.

"어쩔 수 없네."

에이프릴은 못말리겠다는 듯 고개를 저었다.

"그때는 내가 매쉬 씨를 지켜주기로 할게."

"믿고 있겠어."

적어도 지금의 나보다는 도움이 될 것 같다.

"하지만 팔씨름은 안 봐줄 거야."

"어째서 그렇게 나를 일하게 만들려는 거야? 앨윈을 위해서?"

공주기사님의 동거 상대가 백수 기둥서방이어선 모양새가 안 좋다. 그것은 알겠지만 어디까지나 우리들 사이의 문제다. 오지랖도 지나치면 민폐가 된다.

"그것도 있지만 매쉬 씨를 위해서이기도 해."

"나를 위해서?"

"잘 설명 못 하겠지만 매쉬 씨는 분명 굉장한 일을 할 수 있는 사람일 거라 생각하거든. 힘은 없어도 키가 크고 말재주도 있는 등 장점은 많으니까."

"……."

"그러니까 적성에 안 맞는다든지 일하고 싶지 않다든지 그런 생각하지 말고 막상 해보면 할 수 있는 일이나 적성에 맞는 일이 분명 발견될 거야. 그러니까 힘내봐, 응?"

"그렇군."

나는 참지 못하고 눈길을 외면했다. 이런 것은 직시하기 힘들다. 순진무구한 신뢰를 보여주면 쑥스럽다고 할까 견딜 수 없게 된다. 그녀 나름으로 나를 생각해주고 있는 것이기에, 오지랖이기는 하지만 기분이 나쁘진 않다.

"그럼 나는 이만 가볼게. 얼른 돌아가지 않으면 앨윈에게 야단맞으니 말야."

작별 인사를 한 뒤, 걸음을 옮기자 뒤에서 목소리가 들려온다.

돌아보니 에이프릴은 팔을 높이 들어보였다.

"이번에도 팔씨름은 내가 이길 거야!"

"살살 부탁할게."

나는 손을 흔들어보인 후 다시 등을 돌리고 걷기 시작했다.

한 번은 관여한 일이라 어떻게 해야 할지 고민했다. 결국 째째한 이야기다. 나에게든 앨윈에게든 해는 없기에 못 본 척할까도 생각했지만 역시 결판은 내두는 게 좋을 것 같다. 꼬맹이를 위해서라도.

며칠 후 나는 작은 공동주택을 방문했다. 2층짜리 석조 건물이다. 이곳 2층에 글로리아의 집이 있다. 최근에 지어졌는지 아직 돌을 깎은 흔적이 남아있다.

노크를 하자 대답이 있었다. 오늘 비번이라는 것은 아까 알았다.

"어, 기둥서방 씨?"

내 모습을 보자 글로리아는 혐오감을 드러냈다.

"집에까지 찾아오는 건 좀 그렇지 않아? 그렇게 나랑 자고 싶어?"

"매력적인 제안이지만 일단 내 용건부터 끝마칠게. 아니면 안심하고 침대로 갈 수 없으니 말야."

글로리아의 항의를 무시하고 방 안으로 들어간다. 방 안은 예상보다 잘 정리되어 있었다. 문 바로 옆에는 작은 나무 상자들이 올려진 선반이 방쪽을 향해 두 줄로 늘어서 있었다. 안쪽에는 작업장으로 보이는 테이블, 의자, 물병이 있고, 불을 지피지 않은 난로 옆에는 허리 높이의 선반이 방을 분할하듯 놓여 있다. 그 너머가 생활공간으로 되어 있는지 침대와 책장, 거울과 종교화로 보이는 그림이 장식되어 있었다.

"꽤 좋은 방이네. 햇볕도 잘 들고."

나는 안쪽에 있는 그림을 가리켰다.

"저것도 전부 위작인가?"

"그래. 전부 위작, 가짜, 복제품."

글로리아는 무뚝뚝하게 말했다.

"용건은 뭐야?"

"네 사기행각에 못을 박아둘까 생각해서."

"뭐야, 그게?"

"'베레니의 성해포'를 훔친 것은 너지?"

글로리아는 수상쩍은 눈으로 나를 보았다.

"갑자기 무슨 소리를 하는 거야?"

"네가 코디를 찾아달라고 나한테 의뢰한 것은 '베레니의 성해포'

를 훔치기 위해서였어. 그 밑준비였지."

나는 허리 뒤에서 종이다발을 꺼냈다. 모험자 길드 내규다. 어려운 표현이 많아서 읽는데 고생했다.

"데즈한테서 빌려왔어. 모르고 있었는데 감정사는 생각했던 것 이상으로 규칙이나 규정이 엄격했더라고."

고객에게 의뢰받은 감정품이 가장 빼돌리기 쉽다. 그래서 감정사에게는 반출제한과 금지사항이 다수 적용된다. 쉽게는 밖으로 가져갈 수 없는 것이다. 하물며 소유자가 없어진 감정품의 양도는 서류와 사인이 몇 장씩 필요해진다. 바네사가 예외였던 것이다. 오랜 신뢰와 실적이 있었던 덕분이다.

"아니 그럼 처음부터 평범하게 훔쳤으면 되잖아. 진짜는 내가 갖고 있으니까."

"네가 말한 대로였어. 훔친 후에 코디가 갑자기 나타나면 성가셔질 것 같더군."

가짜로 바꿔친다든지 '감정 결과 가짜였다'라고 우기는 방법도 있지만 코디가 얼마나 성해포에 대한 지식을 가지고 있는지 모르는 이상, 리스크가 크다. 거짓말이 들통나면 기다리고 있는 것은 파멸이니까.

"하지만 권리 포기 사인만 받아내면 일이 쉬워져. 그후엔 비슷한 모조품으로 바꿔치면 되거든. 원래는 그럴 계획이었어. 하지만 너 말고도 성해포를 노리는 녀석들이 나타난 거지."

나에게서 전신갑옷 이야기를 들은 그녀는 녀석의 소행으로 떠넘길 생각을 했다. 하지만 상상 이상으로 빨리 저스틴이 나타나 큰돈으로 '베레니의 성해포'를 매입하려고 했다. 당황한 글로리아는 적당한 보라색 점액을 급히 준비한 뒤 빈 상자에 넣어서 전신갑옷의 소행으로 위장했다.

"그 점액에 대해 알고 있는 것은 나와 너뿐이야. 나중에 나한테 증언하게 할 생각이었는데 그 자리에 마침 내가 나타났기에 이때다 싶었던 거지."

저스틴에게 상자를 넘긴 시점에는 이미 에이프릴에게 심부름을 시켜 빼돌린 상태였다. 그 아이는 이 길드에서 불가침이다. 자세히 조사해 보려는 녀석도 없고, 그 애도 일일이 길드 직원을 의심하려고는 하지 않는다. 의심조차 품지 않는다.

"네가 지저분한 천조각을 빼돌리든 말든 내 알 바는 아니야. 손목이 잘리든 데즈에게 때려눕혀지든 자기책임이니까 맘대로 해. 하지만 도저히 묵과할 수 없는 게 하나 있어. 에이프릴을 이용했다는 거야."

잘못하면 괴물 두 마리한테 목숨이 노려질 뻔했다. 그걸 알고도 에이프릴을 위험에 빠뜨린 것이다.

"하지만 실제로는 아무 일도 없었잖아."

"결과론이야."

붕괴 위험을 알리지 않은 채 그 길을 가게 해놓고 무사했으니 됐다고 하는 건 통하지 않는다.

"무엇보다 여기서 못을 박아두지 않으면 너는 몇 번이고 같은 짓을 할 거야. 다시 말해 그때마다 꼬맹이가 위험에 빠지는 거지."

글로리아는 피식 웃었다.

"기둥서방 씨는 그런 아이가 좋은가 보네?"

"나는 그런 류의 농담을 아주 싫어해."

어린애를 성적 대상으로 삼는 녀석은 죽어야 한다.

"농담만 하는 주제에."

"그런 아이들을 수도 없이 봐왔다고 해도 납득이 안 돼?"

떠올리고 싶지 않은 것을 떠올리게 하고 있다.

"만약 다음에도 똑같은 짓을 하면 할아버님한테 일러바칠 거야. 기꺼이 너를 능지처참해주겠지. 꽃점에 쓰는 꽃잎처럼 말야."

꽃잎을 뜯어내는 시늉을 하자 글로리아는 얼굴을 찌푸렸다. 자신의 말로를 상상한 것이리라.

"내 용건은 그것뿐이야. 누더기는 좋을 대로 해. 진짜를 가지고 있으면 위작 수집이든 모조품 구별이든 쉬워질 테니 말야."

거기까지 꿰뚫어보고 있었냐는 듯 글로리아는 분한 표정을 지었지만 곧바로 표정을 고치고 달콤한 눈길을 내게 보냈다.

"있잖아, 기둥서방 씨."

상의를 벗고 내게 몸을 기댄다.

"부탁이니까 누구에게도 이야기하지 마. 혹시라도 이 일이 길드마스터 귀에 들어가면 무사하지 못한다고."

"그렇겠지."

가슴에 뺨을 문지르며 배와 가슴을 손으로 더듬는다. 향수 냄새가 났다.

"맞다. 전에 약속했던 보수를 오늘 지불할게. 폐를 끼친 몫도 포함해서 말야. 기둥서방 씨가 하고 싶어했던 그것도 해줄 수 있어."

"그거 고맙군." 내 얼굴이 순식간에 누그러졌다. "그렇게 말하니까 살짝 고민이 되긴 하네."

"사양 안 해도 돼. 이곳은 나 혼자 살아. 아무도 안 오고 공주기사님도 지금 '미궁'에 있잖아."

내 목에 팔을 감고 젖은 입술을 접근시킨다. 나도 입술을 붙이려고 했을 때 목에 단단한 것이 닿는 감촉이 났다.

"그러니까."

글로리아가 씨익 웃었다. 손가락 사이에는 어느 틈엔가 면도날처럼 얇은 칼날이 끼워져 있었다.

"죽어줘."

짧은 호흡 소리와 함께 얇은 칼날이 수평으로 휘둘러졌다. 붉은 선이 내 목에 새겨진다.

"어?"

글로리아가 얼빠진 소리를 냈다. 피를 뒤집어쓰지 않기 위해선지 공격과 동시에 뒤로 물러난 것은 과연 '경비견'을 할 만한 실력이라 할 수 있었다. 하지만 마무리가 허술했군.

나는 웃고 말았다.

"아니, 미안해. 모처럼 해준 면도인데 보다시피 피부가 약해서 말야. 면도날이 닿으면 붓고 말거든. 이런 식으로."

목을 만져보면 얼얼하지만 그뿐이다. 피도 나오고 있지 않다. 글로리아의 오산은 내 튼튼함일 것이다. 게다가 이곳은 양지다. 내 목을 베려기에는 면도날은 너무 얇았다.

"기둥서방 씨는 정말로 인간 맞아?"

"인간인데다 보다시피 매력남이잖아."

나는 어깨를 으쓱했다.

"얼른 와. 입막음을 하고 싶은 거지? 자, 키스해 줄게. 그거라면 입을 막을 수 있잖아? 혀도 넣으면 완벽할 거야."

글로리아는 칼날을 버렸다. 대신 품속에서 꺼낸 것은 못처럼 두꺼운 바늘이었다. 눈이 짐승처럼 게슴츠레해져 있다. 이런이런, 감정사에서 '경비견'으로 변신한 건가? 규칙 위반을 단속해야 할 대행자가 규칙을 위반하고 있으니 웃기지도 않는다.

"나는 일방적으로 당하는 건 싫어해."

"나는 좋아하니까 젖쪽지든 그곳이든 원하는 대로 핥아도 돼. 뭐하다면 벌꿀이라도 발라줄까?"

"기분 나쁜 소리 하지 마!"

소리침과 동시에 글로리아가 달려들었다. 손에 든 바늘로 내 얼굴을 찌르는 척하다가 다리에 태클을 걸어왔다. 그 기세로 나를 넘어뜨리려 했지만 내 다리는 미동도 하지 않은 탓에 다리를 부둥켜안은 꼴만 되었다. 나는 그녀의 옷을 붙잡고 들어올렸다.

"실례잖아."

천장에다 휙 집어던진다. 끵음과 함께 나무 조각이 흩날렸다. 그대로 낙하하나 싶었지만 글로리아는 공중에서 자세를 바꾸더니 벽을 박차고 돌진해왔다. 내 팔을 뱀처럼 휘감음과 동시에 다리를 들어 어깨 위에 올라탔다. 마치 목말을 탄 듯한 자세지만 내 한쪽 팔은 그녀의 다리에 조여지고 있는 터라 잘 움직일 수 없다.

글로리아는 팔꿈치로 내 머리를 고정한 뒤 반대편 손에 쥔 바늘로 내 눈을 노렸다.

싫어. 아플 것 같아.

나는 팔을 힘껏 아래로 휘둘렀다. 글로리아의 몸은 내 몸에서 떨어져 벽에 내동댕이쳐졌다.

비틀거리면서 어떻게든 일어서보지만 의외로 대미지를 입은 듯했다. 예전 길드에서는 '경비견'이었다고 하지만 마물 퇴치보다는 암살이 더 적성에 맞는 것 같군.

"기둥서방 씨는 정체가 뭐야? 혹시 길드의 '목양견'? 아니면 '양'?"

'목양견'이라는 것은 모험자 길드의 내부범죄를 단속하기 위한 밀정이다. 평소에는 일반직원으로 위장해서 감시하다가 부정이 있으면 상부에 보고한다. '양'이라는 것은 '목양견'이 수사를 위해 고용한 협력자다. 모험자나 의뢰인을 가장해서 수사에 협력한다.

"둘 다 아니야. 근처를 어슬렁대는 주인 없는 개에 지나지 않아."

지금은 공주기사님의 목줄이 달려 있지만 말야.

"그래?"

글로리아는 문을 향해 달려나갔다. 도망칠 생각인가? 밖으로 나가면 나한테 강간당할 뻔했다며 피해자 흉내를 낼 생각일 것이다. 뒤쫓고 싶어도 그늘에 들어가버리면 확실히 놓치고 만다.

하지만 그렇게는 안 되지.

나는 근처에 있던 천조각을 집어들고 물병에 넣었다. 그리고 물을 흡수해서 무거워진 천조각을 그녀에게 던졌다. 채찍처럼 가늘어진 천이 문을 열기 직전이었던 글로리아의 오른팔에 감겼다. 고정된 걸 확인하고 단숨에 끌어당긴다. 글로리아의 몸은 내 옆을 지나쳐서 창틀과 충돌한 후 멈추었다.

"어서 와."

나는 글로리아의 등 뒤로 돌아가서 그녀가 버린 면도날을 원래 주인의 목에 갖다댔다. 조금만 힘을 더 주면 한순간에 피비린내 나는 토마토 수프가 분출될 것이다. 글로리아는 무기를 버리고 손을 들었다.

"'트위스티드 라이트하우스'에서 '그레이 네이버'로 온 것은 감정품을 횡령하기 위해서였나?"

"옛날 영웅이 썼다는 마검이 있다고 해서 참을 수 없었어."

마른 웃음소리가 흘러나왔다. 자신의 성격을 어이없어 하면서도 후회하는 낌새는 없었다.

"지금까지 용케 살아남았네."

"무사하진 못했지만 말야."

글로리아는 천천히 장갑을 벗기 시작했다. 왼손 장갑을 벗자 드러난 것은 금속제 의수였다.

"이크."

나는 돌아보지도 않고 글로리아의 오른손을 붙잡았다. 눈앞에서 송곳 같은 무기가 멈추었다. 내 주의가 왼손에 쏠린 틈에 숨겨두고 있던 무기로 이번에야말로 내 눈을 찌르려고 한 것이다. 방심 못 할 여자다.

"역시 너는 오래 못 살 것 같아."

"미안. 방금 것으로 마지막이야. 더 이상 무기는 없어. 정말이라고. 이제 저항 안 할 테니까 제발 살려줘. 기둥서방 씨 사랑해."

무기를 버리고 자포자기의 어조로 목숨을 구걸하기 시작했다.

"그런 고생을 할 만큼 그 누더기에 가치가 있는 거야?"

"당연하잖아."

글로리아는 원망스러운 듯 말했다.

"가져와서 조사해본 보람이 있었어. 그건 진짜야. 신의 피가 묻은 진짜 성유물이라고."

"신이라면 대지모신의?"

"여러가지 설이 있어. 대지모신 외에도 뱀의 신과 물의 신, 태양신, 그리고…."

"…마음이 변했어. 역시 돌려주지 않을래?"

"뭐? 하지만."

나는 손끝에 힘을 주었다.

"알았어."

글로리아는 느릿느릿한 움직임으로 선반에 있는 나무상자로 손을 뻗었다.

"내가 구별 못 할 거라 생각해서 모조품을 넘길 생각은 안 하는 게 좋아."

글로리아는 힐끔 이쪽을 본 후 옆에 있는 나무상자를 테이블에 올려놓았다.

"이게 진짜야. 틀림없어."

글로리아가 테이블에 손을 짚고 뚜껑을 열었다. 뚜껑이 열린 순간 우리들은 동시에 소리쳤다.

상자 속에 성해포 같은 것은 그림자도 보이지 않았고 보라색 점액이 구석에 엉겨붙은 것처럼 남아있었다.

"너 말야."

"아냐, 이건 거짓말이나 가짜가 아니라 도난당한 거야. 진짜로 도난당했다고. 어떻게 이런 일이."

멍하니 중얼거리면서 무릎을 꿇는다. 연기로는 보이지 않았다.

나는 보라색 점액에 손가락을 대보았다. 산처럼 약간 얼얼한 느낌이 난다. 이 감촉에 대해선 글로리아에게도 이야기하지 않았다.

다시 말해 이건 정말로 '전신갑옷'의 소행인 건가?

"언제 도난당했는지 알아?"

"오늘 아침까지는 있었어. 확인해봤으니 틀림없어. 하지만 수상한 사람은 커녕 기둥서방 씨 외엔 아무도 안 왔는데."

홀연히 나타나 홀연히 모습을 감춘 건가?

"난처하게 됐군."

뒤쫓으려 해도 어디서 들어와 어디로 도망쳤는지 분명치 않다. 저스틴은 격노할 것이다. 길드 마스터는 체면을 구겼지만 나와는 관계 없는 이야기다. 맘에 걸리는 것은 그 전신갑옷의 목적이다. 만약 성해포에 묻은 피가 정말로 설사똥 같은 태양신의 물건이고 녀석이 롤랜드처럼 정신 나간 태양신의 수하라고 하면 성가셔질 것 같다.

"일단 이번 일에 관해선 입을 다물어둘게. 너도 아무것도 안 본 거고. 그걸로 됐지?"

죽일까도 생각했지만 이번 일은 앨윈과는 무관하다. 그리고 감정사가 잇달아 살해당하면 이번에야말로 내가 의심받는다. 글로리아와 이야기를 나눴던 것은 다른 감정사들에게도 목격된 바 있다.

"…알았어."

그녀는 고분고분 받아들였다. 의기소침해 있는 탓에 저항할 기력도 남아있지 않은 모양이다.

"그럼 난 이만 가볼게. 보수는 다음 기회에 지불해도 돼. 그때는 벌꿀을 준비해올 테니까."

"필요없어!"

글로리아는 누더기를 나한테 내던졌다.

며칠 후 나는 에이프릴과의 팔씨름 승부에 나섰다.

모험자 길드의 광장까지 운반한 테이블을 사이에 두고 나와 에이프릴은 마주앉아 있었다.

테이블 주위에는 관객이 접근하지 못하도록 밧줄이 빙 둘러쳐져 있다.

한때는 무효가 될 줄 알았던 도박도 직전에 나한테 거는 녀석이 나타났다. 확률이 낮은 쪽에 베팅을 하고 싶어하는 녀석은 어디에나 있다. 배당률은 9대 1. 고마워. 이변을 맞춘 기쁨을 만끽하도록 해.

하늘은 쾌청했다. 구름 한 점 없다.

덧붙여 말하면 앨윈도 '미궁'에 있기에 불안요소는 모두 사라졌다.

그래서 시합도 당연히 이렇게 된다.

쥐어짜내는 듯한 기합소리가 광장에 울려퍼졌다.

"안됐구나. 내가 전력을 다하면 이렇게 되는 게 당연하잖아. 어른의 힘을 너무 얕봤어."

"으음!"

에이프릴이 거친 콧바람을 내쉬며 전력을 다해 쓰러뜨리려 했지만 내 본래의 완력에는 꿈쩍도 안 한다. 모기에 물린 게 더 아플 것이다.

"자 자, 뭐해? 꼬맹이. 나를 쓰러뜨린다고 하지 않았어?"

"꼬맹이라고 하지 마!"

이를 악물고 얼굴을 붉히며 힘을 줘보지만 슬프게도 힘의 차이는

역력했다.

"지지 마, 아가씨!"

"저런 사기꾼 제비 녀석따윈 때려죽여버려!"

관객들은 대부분 에이프릴 편이었다. 주먹을 치켜들고 시끄러울 정도로 성원을 보내고 있다.

"에, 잇!"

가볍게 누르기만 해도 손등이 테이블에 닿을 것 같다. 그래도 에이프릴은 필사적으로 매달렸다. 이래선 내일 근육통으로 고생하겠군. 이런 가느다란 팔로 나 같은 녀석을 위해 애를 쓰고 있다.

심판인 데즈가 차가운 눈길로 나를 바라보았다. 말 안 해도 오래 사귄 사이라 무슨 말을 하고 싶은 건지 안다.

없는 힘을 쥐어짜내 이렇게나 열심인 꼬마 아가씨를 힘으로 찍어 누르면 좋냐고 말하고 있는 것이다.

그렇다고 해도 일부러 져줄 만큼 기특한 마음따윈 가지고 있지 않다. 미안하구나, 에이프릴. 너도 세상의 냉혹함을 체감할 때가 온 거야. 슬슬 결판을 내보기로 할까?

그렇게 마지막 힘을 주려고 한 순간 이변이 일어났다. 흥분한 관객들이 밧줄을 뛰어넘어 우리들 주위로 몰려든 것이다.

"힘내. 포기하지 마!"

"제비 녀석을 때려눕혀!"

직접 접촉하지는 않았지만 거의 닿을 만큼 접근해서 에이프릴을 응원하고 있다. 잘 보니 나에게 건 녀석들까지 에이프릴 편이다. 분위기에 휩쓸렸군.

인파가 계속 밀려든 탓에 사람의 고리가 두껍고 높아졌다.

"이봐, 그만둬. 좀 떨어지라고!"

그렇게 말한 순간 내 머리 위로 그림자가 드리워졌다. 키가 큰 거한이 테이블 위에서 내려다보고 있는 것이다.

힘이 풀렸다. 몸이 무거워졌다. 그 순간을 에이프릴은 놓치지 않았다.

"에잇!"

혼신의 기합과 함께 내 손등은 테이블과 충돌했다. 한순간의 정적.

"결판 났어. 승자 에이프릴."

"이겼다!"

무정한 데즈의 선언과 함께 에이프릴이 뛰어오를 듯 기뻐했다. 관객들도 난리법석이다.

"아니, 기다려. 방금 그건 무효야! 이 녀석들이 끼어들어서 그래. 승부 방해라고!"

"조금 흥분했을 뿐이야. 너한테도 아가씨한테도 손끝 하나 안 댔어."

내 반론을 데즈는 대수롭지 않다는 듯 흘려넘겼다. 너무 편파적이잖아.

"약속했으니까 꼭 일해야 돼."

의기양양한 표정의 에이프릴이었지만 아직 순진하군.

"그건 무리야. 서류라는 것은 작성만으로 끝나는 게 아니거든. 책임자, 다시 말해 할아버님의 결재…, 즉, 도장이 필요하지. 그게 없으면 그냥 종이조각에 지나지 않아."

"안됐지만 도장은 이미 받아두었어."

"그거 정말로 진짜 도장 맞아? 도장이라면 뭐든 좋은 게 아니야. 너는 정식 길드 직원이 아니니까 손녀와 놀아주기 위해 적당한 도장을 찍었을 수도 있어."

"그렇지 않아. 할아부지는…."

테이블 밑에 놓아두었던 가방에서 서류를 꺼낸다.

"분명 도장을 찍어주셨어. 봐, 여기에…."

"에잇."

에이프릴의 손에서 서류를 낚아챈다.

"뭐야, 돌려줘!"

되찾기 위해 필사적으로 손을 뻗어보지만 나와 에이프릴의 신장 차이로는 닿지 않는다.

"참고로 또 한 가지. 이런 서류는 정해진 곳에 제출해야 처음으로 효력을 발휘해. 이번 경우라면 사무 쪽이지만 사고는 종종 일어나는 법이지."

나는 작게 접은 후 손바닥에 올려놓고 크게 입을 벌렸다.

"아앗!"

에이프릴이 절망적인 비명을 지르는 가운데 나는 입을 열심히 움직여 꿀꺽 삼켰다.

"안됐구나. 다음 기회를 노려봐."

에이프릴의 얼굴이 새빨갛게 물들었다.

"이…, 저질! 바보! 멍청이!"

격노해서 내 정강이를 몇 번이고 걷어찬다, 나는 서둘러 대피했다. 더 이상 이곳에 있다간 꼬맹이의 팬들에게 멍석말이를 당할 것이다.

"기억해둬. 세상은 끝까지 포기하지 않으면 어떻게든 되는 법이야."

대충 그럴싸한 말을 남기고 나는 그곳에서 도망쳤다.

"돌아와, 바보!"

제4장 '자이언트 이터'의 오산

창밖으로 보이는 석양은 붉은색에서 군청색으로 물들어가고 있다.

오늘은 앨원도 휴일이지만 볼일이 있어서 모험자 길드에 가 있다.

곧 있으면 돌아올 무렵이다. 오늘은 솜씨를 발휘하여 요리를 만들었다. 조금 늦어졌으니 서둘러야겠군.

마중하러 가고 싶은 대목이지만 며칠 전 길드 마스터 손녀분의 심기를 상하게 했기에 진정될 때까지 접근하지 않기로 하고 있다.

문을 노크하는 소리가 났다. 공주기사님의 귀환이다.

서둘러 나가보니 앨원은 아무 말도 하지 않고 찡그린 얼굴로 2층으로 올라갔다. 이건 푸념을 들어야 하는 패턴이로군. 불에서 냄비를 내리고 나서 나도 뒤를 따른다.

말은 없지만 뒷모습에서 언짢은 심기가 전해져 온다. 무슨 일이 있었느냐고 물어도 시끄럽다고 할 뿐이기에 여기선 묵묵히 거들 뿐이다. 이야기하고 싶어지면 이야기하겠지.

"식사라면 준비되어 있어."

"나중에 먹을게."

앨원은 장비를 벗고 침대에 앉더니 그대로 드러누웠다. 유혹하는 거라면 대환영이지만 이대로 덮치면 틀림없이 때려눕혀진다. 아무 말도 하지 않고 우두커니 서 있자니 앨원이 천장을 올려다보며 말했다.

"19층이야."

"뭐가?"

"벌써 그곳까지 도달했다고 해. '메듀사'와 '아르고'의 합동 파티가 말야."

둘 다 최근 두각을 나타내는 모험자 파티다. 특히 마렛 자매가 이끄는 '메듀사'는 다른 '미궁'을 탐색한 경험도 있기에 앨윈 파티를 추월해서 '천년백야' 공략의 급선봉으로 치고 나왔다는 소문이다.

"거기에 '크류사오르'도 합류했다더군. 본격적으로 '미궁' 공략에 나선다고 해."

일치단결한 건가. 훌륭하시네.

"우리들도 권유를 받았지만 거절했어. 배분 문제로 분명 문제가 생길 테니 말야."

앨윈의 목적은 '성명결정'으로 고향을 점령하고 있는 마물들을 일소하고 맥터로드 왕국을 재건하는 것이다. 다른 사람에게 나눠줄 몫이 없다.

"…만약 이대로 공략당한다면."

"지나친 생각이야."

"알고 있어. 하지만 이건 질 수 없는 싸움이야. 패배는 용납되지 않아."

"그럼 그렇게 말하고 랄프와 노엘의 엉덩이라도 걷어차지 그래? '좀더 일해, 이 밥버러지들'이라고 하면서."

앨윈이 숨을 삼키는 낌새가 났다. 윗사람이 우왕좌왕하면 아랫사람은 따라오지 않는 법이다. 강력한 라이벌의 등장으로 조바심이

나는 건 이해하지만 좀더 담대한 모습을 보여야 하는 것이다. 오늘 내일 공략될 만큼 '천년백야'도 얕지는 않을 터.

"일단은 한 발 한 발 전진하는 거야. 지름길로 가려다간 자칫 넘어질 수도 있어. 착실히 나아가다보면 언젠가는 최하층에 도달할 거고 '성명결정'도 손에 들어오겠지."

게다가 태양신의 콧대도 꺾을 수 있으니 좋은 일들뿐이다.

"그렇게 되면."

앨윈은 불현듯 일어나서 나를 보았다.

"너는 어떻게 할 생각이지? 저기, 내가 '미궁'을 공략한다면…."

내가 이곳에 있는 것은 혼자서는 싸울 수 없게 된 앨윈을 돕기 위해서다. 미궁이 공략되면 더 이상 할 일이 없다. 함께 있을 이유는 없어진다.

본래라면 나와 앨윈에게 접점따윈 존재하지 않는다. 하찮은 기둥서방과 망국의 공주님. 만날 리 없었던 두 사람이 기묘한 우연으로 함께 있게 되었다. 그게 원래대로 돌아갈 뿐이다. 쓸쓸하다든지 헤어지고 싶지 않다든지 하는 것은 감상에 지나지 않는다. 언젠가 좋은 추억으로 변할 것이다.

"뭐 이 도시에서는 떠나야겠지."

왕국에서 마물이 사라지면 앨윈은 고향으로 돌아가 여왕에 즉위할 것이다. 하지만 내가 그 배우자가 될 수 있을 리 만무하고 애당초 그런 관계조차 아니다. 무엇보다 주위의 높으신 분들이 용납하지 않을 것이다. 가지치기하듯 떼어놓거나 암살하거나 둘 중 하나다.

그렇다고 나 혼자 이 도시에 남아 있으면 그녀의 추문을 캐기 위해 시답잖은 녀석들이 몰려온다. 유괴하고 감금해서 이야기하고 싶지도 않은 것들을 이야기라고 강요할 것이다.

행복을 붙잡으려 하고 있는 그녀의 발목을 잡고 싶지는 않다.

"뭐, 나라면 어디서든 살아갈 수 있어."

그렇게 되기 전에 어딘가로 모습을 감출 생각으로 있다. 고향으로 돌아갈 생각은 없고 애당초 부모형제가 살아있는지 어떤지도 알 수 없다. 적당히 여행을 하면서 살기 좋아보이는 곳을 찾아야겠지. 정처없이 유랑하는 것은 예전부터다. 일하고 싶어도 제대로 된 일은 찾을 수 없겠지만 나 혼자 먹고 사는 것만이라면 어떻게든 된다. 다른 누님에게 빌붙어서 기둥서방 생활을 계속해도 좋다. 지금까지도 어떻게든 살아왔으니 다시 고독한 외톨이로 돌아갈 뿐이다.

다만 이름은 또 바꿔야 할 것이다. 앨윈과 함께 했던 매쉬라는 존재는 어찌됐건 사라진다.

다음은 좀더 왕자님 같고 기품 있는 이름으로 할까?

거기서 앨윈의 얼굴이 흐려져 있는 것을 발견했다.

"걱정하지 않아도 너에 대해선 이야기 안 해. 약속할게."

"그게 아니야." 붉은 머리카락을 출렁이며 답답한 듯 고개를 젓는다.

"그래도 너는 괜찮은 거야?"

"괜찮고 자시고 처음부터 그럴 생각이었으니 말야."

오래오래 행복하게 잘 살았습니다 라는 것은 동화 속에서나 나오는 이야기일 뿐이다. 어떤 형태가 됐든 언젠가 반드시 헤어질 날이 온다. 그때까지는 고맙게 두 사람의 시간을 보낼 생각이다. 그거면 된다. 그것만으로도 충분하다.

애써 밝게 이야기할 생각이었지만 앨윈은 고개를 숙인 채였다. 분한 듯도, 부끄러워하고 있는 듯도 보인다. 나는 그녀 앞에 무릎을 꿇고 손을 잡았다.

"먼 훗날의 이야기야. 당분간은 여기 있을 테니 안심해. 네 몸 문제도 있고."

'미궁병'과 '릴리스'. 몸과 마음 모두가 피폐해져 있는 앨윈을 두고 갈 순 없다.

"나에 대한 것보다 지금은 눈앞의 일에 집중해. 쓸데없는 생각만 하고 있으면 정말로 다른 녀석들이 먼저 공략하고 말 테니까."

"그렇, 군."

앨윈은 미소지었다. 자신의 기분을 억지로 집어삼키듯.

"뭐하면 녀석들의 요리에 설사약이라도 넣어둘까? 그럼 '미궁' 안에서 직빵인데."

인정사정 안 봐줄 거라면 설사약보다는 독약을 쓰는 게 더 좋다. '미궁'에 들어가기 전에 지효성 마비약이라도 먹여두면 알아서 마물들의 먹잇감이 되어줄 것이다.

"그만둬."

앨윈은 정색을 하며 나무랐다.

"농담이라도 그런 말은 하지 마."

"그래 그래." 그런 성실한 부분은 싫지 않다.

"이 이야기는 끝이야. 식사나 하자. 설사약은 안 넣었으니까 안심해."

"당연하잖아."

그제야 비로소 앨윈이 웃었다. 일어나서 의기양양하게 방을 나선다. 아무래도 기분이 풀린 듯하다. 계단을 내려간 후 웃는 얼굴로 돌아보았다.

"배가 고파서 지금은 뭐든 맛있게 먹을 수 있을 것 같아. 오늘은 뭐지?"

"가지 토마토 버섯찜과 가지 돼지고기 볶음. 그리고 구운 가지."

"밖에서 먹기로 하지."

그대로 밖으로 나가려 했기에 뒤에서 어깨를 붙잡고 몸을 이쪽으로 돌린다.

"편식은 좋지 않아."

"솜씨를 발휘한다고 해서 돈을 줬는데 다른 것도 아니고 보라색의 그것뿐이라니. 무슨 속셈이야?"

"맛있어서 그래."

때깔도 좋고 영양도 풍부하다. 간단한 요리법도 시장에서 몇 개 배워왔다.

"너란 녀석은 정말 돈을 제대로 쓸 줄 모르는군."

"'그건 안 먹을래', '이건 싫어' 같은 말을 네가 좋아하는 백성들 앞에서 할 수 있어? 이런 고난의 시기에 말야. 덧붙여 말하면 네가 좋아하는 국민들 중에도 보라색의 그것을 키우고 있는 농민도 있을 거라고."

전가의 보도를 꺼내자 앨윈은 고개를 홱 돌리고 삐친 표정을 했다. 맥터로드 왕국의 궁정 요리사의 고생을 알 것 같다.

"과거에도 그렇게 투정을 부린 거야?"

"먹고는 있어. 코를 잡으면서였지만."

"그럼 내 요리도 먹으라고. 너를 위해 마음을 담아 만들었으니까."

나는 못 먹는 음식이 없다. 먹을 수 있는 것은 뭐든 먹는다. 안 그러면 살아갈 수 없었다.

"그렇게 힘을 길러서 '미궁'을 공략한 후 하루라도 빨리 왕궁에서 가지 파티를 하는 거야."

"절대 사양하겠어!"

앨윈은 마지못해 식탁에 앉았다. 모처럼 만든 요리를 코를 잡은 채 먹는 것은 삼가줬음 한다.

그때 그녀와의 오붓한 시간을 깨뜨리려는 듯 현관 문을 노크하는 소리가 났다. 이런 시간에 누구야?

공주기사님은 구운 가지와 격투 중이기도 하고 손님을 맞이하는 건 내 일이기도 하다. 문을 열자마자 갑자기 암살자가 뛰어들어올 가능성도 있다. 신중하게 문 틈새로 확인해보니 그곳에 있는 것은 노엘과 랄프였다. 하지만 기척은… 두 사람만 있는 게 아니군. 그밖에도 있다.

"무슨 일이야? 이런 시간에."

"그게…." 랄프가 무언가 말하려고 했을 때 여자 목소리가 끼어들었다.

"쉬고 있는데 미안해. 어떻게든 공주님과 이야기를 하고 싶어서."

얼마 후 식당에는 여덟 명이 모였다. 앨윈의 지시로 요리는 치워지고 눈앞에 나란히 앉아 있는 것은 네 명의 남녀. 그 한복판에 앉아 있는 것은 같은 얼굴을 한 여자들이었다. 챙이 넓은 모자에 검정색 롱코트를 입고 있고, 윤기나는 금발을 묶어 등에 드리우고 있다. 조금 치켜올라간 진보라색 눈동자는 마치 고양이같다. 코트 밑에는 붉은색 셔츠와 검정색 롱부츠. 같은 차림을 한 두 명의 여자가 완전히 같은 포즈로 앉아 있다.

세실리아와 베아트리스. 쌍둥이 마렛 자매였다. 마술사이자 모험자 파티 '메듀사'의 리더이기도 하다. 그 양옆에는 렉스와 닉. 두 사람도 '크류사오르'와 '아르고'의 리더다. 세 개의 파티 리더가 모두 모인 셈인가?

그 맞은편에 앉아있는 것은 우리 앨윈이다. 그 뒤에는 노엘과 랄프, 그리고 내가 벽가에 서 있다. 나 혼자서 저녁을 먹어봤자 재미없으니 말야. 랄프는 '왜 네가 여기에 있어?'라는 눈으로 노려보고 있지만 당연히 무시한다.

"합동 파티 제안이라면 거절한 것으로 아는데."

가장 먼저 앨윈이 무뚝뚝하게 말했다.

"좋은 제안이었다고 생각하는데."

입을 연 것은 베아트리스였다. 이쪽이 여동생인 듯하다. 얼굴은 똑같지만 머리카락을 하나로 묶은 게 세실리아, 둘로 묶은 게 베아트리스라고 한다.

"앞으로 마물은 더 강해질 거야. 그렇게 되면 잔챙이들이 아무리 모여봤자 소용없고, 강자가 발목을 잡히는 것도 참을 수 없어. 그래서 각 파티에서 실력자들만을 선발해 최강 파티를 만들고 싶은 거야."

"남겨진 사람은 그 보조를 한다고 했나?"

요컨대 베아트리스가 만들고 싶은 것은 '클랜(모험자 동맹)'이로군. 여러 개의 모험자 파티가 가맹해서 필요에 따라 합동작전에 참가하거나 파티 재편을 하기도 한다.

흔한 것은 각 파티에서 실력자만을 뽑아 최전선에 도전하게 하고, 남은 사람들은 예비인원으로서 잔챙이 퇴치, 보급, 수송 같은 보조와 잡일을 지원하는 방식이다. 베아트리스가 하고 싶은 것도 그것일 것이다.

"참고로 우리 파티에서는 나와 시시(세실리아), '크류사오르'와 '아르고'에서는 렉스와 닉, 그쪽에서는 음, 너랑 뒤에 있는 조그만 아이려나?"

일단 보는 눈은 있는 것 같다. 버질 등도 나쁘지 않지만 두 사람 쪽이 월등한 실력을 가지고 있다. 나라도 그렇게 한다. 랄프따원 논외다. 억울해할 자격도 없다.

"내 대답은 같아. 아무리 실력이 있더라도 신뢰할 수 없는 사람과 함께 할 생각은 없어."

합리적이긴 하지만 클랜의 성공률은 그리 높지 않다. 기사나 병사라면 모를까 모험자는 개성이 강한 사람들뿐이다. 조직과 집단을 위해 몸을 갈아넣어 일할 만한 사람은 모험자따원 안 하고 할 생각도 없을 것이다. 머릿수가 많아지면 많아질수록 이익조정과 의사통일이 힘들어진다. 거기에 개인적인 감정까지 엮이면 불평불만이 생기고 이윽고 관계가 파탄난다.

앨윈의 말대로 신뢰 문제도 있다. 서로에게 목숨을 맡기고 있는 것이다. 외부에서 참가한 사람을 전적으로 믿는 것은 어렵다. 무엇보다 앨윈에게는 큰 비밀이 있다.

"일시적인 공동작전이라면 생각해볼 수도 있어. 하지만 동맹에 대해서는 몇 번을 말해도 대답은 같아."

"새 파티의 서브 리더를 시켜줄 수도 있는데."

"강등이잖아."

앨윈은 코웃음쳤다.

"미안하지만 다른 곳을 알아봐. 우리들은 우리들 방식으로 할 테니까."

쿵 하고 테이블이 진동했다. 베아트리스가 테이블 위에 발을 올려놓은 것이다.

"너, 뭐라도 되는 거야? 예전엔 공주님이었을지 모르지만 지금은 돌아갈 곳도 없는 모험자잖아."

"……."

"5성인 우리들이 양보해주고 있으니 감사히 받아들이는 게 어때?"

실력과 지명도는 둘째치고 모험자 길드 내부에서 앨윈은 아직 3성이다. 그 이상의 승진에는 길드가 지정한 의뢰를 완수해야 한다는 조건이 있지만 앨윈은 그것들을 모두 거절하고 있다. 그녀의 목적은 왕국의 재건이지 모험자로 출세하는 게 아니기때문이다.

그에 비해 마렛 자매는 5성이다. 아직 20세라고 하는데 그 나이에 5성이라는 건 꽤 이례적이다. 상당한 수라장을 겪어왔을 것이다.

"불필요한 친절이야. 그리고 좁은 세계의 서열에 집착할 생각은 없어."

"흥, 건방지긴."

"그것보다도."

앨윈은 테이블 끝을 붙잡더니 단숨에 들어올렸다. 베아트리스가 비명을 질렀다. 균형을 잃고 뒤로 넘어질 뻔한 것을 옆에 있는 세실리아가 붙잡는다.

"테이블 위에 다리를 올려놓는 것은 예의없는 짓이야. 이건 내가 기억하기에도 상식인 것으로 아는데 너희들은 교육이 덜 된 것 같군."

"너!"

격앙한 베아트리스가 일어나서 소매에서 기묘한 형상의 지팡이를 꺼내들고 앨윈에게 겨누었다. 반딧불 같은 빛이 지팡이 주위에 모여들었지만 이윽고 무산되었다.

"이 이상 행패를 부린다면 용서 안 하겠어. 적으로 규정하고 때려 눕히겠다."

앨윈이 뽑아든 칼이 목을 겨누고 있었기 때문이다. 베아트리스는 치욕으로 얼굴을 일그러뜨리며 뒤로 몸을 뺀 자세로 경직했다.

렉스와 닉이 사나운 표정으로 일어서자 노엘과 랄프도 무기를 뽑아들 자세를 취했다. 아무런 움직임도 없는 것은 나와 세실리아뿐이다.

침묵이 흘렀다. 머릿수만으로는 4대 4지만 나는 전력 외이고 랄프도 허접한 실력이니까 사실상 4대 2.5 정도려나? 불리할 수 밖에 없지만 그것을 어떻게 하는 것도 우리 공주기사님이다. 저쪽도 무사하진 못할 것이다.

"돌아가자."

턱을 괴면서 중얼거린 것은 언니인 세실리아 마렛이었다.

"오늘은 다들 머리에 피가 몰린 것 같으니 다음 기회를 노려보는 게 좋겠어."

"하지만 이대로 얕잡혀 보이는 건…."

"저기 말야, 비."

달콤한 목소리로 여동생의 반론을 차단하더니, 일어나서 자신과 똑같은 얼굴을 양손으로 잡고 자신 쪽으로 돌렸다.

"너는 최고야. 정말 멋지다고. 모험자로서도 여자로서도 초일류지. 하지만 화가 나면 금방 머릿속이 엄마가 한 빨래처럼 새하얗게 변하고 말아."

지금이라도 키스할 것 같은 거리에서 여동생을 타이른다.

"이 상황에서 공주기사님에게 좋은 대답을 들을 방법이 있다면 계속해도 좋지만, 그렇지 않다면 서로 냉정해진 후에 다른 제안을 하는 게 좋지 않겠어?"

"그러니까 힘으로…."

"그전에 사상자가 나올 거야. 전력 향상을 위한 교섭인데 그래선 본말전도라고. 안 그래?"

베아트리스는 혀를 차더니 언니의 손을 떼어내고 앨윈 쪽으로 몸을 돌렸다.

"오늘은 시시의 얼굴을 봐서 용서해주겠어. 또 올게."

일방적으로 말하고 나서 출구로 향한다. 최악의 사태는 피했지만 절박한 공기는 아직 풀릴 기미가 없다.

"그런데 말야, 그쪽 아가씨들한테 묻고 싶은 것이 있는데."

그런 팽팽한 분위기 속에서 나는 입을 열었다.

"너희들 혹시 다른 자매 같은 거 있어? 언니나 여동생."

"없어." 대답을 한 것은 세실리아였다.

"마렛 자매는 나와 비뿐이야. 태어나서 지금까지 쭉. 됐어?"

"음, 충분해." 나는 몇 번이고 고개를 끄덕였다. "안도했어."

중요한 순간에 또 3남이니 4남이니 하면서 등장하면 성가시니 말야.

　베아트리스는 석연치 않은 얼굴이었지만 헛소리로 판단했는지 그대로 나가버렸다. 렉스와 닉도 그 뒤를 따랐고 마지막으로 세실리아가 돌아보았다.

　"그럼 다음 기회에."

　문이 닫히는 소리가 들리자 열 정도 센 후에 랄프가 큰 한숨을 쉬었다.

　"위험했어. 녀석들은 꽝장한 실력자거든."

　"감탄하고 있을 때냐? 얼간아."

　테이블을 닦으면서 랄프 도련님에게 불평을 한다.

　"저녁 식사 시간에 그런 손님들을 데리고 오고 말야. 네 선에서 어떻게 했어야지."

　"나도 데려올 생각은 없었어! 하지만 녀석들이 억지로."

　"뭐 어때. 이미 지난 이야기인데."

　앨윈이 자비롭게 멍청한 가신을 두둔했다.

　"몇 번을 와도 대답은 같아. 내 동료는 내가 결정해."

　하지만 랄프는 쫓아내야 한다고 생각한다. 무능한 아군만큼 성가신 것은 없으니까.

　"죄송했습니다. 그럼 저희들은 이만 실례하기로 하죠."

　"괜찮으면 함께 저녁이라도 어때?"

　사과하고 나가려는 노엘을 불러세웠다.

　"네가 먹을 분량 정도는 아직 있어. 오늘은 가지 잔치라고."

　"뭣?"

앨윈이 고귀한 혈통에 있을 수 없는 목소리를 냈다.

"나는 분명 치우라고 했을 텐데."

"그래서 다시 먹을 수 있도록 저쪽에 치워놨잖아. 가지 요리."

"그렇군."

석연치 않은 표정이었지만 노엘 등이 있는 곳에서 투정을 부리는 것은 피한 듯하다. 노엘 앞에서라면 앨윈도 맛있게 먹어줄 것이다. 실제로 맛있지만 말야.

"그래도 되겠습니까?"

"…그래."

반짝반짝 빛나는 눈으로 허락을 구하니 앨윈도 승락할 수 밖에 없다. 덤으로 랄프도 먹고 가게 되었다. 내 비장의 요리를 먹이기는 아깝지만 남기는 것보다는 낫겠지.

"바로 가져올게. 그러고보니 너는 가지 먹을 수 있어?"

"엄청 좋아해요. 가지를 싫어하는 사람도 있나요?"

노엘의 대답은 발랄했다. 나는 앨윈에게 고개를 돌렸다.

"…들었지?"

"이 아이는 세상물정에 어두운 구석이 있어서…."

밥 투정과 세상물정 어두운 것을 혼동하지 마.

다음날 아침, 오늘부터 앨윈 일행은 다시 얼마간 '미궁'에 들어간다. 아침 식사 후 갑옷을 걸치고 집을 나선다. 노엘 일행과는 모험자 길드에서 합류할 예정이다.

"바래다줄게."

"필요없어."

아침부터 공주기사님은 심기가 불편하다. 아침 식사에 나온 치즈를 곁들인 가지가 맘에 안 들었던 모양이다.

게다가 '내가 돌아올 때까지 책임 지고 보라색의 그것들을 전부 먹어둬'라고 명령하셨다. 나중에 시장에서 추가 레시피라도 알아둬야겠군.

"그럼 최소한 다녀오라는 키스라도…."

하려고 했지만 이미 나가는 참이었다.

"아, 이런."

오늘 분의 사탕을 건네는 것을 깜박했다. 그게 끊기면 앨윈은 싸울 수 없게 된다.

쫓아가려고 허둥지둥 문을 열다가 곧바로 몸을 뒤로 뺐다.

앨윈은 아직 그곳에 있었다. 현관 앞에서 등을 보인 채 우두커니 서 있다.

"왜 그래?"

뒤에서 들여다보니 얼굴이 창백해져 있었다. 떨리는 손에는 종이를 쥐고 있다. 나는 손을 뻗어 그 종이를 낚아챘다. 지저분한 글씨체로 써 있다.

> 네 과거에 대해서는 알고 있다.
> 아무리 아닌 척해도 죄에서는 벗어날 수 없다.
> 영웅인 척해봤자 너의 존재는 추악하고 천박하다.
> 썩은 고기를 쪼아먹는 까마귀일 뿐이다.

"이 종이는 어디에?"

"…발견한 것은 방금전이야. 벽 안쪽, 돌 밑에 놓여 있었어."

바람에 날려가지 않도록 해놓은 걸 보면 우연히 어딘가에서 날아온 것은 아닌 것 같다. 누군가가 의도적으로 놓고 간 게 분명하다. 종이가 있었던 부근을 마지막으로 본 것은 어제 외출하기 전인 대낮이었다. 밤이슬에 젖어 종이가 조금 눅눅해져 있는 걸 보면 두고간 지 한나절은 지났을 것이다. 어제 저녁 내가 외출한 사이에 두고간 건가?

"짐작가는 건?"

앨윈은 앞을 향한 채 고개를 저었다. 글씨도 고의적인지 몹시 갈겨써서 이래서는 누가 썼는지 알 수 없다. 적어도 짐작가는 인물은 없다. 앨윈도 마찬가지인 듯했다. 누군지 알 수 없는 사람이 앨윈을 협박해서 겁을 주고 있다. 머리에 피가 거꾸로 솟구치려 했지만 눈앞에 있는 여성의 존재를 떠올렸다.

"매쉬, 나는."

"걱정할 것 없어."

추운 것처럼 떨리는 몸을 뒤에서 감싸안았다.

"이런 것은 그냥 장난질일 뿐이야. 구체적인 것은 아무것도 쓰여있지 않잖아."

한쪽 손으로 머리를 쓰다듬으며 다독인다.

과거의 죄 같은 누구에게나 통용될 만한 문구뿐이다. 정말로 앨윈의 비밀을 알고 있고, 그것으로 협박할 생각이었다면 좀더 의미심장한 단어들을 여기저기 뿌려놨을 것이다. 조상님의 목걸이라든지 밀매꾼의 이름이라든지.

"네 명성을 시기해서 장난을 친 거야. 신경 써봤자 너만 손해라고."

최대한 자상한 목소리로 말하며 몇 번이고 머리를 쓰다듬는다. 떨림이 진정된 것을 보고 말한다.

"오늘은 쉬는 편이 좋겠어. '미궁'은 도망치지 않으니 말야."

"아니, 그것은."

"그렇게 창백한 얼굴로 '미궁' 같은 곳에 들어가봤자 마물의 먹잇감이 될 뿐이야. 아무튼 오늘은 집에서 얌전히 있어. 노엘 등에게는 내가 연락해둘 테니까, 그동안 아무도 집에 들여보내지 마. 억지로 들어오려고 하면 도적이니까 베어버리고. 알았지?"

최대한 알아듣기 쉽도록 이야기한 후 나는 사탕을 꺼냈다.

"이건 오늘 분량. 한 개만 먹어야 돼."

"…그래."

"뭐하다면 입으로 먹여줄 수도 있는데."

"그만둬."

내 손에서 낚아챈다. 물끄러미 녹색 사탕을 바라보다가 손에 쥐었다.

"혼자 먹을 수 있어."

"그래 그래."

아직 안색은 돌아오지 않았지만 내 농담에 반박할 정도로는 진정된 듯하다.

"그럼 갔다올게."

앨윈이 집 안으로 들어가 열쇠를 채우는 것을 확인하고 나서 모험자 길드로 향한다. 아까의 괴문서가 손안에서 종이조각으로 변했다.

대체 누구야? 이런 웃기는 짓을 하고 말이지. 일단 이걸 쓴 녀석부터 찾아내야겠군. 장난이든 뭐든 용서 안 한다. 만약 이게 협박의 첫 걸음이라고 하면 더욱 그렇다. 앨윈의 마음에 평온을 가져오기 위해 반드시 찾아내고 말 테다.

"일단 그곳부터군."

아홉 명째는 긴 은발 미인이었다.

"저기, 아가씨. 여행 온 거야? 이제 밥을 먹으려고? 이곳은 이것저것 바가지도 많으니까 어때? 지금부터 나와 식사라도…. 아, 뒤에 있는 건 남자친구? 그래 그래, 이만 가볼게. 그럼 잘 있어. 행복하게 잘 살아."

무서운 눈으로 노려봤기에 잰걸음으로 후퇴한다.

또 실패인가. 다음에야 말로 성공하겠다고 각오를 다지고 있을 때 여덟 명 정도의 '성호대'가 이쪽으로 오고 있는 게 보였다. 선두에 있는 것은 빈센트다.

"여, 빈스. 아침부터 순찰이야? 수고가 많네."

"이런 곳에서 뭘 하고 있어?"

어이가 없다는 듯한 말투로 물어왔다.

"보면 몰라? 여자 꼬시고 있잖아."

이곳은 동쪽 대로이다. 동문에서 들어와 조금 걸으면 여행자용 식당과 여관이 늘어선다. 사람의 왕래가 많은데다 뒷길로 들어가면 여자와 함께 묵을 수 있는 여관도 있다. 그래서 길을 가는 부인분들과 친해지고 싶은 신사와, 그런 남자들한테 돈을 뜯어내려는 숙녀가 모이기 쉽다.

"아아, 저 아가씨, 아까는 흥미 없다고 한 주제에 저런 남자랑 함께…."

분해하는 내 옆에서 빈센트가 크게 한숨을 내쉬었다.

"앨윈 양은 싸우고 있는데 너는 일도 안 하고 뭐하는 짓이야."

"그래서 열심히 여자를 꼬시고 있는 거잖아. 이게 내 일이니 말야."

공주기사님이 질리지 않도록 대화술과 꼬시는 기술을 연마해둬야 한다. 수행의 일환인 것이다.

빈센트가 오물이라도 보는 것처럼 얼굴을 찡그렸다.

"너도 어때, 빈스? 그 얼굴이라면 열 명에 한 명은 걸릴 것 같은데."

"나에게는 처자식이 있어."

"정말? 아내분은 미인이야?"

"너와는 관계 없어."

아아, 뭔지 감이 왔다. 집안 간의 정략결혼이로군.

"아이는?"

"남자 아이가 한 명. 올해로 다섯 살이 돼."

"이쪽에 데려온 거야?"

"그럴 리 없잖아."

"그렇겠지."

이런 위험한 도시에 데려오면 금방 뒷세계 녀석들에게 유괴되어 빈센트에 대한 협박 재료로 쓰이게 된다. 즉, 나도 그 방법은 쓸 수 없다는 말이다. 아쉽군.

"잘 들어. 이것만은 말해두는데."

생각에 잠겨 있자니 빈센트가 나에게 손가락질을 하고 있었다. 무례하잖아.

"지금은 방치해두고 있지만 너는 아직도 바네사 살인의 용의자야. 증거만 발견되면 당장이라도 처형대로 보내주겠어. 그리고 나를 빈스라 부르지 마. 친한 척하지도 말고!"

엄청나게 사나운 기세로 단숨에 쏘아붙인다.

"그렇긴 해도, 빈스. 너야말로, 빈스. 앨윈에게 논파당한 것을, 빈스. 잊은 건 아니겠지? 빈스. 학습하라고, 빈스."

멱살을 잡고 악마 같은 형상으로 위협해왔다.

"이 이상 그 '와이즈크랙'을 늘어놓는다면 감방에 처넣을 테다."

"알겠습니다, 카라일 경."

성질 급한 녀석이다. 오히려 이게 그의 본래 모습일 것이다.

빈센트는 혀를 차더니 나를 밀쳐냈다. 비틀거리며 뒷걸음질 치다가 누군가와 부딪혔다.

"아아, 미안. 다친 데는…. 어, 할아버지잖아?"

"매쉬로군. 뭘 하고 있는 거냐?"

풍성한 눈썹 아래로 올려다보고 있는 것은 60세 정도의 할아버지였다. 왜소한데다 등에 커다란 지게를 지고 있어서 언제나 허리가 굽어있는 것처럼 보이지만, 겉모습과 달리 체격은 다부지다.

"보다시피 여자를 꼬시고 있어. 할아버지도 어때? 늙으막한 연애도 나쁘지 않은데."

"그럴 기운 없어. 기력도, 그쪽 힘도 말이지."

쉰 목소리로 손을 젓는다. 노인 특유의 자조섞인 웃음이다.

"그보다 어제는 고마웠어. 자, 이것도 가져 가."

지게 안에서 꺼낸 것은 붉은색과 노란색의 파프리카였다. 고맙게 받긴 했지만 이것도 앨윈은 싫어하는데 어떻게 먹일 방법은 없으려나?

"너무 받기만 하는 것 같으니 언젠가 무언가 답례를 할게. 뭐 원하는 거라도 있어?"

"그럼 얼른 그 공주기사와 헤어지도록 해."

할아버지는 타이르는 듯한 어조로 말했다.

"너한테 그 왕녀 전하는 아까우니까."

"말이 좀 심하네."

안 어울린다는 건 나도 잘 알아.

"그럼 가볼 테니까 언제까지고 어슬렁대며 놀지 말고 일을 하도록 해."

"언젠가는 그럴게."

할아버지는 손을 들어보이고 인파 속으로 사라졌다. 그 대신 빈센트가 물었다.

"아는 사람이야?"

"원래는 모험자 길드의 '운반꾼'인데 가끔 저렇게 채소를 들여와 시장에서 팔고 있어."

'운반꾼'은 그 이름 그대로 길드 소속의 운반원이다. 모험자가 해치운 마물의 시체와 몸 일부, 입수한 보물 등의 전리품, 가끔 모험자의 시체 등도 운반한다. 이 도시에서는 모험자와 함께 '미궁'에도 들어가는데, 기본적으로 싸우지 않기에 힘만 센 녀석이나 은퇴한 모험자가 맡는 경우도 있다. 보통은 모험자와 동행해서 짐을 회수할 뿐이지만 가끔 질 나쁜 모험자에게 고기 방패나 미끼로 이용되기도 한다.

위험하지만 수입은 적다. 필요한 일이지만 종사하는 사람도 적은 탓에 저런 노인도 아직 현역으로 활동하고 있다.

"어제 남쪽 시장에서 양아치와 시비가 붙은 걸 도와줬어."

대신 두들겨 맞았다고도 하지만. 다행히도 위병이 금방 달려왔기에 할아버지도 별로 다친 곳은 없었고 나도 지갑까지는 빼앗기지 않을 수 있었다.

"…시장 순찰을 재고해볼게."

성실하기도 하시지.

"그보다 너는 얼른 꺼져. 이 이상 노상에서 음란한 짓을 한다면 정말로 체포할 테니까."

"어디서 들은 건데 말야."

말을 끝내고 빠른 걸음으로 지나치려던 빈센트의 등에 대고 말했다.

"지금 한창 '성호대' 재편성 중이라면서?"

빈센트를 중심으로 기강을 바로 잡는다면서 부정을 저지른 관리와 뒷세계 녀석들의 입김이 닿은 녀석들을 쫓아내고 있다. 소문으로는 위병 출신 절반이 해고되어 원래 직장으로 복귀했다고 한다.

"기반을 다져놓지 않으면 이 도시의 치안회복은 불가능하니 말야."

그래서 남아 있는 게 저 녀석들인가? 그렇게 생각하며 빈센트 뒤를 보니 거무튀튀와 콧수염이 불만 있냐는 듯 노려보고 있다. 저 녀석들이 잔류한 걸 보면 해고된 녀석들은 어지간히 심했던 모양이군.

"그러니까 너 같은 녀석을 상대하고 있을 시간은 없어. 시덥잖은 소란을 일으키지 마."

못을 박듯 말하고 빈센트는 떠나갔다. 그 뒷모습을 보면서 나는 머리를 긁었다.

잘못 짚었나?

무언가 정보라도 쥐고 있을까 싶어 지나갈 만한 장소에서 잠복하고 있었는데 이름을 들어도 태도에 변화는 없었고, 무언가를 숨기고 있는 낌새도 없었다. 무관하다 봐도 될 것 같다.

이제 수상한 것은 어제 온 마렛 자매의 합동 파티 녀석들이지만 노엘의 이야기로는 오늘 아침부터 다시 '미궁'에 들어갔다고 한다. 물어보고 싶어도 돌아오는 것은 이틀이나 사흘 후이다.

종이를 남겨놓은 녀석만 알아내면 그후엔 쉬운데, 밤중이었고 목격자도 없었다. 우리 이웃에는 신분이 분명한 녀석들뿐이기에 수상한 녀석은 내가 알기로 나뿐이다.

목격자가 될 만한 노상의 신사도 없었다. 부자들의 주택가에 가깝기에 위병들도 중점적으로 순찰하고 있다. 길바닥에 누워 있으면 높으신 분의 방해가 된다며 바로 쫓아내버린다.

혹시나 해서 가장 가까운 곳에 있는 노상의 신사에게 물어보았지만 그런 인물은 보지 못했다고 한다.

그 부류의 신사 제군은 언뜻 자유로워 보이지만 엄격한 세력권이 있다. 그것을 관리 통괄하고 있는 게 '신사동맹'이라는 길드이고, 그 위에 있는 뒷세계 녀석들이다. 선의와 동정심으로 적선한 돈과 음식이 그런 녀석들에게 일부라도 흘러가고 있으니 말세다.

즉 현재까지는 벽에 부딪힌 상태다. 앨윈이 걱정되기도 하니 일단 돌아가기로 할까.

"저기, 거기 오빠."

돌아가려고 했을 때 누군가가 말을 걸어왔다. 유랑 극단처럼 보이는 화려한 차림의 아가씨였다. 가슴도 크다.

"여기 사람 맞지? 이 근처를 안내해줄 수 있어?"

요염하고 끈끈한 말투로 몸을 기대온다.

"미안하지만 볼일을 떠올려서 말야. 다음 기회에 부탁해."

손을 흔들어 보이고 그곳을 뒤로한다. 아가씨들은 허탕을 쳤어도 신경 쓰는 기색 없이 머리숱이 적은 거한에게 말을 걸고 있었다.

집에 돌아와보니 점심 무렵이 되어 있었다. 상태를 보러 앨윈의 방으로 향한다. 노크를 하자 대답이 있었다.

앨윈은 의자에 앉아 책을 읽고 있었다. 갑옷은 벗었지만 옷은 아침에 입었던 옷 그대로다.

"안 자도 돼?"

"졸리지도 않은데 잘 수 있을 것 같아?"

그래서 기분전환 삼아 책을 읽고 있었군. 뭐 안색도 진정된 것 같으니 문제는 없는 것 같다.

"뭘 읽고 있어?"

"퍼시 몰트하우스의 시집."

"재밌어?"

"백 년 이상 읽히는 책이야."

읽어보라며 건넨다.

"입만 열면 언제나 천박한 농담만 하니까 너도 가끔은 시집을 읽도록 해."

"교육을 못 받고 자라서 그래."

하지만 모처럼 받은 책이니 읽어본다.

"자신의 추악한 외모가 부끄러워서 동굴 안에 틀어박힌 기사에게 상냥한 마음을 가진 공주가 말을 거는 장면이로군."

"나는 괴물이야. 상처투성이의 추악한 얼굴을 가지고 있어."

"아뇨, 누구보다 용감하게 싸운 증거랍니다. 제 사랑은 그 얼굴에 바치는 거예요."

"이제 이 몸은 마물의 독에 오염되어 내일을 알 수 없는 목숨."

"얼마 안 되는 시간일지라도 필사적으로 나라를 지킨 그대를 어떻게 비웃을 수 있을까요."

"더 이상 싸울 영혼과 용기를 잃어서 공주에게 바칠 수 있는 것은 아무것도 없어."

"당신의 사랑은 고대의 도시를 덧씌운 황금보다도, 하늘에서 빛나는 별들보다도 저에게는 바꿀 수 없는 보석."

나는 배를 잡고 웃고 말았다.

"뭐가 웃기는 거야?"

"아니, 미안. 웃을 생각은 없었는데 나도 모르게 그만. 이런 건 나랑 안 맞아."

미사여구는 내 사전에 없다. '똥'과 '소변'과 '엉덩이'와 'Fuck', 그리고 그 유사어로 가득 채워져 있다.

"됐어!"

앨윈이 나에게서 시집을 빼앗았다.

"너한테 읽게 한 내가 바보지."

사이드테이블에 시집을 올려놓더니 그대로 방을 나선다.

"어디 가는 거야?"

"밖에서 먹고 올게. 배도 고프니."

오늘 아침은 별로 먹지 않기도 했고, 화를 낸 탓에 위장이 자극받은 듯하다.

"나도 갈게."

"너는 보라색의 그거라도 먹고 있어."

"기분 풀어. 알았어. 이제 가지는 안 내놓을게."

사흘에 한 번 정도로밖에.

그후에도 사과하고 응석부리고 다독여서 겨우 앨윈의 마음을 풀었다.

식사를 끝내고 큰길에서 어슬렁대고 있자니 바로 옆을 지나던 마차에서 누군가가 말을 걸어왔다.

"앨윈 씨!"

조금 떨어진 곳에서 마차가 멈추더니 은발 소녀가 뛰쳐나왔다. 에이프릴이다.

앨윈에게 기쁜 얼굴로 안기나 싶더니 나를 경멸의 눈길로 노려본다.

"뭐야, 바보 매쉬도 있었네."

며칠전 팔씨름 건으로 내 평가는 시궁창에 쳐박히고 말았다. 약 1년간 차곡차곡 쌓아온 신용도 물거품이 됐다. 하지만 자업자득이기에 웃어넘길 수 밖에 없다. 애당초 지금의 나는 앨윈 전속이나 마찬가지고, 모험자 길드 같은 곳의 개가 되는 것은 질색이다.

"저기, 지금 새로운 드레스를 맞추러 가는 참이야. 이번에 영주님 저택에서 열리는 건국제 파티에 할아버지와 함께 출석하거든."

그러고보니 이 아이도 부잣집 영애였지. 문득 돌아보니 마차 옆에 초로의 노부인이 고개를 숙이고 있다. 에이프릴의 시녀인 노라다. 부인을 동반한다면 마차 쪽이 좋겠지.

"너라면 재단사를 저택에 부르는 게 더 빠르지 않아?"

"얼간이 매쉬는 닥치고 있어."

다시 노려봤기에 입을 다문다.

"이런 것은 가게에 가니까 좋은 거라고. 내 방에서 골라봤자 재미없어."

이래서 안 된다니까 라는 듯 고개를 젓는다. 환경을 바꿔서 특별한 느낌을 연출하고 싶은 건가? 낭비라고 생각해는데.

"아 참, 앨윈 씨도 올래? 함께 드레스를 고르자."

"아니, 나는."

드레스보다 검이나 무기를 더 좋아하시는 분이니 말야. 그리고 뭔지 모를 시집이라든지.

"그럼 내 드레스를 골라줘. 공주님 같은 거."

"그만두는 게 좋을 텐데."

"쓰레기 매쉬한테는 안 물어봤어!"

진심으로 하는 충고도 딱 잘라 거부한다. 나중에 후회할 거야.

결국 에이프릴에 떠밀리는 형태로 우리들도 옷가게에 동행하게 되었다.

우리들이 향한 곳은 서쪽 큰길에 있는 '백추국'이라는 높으신 분 전용 가게였다. 오더메이드 외에 기성품도 취급하고 있다. 이곳에서 몸 치수를 재고 산더미 같은 견본 속에서 옷감과 옷 디자인을 결정하면 재봉사가 그대로 만들어주는 방식이다.

"이건 어때? 여자아이니까 꽃무늬가 잘 어울릴 거야."

웃음이 가득한 얼굴로 핑크색 바탕에 검정과 보라색 꽃이 그려진 옷감을 높이 치켜들고 있는 앨윈에게 어떻게 대답해야 좋을까. 거울을 보니 나와 에이프릴이 똑같은 표정을 짓고 있다.

"저기…."

"솔직하게 대답하는 게 좋아. 입는 것은 너니까."

공주님의 고귀한 감성으로 고른 옷은 우리 아랫것들이 입기엔 버겁습니다 라고 말이지.

에이프릴은 무슨 까닭인지 책망하는 듯한 눈을 하면서 나에게 작은 목소리로 물었다.

"어째서 앨윈 씨는 저런 거야? 공주님 아니었어?"

"공주님이라서 그래."

다른 사람의 옷을 골라본 경험따윈 전혀 없다. 특히 그녀는 복장 같은 것에 별 흥미가 없어서 어머니와 시녀가 골라주는 것을 그대로 입었다고 한다. 지금도 나와 재단사, 그리고 주위 사람들이 권해준 것을 입고 있다. 그런 까닭에 그녀의 감성은 세간의 풍파에 노출되지 않은 원석 그대로였다.

"그럼 이건 어때? 봐, 프릴이 잔뜩 달려 있어."

자신만만하게 백 년전 유행을 가져왔기에 에이프릴의 얼굴이 불쌍할 만큼 경직되었다. 골라달라고 한 이상, 거절하기 힘들다는 책임감과 이런 독특한 감성으로 골라주신 드레스따윈 입고 싶지 않다는 본심 사이에서 고뇌하고 있다.

"교대해. 내가 고를게."

이대로는 꼬맹이가 불쌍하다. 파티에서 수다스런 쨱쨱이들이 뒷담화를 늘어놓을 것이다.

"사기꾼 매쉬가?"

"너, 설마 이상한 걸 골라줄 생각은 아니겠지?"

여성진의 시선이 따갑다. 하지만 앨윈, 네가 할 말은 아니야.

"에이프릴에게 어울리는 옷을 고를 테니까 걱정 마. 일단은 색깔이로군."

"색깔?"

"맞춰볼게. 네가 지금 가지고 있는 드레스는 검정색과 파랑색, 그리고 흰색이지?"

"아, 응. 말한 적 있었던가?"

"네 은발에 어울리는 건 그 정도거든."

할아버님 취향에 맞추면 아무래도 무난해진다. 실제로 평상복도 검정색이다.

"언제나 같은 색만 입으면 따분하고 질리잖아. 이번엔 좀더 다른 색깔로 해보자."

옷감 견본이 쭉 나열된 곳에서 괜찮아보이는 것을 끄집어낸다.

"붉은색은 어때?"

옷감을 양손에 들고 에이프릴의 머리카락에 대본다.

"괜찮네. 좀더 밝은 게 좋으려나? 너한테 딱 맞아."

"헤에." 에이프릴이 감탄한 듯한 목소리를 냈다.

앨윈은 아무말도 하지 않았다. 조금 떨어진 곳에서 무언가 말하고 싶은 듯 머리카락을 만지작거리고 있다.

옷감이 결정되었으니 다음은 디자인이다.

"모처럼의 기회니까 좀 무리해서 어른스러운 것으로 하고 싶네. 최근에는 가슴이 트인 것이 유행이지만 너에게는 조금 이르겠지. 그런 것을 보면 할아버님이 펄쩍 뛰실 테고 말야. 대신 이쪽에 있는 어깨가 드러난 것으로 하자."

견본 드레스 중에서 가장 이미지에 가까운 것을 고른다.

"대신 스커트는 발까지 내려오는 것으로 할 테니까 걸을 때 조심해. 여느 때처럼 뛰어다니면 옷자락을 밟고 넘어질 수도 있어. 몸을 꼿꼿이 세우고 걷도록 해. 신발도 붉은색으로 통일하면 균형이 맞지만 힐은 낮은 것을 고르자. 익숙치 않은 것을 신으면 발목을 삘 수 있거든."

"굉장해. 왠지 좋은 느낌이야."

하나 하나 결정해갈 때마다 에이프릴의 눈이 빛났다.

"드레스는 이 정도려나? 남은 건 목에 거는 목걸이인데 드레스에 맞춘다면 루비가 좋겠군. 다이아나 진주도 좋지만 할아버님의 지갑과 타협해야겠지. 뭐 네가 부탁하면 모험자 길드를 팔아치우는 한이 있어도 사주실 거야."

"이렇게 해박할 줄은 몰랐어. 언제나 비슷한 옷만 입고 있어서 몰랐네."

숙녀분들의 환심을 사려면 복장과 미용은 빠뜨릴 수 없는 덕목이다. 그리고 내가 비슷한 옷만 입고 있는 것은 언제나 양아치들에게 두들겨 맞고 있고, 돈이 될 만한 것을 몸에 지니고 있으면 지갑과 함께 빼앗기기 때문이다. 고급 옷 같은 걸 입고 다니다간 돈이 얼마가 있어도 부족해진다.

일련의 복장을 모두 코디네이트했을 무렵에는 에이프릴의 기분도 풀려 있었다. 이제 드레스의 완성을 기다리기만 하면 된다. 돌아갈 때는 우리들을 집까지 마차로 바래다준다고 한다.

4인승 마차에 나와 에이프릴은 마주보고 앉았다.

"고마워, 매쉬 씨. 도움이 됐어."

신용도 겨우 되찾았다.

"……."

내 옆에 앉아 있는 공주기사님은 왠지 화가 나 있는 듯했지만. 마차를 탄 후로는 창문 쪽만 보면서 한 마디도 안 하고 있다.

"다음에 또 골라줘."

"너를 위해서라면 얼마든지…, 아얏!"

발을 밟혔다. 돌아보니 앨윈이 고개를 홱 돌린 채 원망스러운 듯 말했다.

"우쭐대지 마."

"삐친 거야?"

"안 삐쳤어."

부루퉁한 얼굴로 말하면 설득력이 없다고.

"나도 마음만 먹으면 그 정도는."

"네가 꼭 입어보라고 해서 광대 같은 차림으로 거리를 걸었다가 손가락질 당하며 비웃음을 산 이야기를 할까?"

"그건, 네 얼굴을 보고 웃은 거야."

"그래, 여자애들이 '저 아저씨 웃기는 옷을 입고 있어'라고 한 것도 전부 내가 잘못 들은 거겠지."

"지나간 일 가지고 언제까지 투덜댈 거야?"

"성격이 쪼잔해서 말야. 그래서 기둥서방 같은 걸 하고 있는 거겠지."

지금은 불만스러운 듯 말하고 있지만, 그 당시 나란히 걷고 있었던 앨윈조차 조금씩 거리를 벌렸다는 것을 지금도 기억하고 있다.

"그보다 기분 풀어. 삐친 얼굴은 너하고는 안 어울린다고."

어깨를 안고 끌어당기려 했지만 바로 손으로 떨쳐냈다.

"만지지 마. 기분 나빠."

"맨날 거짓말만 한다니까."

이번엔 그녀의 머리를 가볍게 끌어당긴다. 키 차이가 있기에 앨윈의 머리가 내 가슴에 파묻히는 형태가 되었다.

이대로 있으면 또 저항할 테니까 머리를 쓰다듬으며 손가락으로 붉고 윤기나는 머리카락을 빗어준다.

"다음에 네 것도 골라줄게."

"…어차피 돈을 내는 건 나잖아."

"나는 보고 싶어. 내가 고른 드레스를 입은 네 모습을."

달콤한 목소리로 귓가에서 속삭이듯 말한다.

다른 한쪽 손으로 그녀의 턱을 잡고 아직 다른 데로 고개를 돌리고 있는 얼굴을 이쪽으로 향하게 한다.

"무슨 색이 좋으려나? 너라면 흰색이든 붉은색이든 다 어울릴 것 같은데."

촉촉한 눈동자를 바라보면서 얼굴을 붙인다. 거기서 헛기침 소리가 들렸다.

"그런 일은 집에 돌아간 후에 부탁드립니다."

시녀 노라가 차가운 눈으로 말했다.

거기서 앨윈이 정신을 차린 듯 나에게서 몸을 떼고 마차 구석으로 몸을 붙였다.

좋은 분위기였는데, 뭐 다른 사람의 마차 안이었으니 말야.

"아아, 미안. 나도 모르게 집 안에 있는 것처럼 행동하고 말았네."

"으응, 괜찮아."

에이프릴이 얼굴을 붉히면서 고개를 저었다. 어린애한테는 조금 자극이 강했으려나?

"조금 놀랐을 뿐이야. 저기, 앨윈 씨는 평소엔 늠름하게만 보였거든."

"귀여운 구석도 있어. 다음에 우리집에 놀러와봐. 하늘하늘한 드레스를 입고 춤추는 모습을 보여줄 테니까."

"바보 같은 소리 마!" 앨윈에게 옆구리를 얻어맞았다.

그후 얼마간 잡담을 나누다보니 우리들의 집에 도착했다.

"그럼 내일 또 봐."

에이프릴은 마차 안에서 손을 흔들며 떠나갔다. 하늘도 어느샌가 오렌지색으로 물들어 있다.

"그럼 저녁을 먹기로 할까?"

이곳으로 오는 도중에 시장에 들러 장을 본 터라 식재료는 충분하다.

물론 보라색의 그것은 넣지 말라고 못을 박는 것을 공주기사님은 잊지 않았다.

"그럼 서둘러서…."

거기서 나는 문 옆에 웅크려 앉았다.

"왜 그래?"

"개똥을 발견해서. 들개가 들락거리는 모양이야. 버려둘 테니까 먼저 들어가 있어. 나중에 물과 모래를 뿌려둘게."

"손은 씻고 와."

앨윈은 문을 열고 먼저 안으로 들어갔다.

문이 닫히는 것을 확인하고나서 나도 두 번째 괴문서를 돌돌 말아 바지 주머니 속에 넣었다.

우리들이 외출해 있었던 점심부터 저녁 사이에 두고 간 것이리라.

두 번째 괴문서에는 이렇게 쓰여 있었다.

너에게 안식의 장소따윈 없다.
반드시 죄를 보상하게 만들겠다.
음행에 잠기는 것도 지금뿐이다.
중독자나 다름 없는 미친 녀석.

내용 자체는 거의 동일하다. 험담뿐이고 구체적으로 이렇다 할 내용이 없다.

마렛 자매 합동 파티원 중 누군가가 쓴 건 줄 알았는데 녀석들은 아직 '미궁' 안에 있다. 다른 사람에게 대필하게 하는 수단도 있지만 아직 증거가 부족하다.

　다만 단기간에 잇달아 놓고 간 것에 의문도 느낀다. 아무튼 시급히 손을 써야 할 것 같다. 앨원이 보면 또 기분을 해치고 말 테니까.

　다음날 아침 크게 하품을 하고 있자니 앨원이 차가운 눈으로 나무랐다.

　"칠칠 맞아."

　"어제는 네가 상대해주지 않아서 밤새 몸이 달아올라 잠들지 못했다고."

　"…원하는 대로 자도 돼. 뭐하다면 영원히."

　사과할 테니까 웃는 얼굴로 검을 뽑지 마.

　"아침이나 먹자. 오늘이야말로 늦어진 걸 만회해야 돼."

　컨디션도 돌아온 듯 오늘에야말로 '미궁'에 간다고 의욕을 불태우고 있다.

　아침 식사를 마치고 옷을 갈아입자 출진의 시간이 왔다.

　자, 하며 사탕을 꺼낸다.

　"앙~ 해. 앙~."

　"필요없어."

　내 손에서 사탕을 낚아채더니 품속에 넣는다.

　"다녀올게."

　앨원은 문을 열고나서 힐끔 발밑을 본 후 안도의 한숨을 내쉬었다.

　"다녀와."

　그 뒷모습을 바라보면서 나는 한숨을 내쉬었다. 하룻밤 내내 감시했는데 성과가 없을 줄이야.

왔다면 바로 때려눕혔을 텐데.

뒷정리를 하러 식당으로 돌아왔다가 테이블 위에서 작은 봉지를 발견했다. 사탕이 들어 있는 봉지다. 잊고 간 건가? '미궁' 안에서 '약'이 끊기면 목숨이 위태롭다. 나는 급히 열쇠를 채우고 '미궁' 입구가 있는 시내 중심부로 향했다.

"늦지 않아야 할 텐데."

길드 앞까지 와보니 건물 앞에 인파가 몰려 있었다.

머리 넘으로 들여다보니 사람들 너머로 앨윈의 얼굴이 보였다. 다행이다. 아직 들어가지 않았군.

하지만 그 얼굴은 사나웠다. 누구와 시비가 붙은 건가?

"미안, 조금 지나갈게."

이리저리 떠밀리면서 전진하려 하지만 이런 때일수록 체격 좋은 녀석들에게 가로막혀 앞으로 나가지 못한다. 멀리서 보니 앨윈 일행과 대치하고 있는 것은 마렛 자매가 이끄는 '메두사'의 면면들이었다. 실력도 실력이지만 여섯 명 전원이 젊은 여성으로 구성된 화사한 파티다. 나도 끼고 싶다. 현역으로 복귀할까?

내가 다가가려고 몸부림치는 사이에도 앨윈의 목소리에서는 짜증이 늘어만 갔다.

"합동작전에 대해선 뭐 좋아. 타라스크 상대라면 그것도 받아들일 수 있어. 허나 우리들이 1할이라는 건 뭐지? 아무리 그래도 너무 불공평하잖아."

아무래도 배분 문제로 시비가 붙은 것 같다. 참고로 타라스크라는 것은 거대한 거북이 마물이다. 다만 머리는 사자고 손발은 곰,

꼬리는 뱀으로 되어 있다. 나도 예전에 싸운 적이 있지만 조금 딱딱하고 그럭저럭 강했다. 녀석이라면 사람들을 모아서 단체로 패는 게 가장 효과적인 퇴치방법일 것이다. '메듀사'가 예정보다 빨리 돌아온 것도 그 인원을 확보하기 위해서인가?

"그야 그렇지. 너희들은 최고라도 3성. 우리들은 5성. 어느 쪽이 높은지는 어린애라도 알 수 있잖아."

앨윈의 항의에도 베아트리스는 아랑곳하지 않았다. 언니인 세실리아는 조금 떨어진 곳에서 의자에 앉아 대낮부터 와인을 마시고 있다.

"별의 숫자는 관계 없어. 인원수 혹은 파티 숫자로 평등하게 나누는 것이 원칙 아냐?"

"모든 일에는 예외가 있는 법이야. 우리들이 각각 3할씩 9할, 너희들이 나머지 1할. 이건 결정사항이야. 봐, 소집장에도 써 있다고."

그러면서 손에 든 종이를 보란 듯이 흔든다. 소집장이라는 것은 모험자 길드가 필요에 따라 모험자를 불러들이기 위해 쓰는 문서다. 보통은 배분까지 쓰는 일이 없지만 베아트리스가 밀어붙인 것이리라. 혹은 미인계로 직원을 구워삶았거나.

정식 요청이기에 이유도 없이 거절하면 페널티가 발생한다. 상황에 따라선 '미궁'의 출입에 지장이 생길 수도 있다. '미궁'의 소유권은 국가에 있지만 관리는 모험자 길드에 일임되어 있으니까.

"물론 예외는 어디까지나 예외야. 교섭하기 따라선 바꿀 수도 있다고. 안 그래?"

은근히 클랜 참가를 독촉하고 있다. 요컨데 베아트리스는 길드의 권력을 앞세워 앨윈을 굴복시키려 하고 있는 것이다.

"그걸로 우리들이 납득할 거라 진심으로 생각하고 있는 거야?"

"나는 말렸지만 말야."

언니 세실리아가 난처하다는 듯 고개를 기울였지만 진심으로 말릴 낌새는 없었다.

"자, 어떻게 할래? 세상물정 모르는 공주님. 아니면 그 기둥서방한테 위로라도 받을래?"

차라리 그래주면 고마울 텐데 말야. 묘하게 참는 버릇이 있어서 말이지.

이런 때야말로 다른 녀석들이 앨윈을 거들어줘야 하지만 다들 길드 권력 앞에서는 아무 말도 못하고 있다. 쓸모없는 것들.

"질문이 하나 있습니다만."

그렇게 생각하고 있을 때 노엘이 의아한 표정으로 앞으로 나왔다.

"저는 길드에 가입한 지 얼마 안 되어서 모르겠는데 5성이라는 것은 그렇게 대단한 겁니까?"

"당연하잖아."

베아트리스가 피식 웃었다.

"그럼 만약 7성인 분이 같은 제안을 한다면 당신도 얌전히 따르겠군요. 7성이 더 대단하니까."

"별만이 문제는 아니야. 종합적인 실력과 실적에서 나온 판단이거든."

"실적은 둘째치고 실력은 누가 결정한 거죠? 당신인가요? 길드인가요?"

"그런 건 말하지 알아도…."

끝까지 말을 하기도 전에 베아트리스의 몸이 허공에 떴다. 땅을 기듯 낮게 몸을 낮춘 노엘이 다리를 걸었기 때문이다. 팔을 땅에 짚으며 엎드리자 노엘이 그 위에 올라타서 팔을 베아트리스의 목에 감았다. 동시에 몸을 반회전시켜 자신의 등을 바닥에 댄다. 똑바로 누운 베아트리스를 그 밑에서 조이는 형태다.

"이로써 오늘부터 저도 5성이라 해도 되겠습니까? 아니, 제가 더 강하니까 6성인가요?"

노엘 치고는 드물게 차가운 말투다. 그제부터 소중한 공주님이 계속 모욕당해서 분노가 계속 쌓였던 듯하다.

"너…."

베아트리스가 분노와 굴욕으로 얼굴을 새빨갛게 물들였다.

"다시 한번 이야기를 나눠볼까요? 이번엔 서로에게 공평하게. 소집장인지 뭔지에 대해서도 이번엔 우리들을 포함한 전원이."

"놔, 이 녀석! 제기랄, 비키라고!"

베아트리스는 지저분한 말투로 소리치며 몸을 비틀었지만 거의 움직이지 못했다. 완전히 뒤집혀진 거북이같다. 노엘의 다리가 허리에 감겨있기에 생각만큼 움직일 수 없는 모양이다.

"뭐 하고 있어? 얼른 이 꼬맹이를 죽여!"

동료들에게 말해보지만 주저할 뿐 우두커니 서 있기만 했다. 노엘은 왜소한 데다 베아트리스의 몸에 가려져 있기에 공격하려고 해도 할 수 없는 것이다. 그리고 이 자세라면 노엘이 마음만 먹으면 목을 부러뜨리는 것도 가능하고, 숨겨두고 있는 나이프로 목을 베어버릴 수도 있다.

베아트리스의 얼굴이 창백해졌다. 목이 졸린 상태에서 큰 소리를 치다 보니 질식이 시작된 것이다. 슬슬 힘을 늦추지 않으면 진짜로 저 세상에 가버릴 것 같다.

"저기, 구해줘…, 시시!"

이름을 불리자 말없이 세실리아가 일어섰다. 텅 빈 와인병을 든 채 팔을 휘둘러 소매 밑에서 작은 지팡이를 꺼낸다. 그리고 발밑에 있는 여동생을 내려다보는 형태로 지팡이를 겨누었다.

"'레비테이션(부유)'."

빛 알갱이가 감싸자 소리도 없이 베아트리스의 몸이 떠올랐다. 예상외의 일이었는지 노엘의 손이 떨어지며 엉덩방아를 찧었다. 그 등 뒤에서 세실리아가 와인병을 치켜들었다.

유리 파편이 바닥에 흩뿌려지며 그 위로 붉은 핏방울이 떨어졌다.

세실리아는 괴로워하는 노엘의 머리를 붙잡고 억지로 고개를 자신 쪽으로 돌렸다.

"내 비를 만지지 마."

검은 불꽃 같은 살의와 땅속에서 울려퍼지는 듯한 목소리에 길드 안이 고요해졌다.

"원참, 안 되잖아, 비."

세실리아의 표정이 변했다. 아이처럼 뺨을 부풀리더니 허공에 떠 있는 여동생의 뺨을 양손으로 잡고 자신을 보게 한다.

"너는 언제나 냉정하고 행동력과 판단력도 있으며 최강에 최고지만 금방 방심하니까 결혼 반지를 잃어버렸을 때의 아빠처럼 창백해지고 마는 거야."

"노엘!"

앨윈이 몸을 들이박듯 세실리아에게 돌진했지만 가벼운 움직임으로 왼쪽 오른쪽으로 피했다. 마술뿐 아니라 체술도 단련한 모양이다. 세실리아는 쥐고 있던 와인병 주둥이를 집어던지고 소매 밑에서 또 하나의 지팡이를 꺼냈다. 다음 표적은 앨윈인가?

"'배리어'."

마술에 의해 앨윈 주위에 투명한 벽이 생겨났다. 주먹으로 두들기고 걷어차보지만 꿈쩍도 안 한다.

"특등석에서 보고 있으라고."

놀리는 듯한 어조로 다시 노엘에게 몸을 돌린다. 랄프 일행은 나머지 '메듀사' 면면들에게 가로막혀 교착 상태다. 아무리 그래도 이 이상은 위험하다. 데즈의 중재를 부탁하기 위해 이름을 불렀지만 구경꾼들한테서 오늘 아침 '미궁'에 행방불명자를 탐색하러 갔다는 대답이 돌아왔다. 타이밍이 안 좋다.

"'레비테이션'."

세실리아의 마술이다. 베아트리스 대신 노엘의 몸이 허공에 떴다. 의식은 아직 있는 듯하지만 충격때문에 아직 움직이지 못하는 듯하다. 그틈에도 세실리아는 흩어진 파편을 발로 차서 노엘 밑으로 모았다.

"그만둬!"

세실리아의 의도를 깨닫고 앨윈이 소리쳤다. 노엘은 민첩한 움직임을 특기로 하기에 방어구도 경장이다. 장소에 따라서는 유리 파편으로도 피투성이가 될 수 있다. 세실리아는 지팡이를 휘둘렀다.

그 순간 노엘을 감싸고 있던 빛이 사라지고 낙하를 시작했다.

유리 파편이 튀었다. 뒤를 이어 바닥을 구르는 소리가 났다.

"노엘!"

"무사해."

앨윈의 목소리에 손을 들어보이고 대답했다.

내가 곧바로 달려가서 바닥을 미끄러지며 노엘을 받아안은 것이다. 발부터 뛰어들었기에 유리 조각도 거의 다 튕겨나갔다. 엉덩이에 조금 박혔지만.

"괜찮아?"

내 품속에서 노엘이 축 늘어져 있다. 피는 멎지 않고 눈도 공허하다.

"무서웠어? 혹시 오줌을 지렸다면 말해. 지금이라면 용서해줄 테니까."

"머리에서 흘러나오는 건 오줌이 아니예요."

"네가 요상한 사람이 아니라면 그렇겠지."

노엘을 '회복 역'에게 맡기려고 했을 때 이번엔 내 머리에 충격이 왔다.

올려다보니 베아트리스가 화난 표정으로 의자를 집어들고 있었다. 나는 곧바로 노엘을 몸으로 덮어 보호했다. 충격이 왔다. 머리가 얼얼하다. 베아트리스는 미친 듯이 의자로 두들겼다. 여자의 완력이라고 우습게 보았는데 제법 세다. 마술로 강화하고 있는 것일지도 모른다. 도망치고 싶어도 품속에는 노엘이 있다. 얻어맞는 것에는 익숙하지만 이제 그만 누가 좀 어떻게 해봐. 랄프라도 좋으니까. 이번엔 키스해줘도 좋다.

충격과 함께 나무 파편이 머리 위로 쏟아졌다. 의자 쪽이 견디지

못한 듯하다. 혀를 차며 의자 다리를 내던지더니 분을 못참겠다는
듯 마법 지팡이를 내게 향했다. 이 아가씨, 진심으로 우리들을 죽
일 생각인가?

"그만둬!"

도자기를 깨뜨린 것 같은 소리가 났다. 앨윈이 마술의 벽을 자력
으로 깨뜨린 것이다. 짐승처럼 달려들더니 베아트리스의 얼굴을 후
려쳤다. 이어서 배와 턱에 주먹을 박는다. 속도가 있는 타격에 베아
트리스는 비틀거리면서 벽에 쓰러졌다. 다시 억지로 일으켜세우더
니 박치기를 날린다.

"베아트리스 님!"

'메듀사'의 면면들이 버질 일행 옆을 지나쳐서 앨윈을 제지하고
나섰다. 등 뒤에서 한 사람이 붙잡고 나머지 녀석들이 정면에서 주
먹을 휘두른다. 앨윈이 포효했다. 주먹이 닿기 직전 몸을 억지로 비
틀어서 등 뒤에 있는 여자를 방패로 썼다. 같은 편을 공격한 것에
당황해서 주춤하고 있을 때 걷어차고 때리고 업어치기를 날린다.

"까불지 마, 빌어먹을!"

세실리아가 지저분한 말투로 소리치면서 옆에서 지팡이를 겨누
었다. 앨윈은 주변에 있는 의자를 그녀에게 집어던진 후 도약했다.

마술을 중단하고 날아온 의자를 튕겨낸 틈을 노려 세실리아의 얼
굴을 걷어찬다. 턱이 위로 들릴 정도의 일격이었지만 세실리아는
쓰러지지 않았다. 오히려 앨윈을 덮치듯 붙잡고 벽에 들이박는다.
길드를 뒤흔드는 충격이었다. 그 상태에서 앨윈의 붉은 머리카락을
붙잡고 부숴진 의자 파편을 치켜들었다. 날카로운 파편이 앨윈의
눈앞에서 멈추었다. 앨윈의 손이 그 손목을 붙잡고 억지로 비틀어

올린 것이다.

"내 머리카락에… 손대지 마!"

한 손으로 세실리아의 머리를 붙잡고 벽에다 들이박았다. 두 번, 세 번. 충격으로 눈이 풀린 것을 놓치지 않고 안면을 걷어찬다. 코피를 흘리며 세실리아는 똑바로 쓰러졌다. 앨원이 소리치면서 그 위에 올라타더니 얼굴을 두들기기 시작했다. 반격은 커녕 방어조차 못하고 얻어맞기만 한다.

"이봐, 그만둬! 됐어. 네가 이겼다고."

이 이상 방치하면 정말로 죽는다. 아무리 길드가 원칙적으로 모험자들간의 싸움에는 개입하지 않는다 해도 사람들이 보는 곳에서 죽이면 처벌은 피할 수 없다. 하지만 내 목소리가 들리지 않는듯 계속해서 때리고 있다. 어떻게 된 거지? 아무리 화가 나 있다고 해도 너무 지나치다.

"그만두라고, 앨원."

나는 노엘에게서 떨어져 앨원의 몸을 뒤에서 안았다.

"이거 놔!"

억지로 내 몸을 뿌리친다. 팔꿈치가 얼굴을 강타했다. 한순간 눈앞이 아찔했지만 지금은 아파하고 있을 때가 아니다. 다시 한번 앨원을 껴안는다.

"진정해. 너는 지금 제정신이 아냐. 진정하라고."

"닥쳐!" 몸부림치며 내 팔을 뿌리친다. 자신의 무력함이 원망스럽다.

그 순간 온몸이 흔들리는 감각이 느껴졌다. 나뿐만이 아니라 건물 전체가 흔들리고 있다.

지진인가?

마치 거인이 길드 건물 전체를 잡고 흔들고 있는 것 같다. 으르렁대는 듯한 땅울림 소리에 구경꾼들도 웅크려 앉아 비명을 지른다.

"너희들은 테이블 밑에 숨어서 머리를 감싸안고 있어. 랄프, 너는 노엘을 보호해!"

어울리지도 않게 지시를 내리고 있자니 균열이 가는 소리가 들렸다. 올려다보니 천장에 금이 가 있다. 저곳은 요전번 어딘가의 수염쟁이가 멍청한 모험자를 날려버린 곳이다. 아직 수리가 다 되지 않은 상태였던 터라 약해져 있다. 위험하군. 떨어진다.

"이봐, 앨윈. 도망쳐."

틀렸다. 너무 흥분해서 상황파악을 못 하고 있다. 나는 그녀들을 몸으로 덮었다. 그 직후 내 등에 딱딱한 것이 충돌한다. 제기랄 아프잖아. 먼지가 흩날렸다.

그게 피크였는지 조금씩 흔들림은 작아져 갔다. 떨어져내린 천장 일부도 생각보다 가벼웠기에 그곳에서 빠져나오는 것은 쉬웠다.

"다친 곳은 없어?"

몸 밑에서 앨윈이 멍해 있다. 눈에서 분노는 사라져 있었다. 아무래도 제정신으로 돌아온 듯하다. 세실리아도 무사해 보인다.

"매쉬…."

이대로 감사의 키스라도 받고 싶은 대목이지만 좀더 중요한 이야기가 있다.

"이리 와봐."

앨윈의 팔을 잡고 일으켜세운 후 그대로 걷기 시작했다.

"잠깐 앨윈이 다친 곳을 확인하고 싶으니까 방 좀 빌릴게."

적당히 둘러댄 후 다리가 풀려 자빠져 있는 길드 직원에게 아랑곳 않고 카운터 안에 손을 집어넣어 방 열쇠를 챙긴 후 2층으로 올라간다.

　"매쉬, 나는…."

　앨윈이 무언가 말을 하려 했지만 대답을 할 생각은 들지 않았다. 덧붙여 말하면 머리도 아프고 등에서도 아마 피가 나고 있겠지만 이런 것은 긁힌 정도에 지나지 않는다. 한 마디 해두지 않으면 직성이 풀리지 않을 것 같다. 솔직히 말하면 나도 지금 열받아 있는 것이다. 2층에 있는 밀담용 방으로 들어가서 열쇠를 채우고 앨윈을 의자에 앉혔다. 고개를 떨구고 있는 얼굴은 몹시 지쳐 보였다. 위축되어 있고 표정은 야단맞기 전의 어린애 같다. 허나 내가 화를 내고 있는 것은 마렛 자매를 죽일 뻔한 것도 아니고 나를 팔꿈치로 가격한 것도 아니다.

　"언제부터야?"

　"……."

　"언제부터 그 사탕을 안 먹고 있었어?"

　좀더 일찍 눈치챘어야 했다. 최근 특제 사탕을 먹는 모습을 보지 못했다. 건네도 나중에 먹는다고 변명하며 주머니에 넣고 있었다. 쑥스러워서 그런 줄 알았는데 그렇지 않았다.

　앨윈은 나를 힐끔 보고나서 죄를 고백하듯 말했다.

　"…그제부터."

　"어째서 그런 짓을 한 거지?"

　평정을 가장하고 있지만 내 속은 뒤집혀 있다.

　돌이켜보면 전조는 있었다. 다른 사람 앞에서는 언제나 '진홍의 공주기사'의 가면을 쓰고 있었는데 단둘이 있을 때처럼 어린애 같은 태도를 보이고 있었다. 마음을 열고 있는 징후로만 알았는데 그게 아니라 금단 증상 때문에 감정을 제어할 수 없었던 것이다. 그리고 오늘의 싸움에서 폭발했다.

"…미안해."

"사과로 끝날 일이 아니야. 네 목숨에 관련된 이야기라고."

만약 '미궁병'이 재발하면 그 시점에서 싸울 수 없게 된다.

자신을 파멸로 이끄는 '약'따위 먹고 싶지 않다는 기분은 이해할 수 있다. 하지만 해독제도, '미궁병'의 특효약도 없는 이상, 조금씩 양을 줄여가며 적응할 수 밖에 없다. 기력과 근성으로 어떻게 된다면 나따윈 필요없다.

나는 의사도, 약사도 아니지만 지난 1년간 앨윈을 위해 보기도 싫은 '약'을 계속 다루면서 나름 조사도 해왔다. 몸에 좋은 약초와 허브가 있다고 들으면 그것으로 손이 많이 가는 요리도 만들었다. 그리고 그녀의 비밀을 지키기 위해 별 원한도 없는 사람의 목숨조차 빼앗았다.

그 결과가 이거다. 아무리 내가 노력한들 앨윈에게 그럴 마음이 없다면 무엇을 해도 소용없다. 자신의 어리석음에 부아가 치민다.

"…나를 신용하지 못하겠다면 말해. 지금 당장이라도 이 도시를 떠날 테니까."

"아냐!"

앨윈이 매달리듯 소리쳤다.

"…알고 지낸 1년간 너는 잘 해주고 있어. 내 상상 이상으로. 정말 의지가 된다고 생각해. 아니, 너무 의지하고 있을 정도야."

"너무 의지한다고?"

"생각해 버렸어. 우리들이 '미궁'을 공략하면 너는 이 도시를 떠날 텐데 그때 내 몸은 어떻게 되어있을까 하고."

몸이 예전으로 돌아와 있다면 더할 나위 없다. 하지만 만약 몸이 회복되기 전에 '미궁'을 공략해버린다면 앨원은 약한 마음과 몸을 안고 고향으로 돌아가야 한다. 나 없이. 그때 그녀는 홀로 '약'을 손에 넣고 비밀을 지켜낼 수 있을까?

그뿐만이 아니다. 앨원은 생각도 못 하고 있겠지만 해가 될 수 있는 사람을 제거해주는 사람도 없어진다.

"그래서 혼자서도 싸울 수 있도록 조금이라도 빨리 약 기운을 빼려고 한 거야? 네가 그렇게까지 오만한 줄 몰랐군. '천년백야'가 몇 층까지 있는지도 모르는데."

아무도 답파한 적 없는 '미궁'이다. 평생을 들여도 공략할 수 있을지 어떨지 알 수 없는데 공략한 후의 일을 생각하는 게 무슨 소용일까.

"미안해."

앨원은 미안한 듯 시선을 떨구었다. 비취색 눈동자를 흐리며 처형을 기다리는 죄인처럼 고개를 숙이고 있다.

"사과하지 마."

화를 내고 싶어도 화를 낼 수 없잖아. 자신이 흘린 말때문에 나도 모르게 앨원을 궁지에 내몰고 있었다니 자신의 목을 조르고 싶어진다

"아무튼 너는 매사에 너무 조급해."

"그럴지도 모르겠군. 아니, 그렇겠지. …나는 하루라도 빨리 강

해지고 싶었거든."

앨윈이 쓸쓸하게 미소지었다.

"내 풀네임은 알고 있지? 프림로즈라는 것은 어머니의 이름이야."

"너와 잘 어울려."

"나는 싫어."

딱 잘라 말했다.

"정확히 말하면 나는 어머니가, 약한 어머니가 싫은 거야."

그후 앨윈은 작은 목소리로 이야기를 시작했다.

"어머니는 자상한 분이셨어. 후작가 영애로 태어나 아무런 불편 없이 자랐고 아버지의 눈에 들어 왕비가 되었지."

하지만 소국이라고 해도 왕궁 안은 마굴이었다. 질투와 원한, 시시한 트집잡기와 책임전가. 악의와 욕망이 부글부글 끓고 있는 마녀의 냄비 같은 세계. 왕비라는 책무와 중압에 어머니는 견디지 못했다. 심신이 병들어 공무를 결석하는 일도 많아졌다.

"주위 사람들은 위로하긴 커녕 게으르다며 책망하는 실정이었어. 어떤 이는 '남자아이도 못 낳는 왕비따윈 무용지물'이라고까지 했지. 그게 누구였는지 알아? 롤랜드의 부친이야."

그 아버지에 그 아들이었군.

"딸의 눈앞에서 무슨 말을 들어도 미소만 지을 뿐 반박도 못 하는 것을 보고 나는 분했어. 그래서 검을 들고 강해지려 한 거야. 그때가 일곱 살때였지."

그후에는 전에도 들은 이야기였다. 부친은 웃으며 허락했지만 정작 어머니는 반대했다.

여자가 검 같은 걸 들면 안 된다면서 몇 번이고 꾸중했다. 말을 듣지 않는다며 벌을 주기도 했고 한 번은 때리기도 했다.

"당연히 나는 반발했어. '저는 어머니처럼 되고 싶지 않습니다' 라고 말야. 그 이후로 어머니와는 거리가 멀어져서 말도 제대로 안 붙이고 그저 정신 없이 검만 휘둘렀어. 덕분에 나라 제일의 검사로 불릴 정도까지 되었지."

하지만 마물의 대량발생으로 양친은 죽고 나라는 멸망했다.

"너는 조급하다고 했지만 시간은 기다려주지 않아. 눈 깜짝할 사이에 소중한 것들은 사라져."

앨윈은 그리운 듯 자신의 손을 바라보았다. 그 눈에는 잃어버린 것들의 환상이 보이고 있을 것이다.

"한 가지 물어봐도 될까?"

나는 침묵을 깨고 말했다.

"결국 어머니는 너를 인정해줬어? 네가 싸우는 것을."

"글쎄?"

앨윈은 모호한 표정으로 고개를 저었다.

"내가 검의 수행을 시작할 때 '그 뜻을 잊지 않는다면 언젠가 네 자신의 눈으로 확인하게 될 거야'라고 하신 적이 있었지만 결국 그날은 오지 않았어. 어머니의 진의는 영원히 어둠속이야."

"……."

"어쩌면 듣지 않는 편이 좋았을지 모르겠군."

만약 부정당했다면 앨윈은 다시 일어서지 못했을지 모른다.

"아무튼."

나는 앨윈의 어깨에 손을 얹었다.

"앞으로는 무언가를 하기 전에 나하고 의논부터 해. 나는 네 생명줄이잖아. 너무 무모한 짓을 하면 아무리 튼튼한 게 자랑이라 해도 툭 끊기고 말아."

다른 한쪽 손으로 붉고 윤기 나는 머리카락을 쓰다듬는다. 아까 싸움으로 흐트러졌기에 손으로 다듬어준다. 작은 목소리가 흘러나왔다.

"그래."

앨윈은 자신의 손을 내 손 위에 겹쳤다.

"의지하고 있을게, 매쉬."

그 후 돌아온 길드 마스터에 의해 '이지스'와 '메듀사', 두 파티는 처분을 받았다. 모험자간의 말썽에는 기본적으로 개입하지 않지만 길드 안에서 날뛰면서 의자와 벽 등을 파괴한 것을 질책받았다. 다만 길드 쪽에서도 소집장을 일개 모험자의 명령에 의해 발행했다는 약점이 있는 탓에 길드 마스터의 꿀밤과 벌금만으로 끝났다. 참고로 노엘은 이미 머리가 깨져 있는 탓에 내가 대신 맞았다. 부조리하다.

소집장은 철회되고 파기되었다. 그 후 노엘의 치료와, 나중에 온 에이프릴의 설교, 길드 청소 등을 돕고 있자니 점심이 되었다. '미궁' 공략은 오늘도 중지되었다. 향후 대책을 논의한다는 앨윈을 남기고 집으로 돌아간다. 사탕도 먹였으니 일단은 괜찮을 것이다.

오늘은 벌을 주는 의미에서 가지 잔치다. 파프리카도 추가한다. 남기는 건 용납치 않는다.

집 앞에 와보니 문 위에 흰 종이가 바람에 날려 펄럭이는 게 보였다. 종이를 낚아채듯 집어든다.

3번째 괴문서다.

> 신에게 버림받은 구울 녀석.
> 겁쟁이에게 어울리는 최후를 보여주마.
> 정의의 철퇴를 받도록 해라.
> 태양은 두 번 다시 네 녀석을 비추지 않는다.

발밑을 보니 내가 아닌 발자국이 왔다 간 흔적이 남아 있었다. 나는 한숨을 쉬었다.

아무래도 터무니 없는 착각을 하고 있었던 것 같다.

그날 밤, 원망 어린 시선을 받으며 저녁식사를 마친 나는 앨윈이 잠든 것을 확인하고나서 밖으로 나왔다.

촛불이 든 칸델라를 들고 모서리를 몇 번 돌아 좁은 골목으로 들어간다. 얼마간 나아가자 길 위의 신사들이 길가에 누워있는 게 보였다. 이 근처는 신사의 사교장인 것이다. 내가 다가가자 거미 새끼 흩어지듯 도망쳤다. 그 한구석에 한 명의 신사가 도망치지도 않고 지친 듯 웅크려 있는 게 보였다. 바지는 길게 늘어나 있고 소매와 옷깃도 뜯겨나갈 것처럼 해져 있다. 집단 린치라도 당한 것인지 불빛을 비춰보니 얼굴에 파란 멍이 들어있는 게 보였다.

"괜찮아?"

"아, 응."

아직 젊은 남자다. 내 얼굴을 보고 악마라도 만난 것 같은 얼굴을 했다.

"왜 그러지? 지나치게 미남이라 허리 힘이라도 빠진 건가?"

신사의 얼굴에서 비지땀이 흘러내렸다. 나는 칸델라를 옆에 내려놓고 그 녀석 어깨에 손을 얹었다.

"내 집에 시덥잖은 종이를 남기고 간 건 너지?"

"무, 무슨 소리를."

반론하기도 전에 나는 녀석의 발목을 붙잡고 뒤집었다. 발바닥에는 하얀 가루가 묻어있었다.

"현관 앞에 잘게 부순 조개껍질을 뿌려놨어. 여기 묻어 있는 것처럼 말이지."

신사의 얼굴에 동요와 공포가 떠올랐다.

"어, 어떻게?"

"알았느냐고? 간단해. 세 장 모두 우리들이 집에 없을 때 놓고 갔어. 다시 말해 우리들을 어딘가에서 감시하고 있었다는 말이지."

이웃들은 신분이 확실한 사람들뿐이기에 감시 장소로 가장 좋은 것은 길바닥이다. 다시 말해 범인은 노상의 신사라는 것. 어느 정도 대상을 좁히면 그후엔 간단하다. 위병들에게 물어보면 된다. 최근 우리집 근처에서 구걸을 하려 했던 '촌뜨기'를 모르냐고 물었더니 세력권이나 구걸을 할 수 있는 장소 같은 신사의 기본 매너도 모르는 신참이 있다는 걸 알았다.

"네 목표는 나지? 그래서 여기까지 온 거야."

그렇다. 그 괴문서는 모두 나에게 보낸 거였다. 처음 봤을 때 앨윈이 자신에게 보낸 것으로 착각했기에 나도 그런 줄 알았지만 잘 읽어보니 과거의 나에게도 통용되는 문장이었다. 특히 '신에게 버림받은'이라든지 '태양은 두 번 다시 비추지 않는다' 같은 구절은 나한테 더 잘 맞는다.

"본 적 있는 얼굴이네. 내가 전에 손봐준 녀석의 친척인가?"

"'곰 사냥꾼' 데일의 동생이야."

무서운 별칭이지만 들어본 적이 없다. 죽인 사람의 이름을 모두 파악하는 건 불가능에 가까우니 말야.

"나는 형님을 죽인 너를 쭉 찾고 있었어. '태양신의 탑'에서 신의 분노를 산 후 모험자를 은퇴했다는 소문을 듣고나서 쭉 말야. 그리고 요전번 시장에서 노인을 대신해 걷어차이고 있는 너를 발견했어."

그게 영웅적인 행위로 보였던 모양이다. 양아치들에게 손도 발도 못 내밀었는데.

"그래서 내 뒤를 밟아 집까지 알아냈지만, 쳐들어갈 근성은 없어서 시답잖은 시로 공격을 한 거군."

어깨를 잡고 있는 손에 힘을 주자 신사의 몸이 움찔 떨렸다.

형님의 원수를 뒤쫓아온 것 치고는 실력도 배짱도 없다. 자세히 보니 얼굴에 기품도 있다. 좋은 집안에서 태어난 것이리라. 복수는 친형제나 친척에 대한 의리때문인가?

"나, 나를 죽일 생각이야? 좋아. 죽여. 각오는 되어 있어."

"손을 내밀어 봐."

떨리는 목소리로 허세를 부리는 신사의 손에 작은 지갑을 올려놓았다. 주둥이를 열어놨기에 은화와 동화가 부딪히는 소리가 난다.

"고작 종이 두세 장 가지고 죽일 만큼 나는 속이 좁은 남자가 아니야. 손을 더럽힐 가치도 없고. 이 돈을 줄 테니까 고향에 돌아가는데 써. 그리고 이것도 줄게."

건넨 것은 칼집에 꽂힌 나이프다.

"고급품은 아니지만 요즘은 어수선하니 말야."

그렇게 말하고 나는 일어섰다.

"다음에 또 발견되면 목숨은 없으니까 얼른 돌아가."

칸델라를 들고 원래 왔던 길을 돌아간다. 열 발짝 정도 걸은 후에 돌아보니 젊은 신사가 지갑을 들고 눈물을 닦으면서 일어나 나에게 일례했다. 그후 내게 등을 돌리고 천천히 걷기 시작했다.

그 등을 향해 나는 말했다.

"그 나이프는 잘 갈아두었으니까 칼집에서 뺄 때는 조심해야 돼."

신사가 돌아본 순간 옆에서 검은 그림자가 덮쳤다. 함께 쓰러지더니 거친 숨소리를 내며 신사의 바지를 붙잡고 지갑을 빼앗으려 한다. 동업자다.

"비켜! 꺼지란 말야!"

신사는 필사적으로 지갑을 지키려 해봤지만 그 옆에서 다른 동업자가 나타났다. 신사의 얼굴을 걷어차더니 두세 대 더 때린다. 짐승 같은 목소리가 났다. 칼집에서 나이프를 뽑으려고 했을 때 세 명째가 나타났다. 신사의 양팔을 붙잡고 못 움직이게 한다. 두 명째가 골목 그늘에서 커다란 돌을 가져오더니 양손으로 크게 치켜들었다. 무딘 소리가 몇 번이고 이어졌다. 신사의 다리가 얻어맞을 때마다 경련한다. 신발 바닥에서 조개껍질 파편이 후두둑 떨어지는 게 보였다.

움직이지 않게 되자 동업자들은 지갑과 나이프를 챙겨들고 골목 안으로 사라졌다.

동요한 것처럼 보이도록 일부러 비틀거리면서 다가간다. 들여다보니 신사는 죽어 있었다.

"이럴 수가~. 미안해. 설마 이렇게 될 줄이야~."

나는 무릎을 꿇고 통곡하는 시늉을 했다. 돈을 가진 촌뜨기를 순순히 보내줄 만큼 이 도시의 신사 제군들은 무르지 않다. 돈만이라면 그냥 빼앗는 것만으로 끝나지만 무기를 가지고 있으면 신사 제군들도 보다 과격해진다. 다치고 싶지 않고 죽고 싶지 않은 것은 누구나 같다.

손을 더럽힐 가치는 없지만 그대로 고향으로 돌려보내 내가 살아있다는 게 알려지면 곤란하다. 무엇보다 공주기사님의 마음을 어지럽힌 죄는 무겁다. 살아남을 수 있는 기회는 주었다. 이 녀석은 선택을 잘못했고 운이 없었다. 그뿐이다.

"미안해~. 용서해줘~."

대극장에서 했다면 기립박수가 틀림없을 명연기를 피로한 후 나는 슬픈 척 귀로에 올랐다.

다음날 밤. 나와 앨윈은 저녁을 먹고 있었다. 참고로 메뉴는 가지와 다진고기 볶음, 가지 초절임, 가지 토마토 오이 샐러드이다.

"오늘로 마지막이니까 얼른 먹어."

"이미 평생 먹을 거 다 먹었어….."

진절머리를 내는 얼굴로 앨윈은 고개를 떨구었다. 항상 가지만 남기는 주제에.

"배 부르게 먹고 힘을 비축하지 않으면 싸울 수 없다고."

노엘의 부상도 양호하기에 내일부터 다시 '미궁'에 들어가기로 했다. 괴문서에 대해서도 과거의 나에게 원한이 있는 자의 범행이었고, 돈을 건넸더니 만족하고 돌아갔다고 말해두었다. 거짓말은 하지 않았다. 도시를 나가기 전에 살해당했을 뿐.

"오히려 힘이 더 빠질 것 같아."

공주기사님의 투정에도 아랑곳 않고 가지를 입으로 가져가려 했을 때 문을 노크하는 소리가 들렸다.

"내가 나갈게."

고귀한 신분에게는 있을 수 없는 기세로 일어서더니 만면의 미소로 현관으로 향한다. 식사 중인데 칠칠맞다. 나도 뒤를 따랐다.

"큰일입니다, 공주님."

문을 열어보니 허둥대는 모습의 노엘이었다. 또냐?

"무슨 일이야? 또 그 자매가 쳐들어 온 거야?"

"정답."

목소리와 함께 문이 활짝 열렸다. 그곳에는 같은 얼굴이 두 개. 세실리아와 베아트리스의 마렛 자매다. 어제 앨윈에게 두들겨 맞았을 때는 얼굴이 두 배 가까이 부어 있었는데 완전히 원상태로 돌아와 있다.

"무슨 용건이지?"

"마무리를 지으러 왔어."

그러면서 베아트리스가 앨윈에게 건넨 것은 비싼 와인이었다.

"물론 독 같은 건 들어있지 않으니까 안심해. 어제는 미안했어. 솔직히 너에 대해 오해하고 있었거든. 공주님이라고 하길래 건방진 새침떼기인 줄로만 알았는데 상당히 거칠더라고. 그 펀치는 진짜 셌어. 끝내줬다고."

"아, 응."

흥분한 표정으로 단숨에 말해와서 앨윈도 당혹스런 표정이다.

"거기 있는 꼬맹이도 머리를 깨뜨려서 미안해. 다음에 한 턱 낼게."

세실리아도 가벼운 어조지만 사과를 입밖에 냈다.

"일단 합동 파티에 대해선 보류해도 좋아. 나중에 마음이 바뀌면 연락하라고. 언제든 대환영이니까."

"그 말을 믿으라는 겁니까?"

노엘이 옆에서 의문을 제기했다. 어제 거하게 싸웠는데 갑자기 화해를 해오는 게 믿기지 않는 것이리라. 하지만 대답은 간단하다.

"나는 강한 아이를 좋아하거든."

베아트리스도 모험자이기 때문이다. 실력을 보여주면 얕보는 태도가 사라지고 상대에 대한 경의와 존경이 생겨난다. 힘의 신봉자이자 숭배자. 그것이 모험자다.

"당신도 같은 생각인가요?"

"비가 좋다면 나는 상관없어."

노엘의 질문에 세실리아는 애먼 곳을 바라보면서 대답했다. 납득하지 않았다기보다는 따분하다든지 아무래도 좋은 것처럼 보인다. 앙심 같은 건 없는 것 같다. 그렇다면 나도 손을 댈 생각은 없다. 이런 상황에서 죽이면 앨윈이 용의선상에 오를 수도 있고.

"우리들이야말로 미안했어. 먼저 손을 댄 것은 이쪽이니까 사과할게."

"죄, 죄송했습니다."

앨윈이 고개를 숙이자 노엘도 뒤늦게 사과했다.

베아트리스가 웃으며 손뼉을 쳤다.

"그럼 이것으로 화해한 거야. 다음부터는 서로 친하게 지내자고."

"무리 아냐? 보물은 하나뿐인데."

"원참, 시시는 솔직하지 못하다니깐."

"비가 너무 착한 거야."

세실리아가 베아트리스를 뒤에서 껴안았다.

"관대하고 자비로우며 포용력이 있어서 마치 할머니의 배같아."

여동생 어깨에 턱을 올리고 달콤한 목소리를 낸다.

"이제 됐잖아. 나 이제 마시러 가고 싶어."

"원참, 시시는 내가 없으면 아무것도 못 한다니까."

어쩔 수 없다는 듯 언니의 머리를 쓰다듬는다.

"일단 우리들은 다시 내일부터 '미궁'에 들어갈 거야. …잊지 마. '천년백야'를 공략하는 것은 우리들이라는 걸."

씨익, 자신만만하게 웃더니 등을 돌린다.

"그럼 또 만나자고."

"세실리아 마렛. 베아트리스 마렛."

이름을 불린 자매가 함께 돌아보았다.

"합동 파티는 거절하지만 공동작전 쪽이라면 생각해볼 수도 있어. 물론 배분은 반반이야."

생각해두겠다면서 베아트리스는 다시 등을 돌렸다. 세실리아도 여동생을 안은 채 주정뱅이 같은 걸음걸이로 부지 밖으로 나간다.

"그럼 식사를 계속하기로 할까. 노엘도 먹고 갈래?"

"이미 끝마치고 왔으니 개의치 마시길. 그보다 공주님, 내일 탐색에 대해서인데요…."

앨윈과 노엘이 내일 '미궁' 탐색에 대해 의논을 시작했기에 나는 식당에서 저녁 식사를 재개할 준비를 해두었다.

　얼마 있자 문이 닫히는 소리가 났다. 돌아온 앨원은 기분 좋게 웃고 있었다. 기분이 나쁠 만큼.

　"노엘한테서 들었는데 며칠 전 남쪽 시장에서 노인을 지켜줬다면서?"

　"아, 으응."

　모호하게 대답하면서도 심장이 덜컥 내려앉았다. 알려지면 안 될 인물에게 질문을 받았기 때문이다. 노엘 녀석, 쓸데없는 짓을. 이러다 최악의 사태로 발전하면 어떻게 하지?

　"그건 좋아. 훌륭했어, 매쉬. 칭찬해줄게. 하지만 왜 나한테는 말 안 한 거지?"

　얼굴을 바짝 붙인다. 키스라면 대환영이지만 아무리 생각해도 목적은 심문이다.

　"말할 것도 없다고 생각해서야. 그저 두들겨 맞기만 했거든."

　"그럼 그 노인한테서 답례로 보라색의 그것을 받은 것 또한 말할 것도 없어서였나?"

　눈앞이 캄캄해진다. 어둠 저편에 처형대가 떠올랐다.

　"아니, 그건 말이지."

　"그 모습을 보고 있던 사람들한테서도 고기와 다른 채소를 받았다면서? 인기가 많네."

　"……."

　"문제는 말야. 대량의 그것과 기타 여러가지 것들이 공짜라면 붕 뜬 재료비는 대체 어디로 갔을까? 쓰지 않고 아직 가지고 있는 건 아니겠지?"

처형대에 묶였다. 이제 처형인이 도끼를 내려치기만 하면 매쉬 씨의 목숨은 끝난다.

"솔직히 이야기해. 어디다 썼어?"

여기까지 오면 거짓말이나 얼버무림은 통하지 않는다. 각오를 굳힐 수 밖에 없었다.

"…누님이 있는 곳. 시장에서 있어난 일을 보고 있었는지 싸게 해 준다고 하길래."

"다시 말해 너는 무료로 손에 넣은 그것을 나한테 먹이고, 아낀 돈으로 그 여자와 잤다는 건가."

그랬었군. 앨윈은 연신 고개를 끄덕였다. 내 뇌리에 처형인의 도끼가 힐끔거렸다.

"그래서 어땠지?"

여기서 나는 조금이라도 비위를 맞추는 말을 해야 할 것이다. 별것 아니었다든지, 네가 더 훌륭하다든지. 조금이라도 살아남는 노력을 해야 했지만 특유의 뒤틀린 성격이 내 이성을 가로막았다.

"굉장히 좋았어."

거울을 보았다면 나는 만면의 미소를 떠올리고 있었을 것이다.

"그래. 좋았구나."

"응."

"그렇군."

앨윈은 웃기 시작했다. 나도 함께 웃었다. 두 사람의 웃음소리가 식당에 울려퍼졌다.

이윽고 웃음소리가 멈췄다. 앨윈은 눈에 맺힌 눈물을 닦고 큰 한숨을 내쉬더니 내게 몸을 돌렸다.

"매쉬."

"왜?"

"지옥으로 떨어져."

공주기사님이 친히 처형을 집행하셨다.

그후 무슨 일이 있었는지는 이야기하고 싶지 않고, 이야기할 생각도 없다. 그러니까 떠올리게 하지 마.

일단 나는 살아 있다는 것만 알아줬으면 한다.

이번 일에서 굳이 교훈을 찾는다고 하면 자기 자신조차 마음대로 안 되니까 이 세상이 마음대로 안 되는 것은 당연하다는 것이다.

그렇다고 흘러가는 대로 사는 것은 보람이 없다.

머리라도 조아렸다간 짓밟힐 뿐이다.

그후 나는 싫을 만큼 그것을 체감하게 되었다.

다름 아닌 주정뱅이 태양신과 '미궁' 때문에.

제5장 성직자의 변절

우여곡절은 있었지만 앨윈의 '이지스'는 '천년백야' 내부를 계속 나아가고 있다. 마렛 자매와 다른 녀석들도 뒤질세라 '미궁'에 도전하고 있다.

활기가 있는 곳은 최전선뿐만이 아니다. 실력자들이 활약하면 밑에 있는 녀석들도 분위기에 휩쓸려 자신도 할 수 있다며 도전하게 된다.

덕분에 길드는 매우 바쁘다. 직원들도 모험자 응대와 의뢰 수주로 분주하게 뛰어다니고 있다. 에이프릴도 그들을 돕기 위해 글자를 읽지 못하는 녀석들의 대필에, 심부름과 배달 등 이곳저곳에서 활약하고 있다.

그래서 기둥서방의 손이라도 빌리고 싶다며 관계없는 나까지 동원되는 사태가 벌어졌다. 등에는 자루, 양팔에는 손가방을 들고 짐꾼 일을 수행중이다.

"매쉬 씨는 뻔질나게 길드를 드나들고 있으니 직원이나 다름없잖아."

갈색 자루를 든 채 에이프릴이 입술을 뾰족거렸다. 이렇게 큰길을 나란히 걷고 있으니 언뜻 부녀지간처럼 보일 것 같군. 실제로는 아가씨와 그 하인이지만.

"어차피 술만 마시고 있는데, 짐꾼 일 정도는 해도 괜찮잖아."

"공짜로?"

"그렇다면 그런 사기를 치지 말고 고분고분 일하면 되었다고."

아직도 그 일에 앙심을 품고 있는 건가. 하지만 데즈의 부하는 되고 싶지 않다. 녀석은 인정사정이라는 것을 모르니 말야.

"애당초 매쉬 씨는…."

계속해서 에이프릴이 푸념을 늘어놓으려고 했을 때 발밑이 휘청였다. 나는 덮치듯 꼬맹이의 머리를 억눌렀다.

"움직이지 마. 머리를 낮추고 웅크려."

땅울림과 함께 주위 건물이 잘게 흔들린다.

지진이다.

주위에서 외침소리가 터진다. 돌벽에 금이 갔다.

지붕의 기와가 흘러내려 눈앞에서 깨졌다. 에이프릴이 자루를 떨어뜨리고 머리를 감싸안으며 비명을 질렀다.

"괜찮아. 안 맞을 거야."

이곳은 길 한복판이라 양옆에 있는 건물과 떨어져 있다. 건물이 통째로 쓰러지지 않는 한, 문제 없을 것이다. 이 정도라면 금방 진정될 테고.

예상대로 조금씩 흔들림은 작아지다 이윽고 완전히 멈추었다. 안도의 분위기가 주위를 감싼다.

"이제 일어서도 좋아. 무서웠지?"

"응, 고마워…. 이제 괜찮아."

말과는 달리 얼굴이 창백하다.

"오늘은 그만 돌아가자. 분명 길드 쪽에서도 난리일 거고, 할아버님도 네가 돌아오기를 학수고대하고 있을 거야."

갈색 자루를 집어들고 걷기 시작한다. 에이프릴은 종종걸음으로 내 옆에 나란히 서더니 양손으로 내 소매를 잡았다. 짐을 들기 힘들어졌지만 나무랄 만큼 눈치가 없지는 않다.

길가에 있는 가게에서는 뒤집어진 물건들을 선반에 올려놓고 떨어진 기와와 무너진 벽의 파편을 치우고 있다. 놀라 쓰러진 사람과 떨어진 기와에 다친 사람도 있는 듯하지만 사망자는 없는 것 같다.

"방금 것은 컸었네."

에이프릴이 작게 말했다.

"그래, 지리는 줄 알았어."

"얼마 전에도 큰 게 왔었고, 그제도 일어났었잖아. 어째서지?"

"자연재해는 예측할 수 없으니 말야."

지금까지 일어나지 않았던 일이 내일 일어날 수도 한다.

"하지만 만약 자연재해가 아니라면 성가셔지게 될 거야."

"뭐가 성가신데?"

"'스탬피드'."

마물의 대량발생 사건을 말한다. 원래는 좀더 긴 이름이지만 일반적으로는 '스탬피드'라 불리고 있다. 마물이 먹이를 찾아 대이동하거나 공황에 빠져 폭주하는 게 원인이라고 한다.

세계 어디에서나 일어날 수 있는 현상이지만 이게 '미궁'에서 유래하는 거라면 위험도가 단숨에 치솟는다. 마물의 대량발생 자체는 같지만 '미궁'의 대부분은 주위에 도시가 형성되어 있기에 '미궁도시'라 불리고 있다. 도시 한복판에서 마물이 흘러넘친다면 그곳은 지옥이 된다. 희생자의 숫자는 차원이 달라진다. '미궁'에서의 '스탬피드' 징조로 여겨지는 것이 바로 지진이었다.

"'미궁도시'는 이곳처럼 도시 주위를 성벽으로 둘러싸고 있는데 왜인지 알아?"

"밖에서 마물이 못 들어오게 하려고?"

"그 반대야." 나는 고개를 저었다. "안에서 흘러나온 마물을 가두기 위해서지."

그래서 '미궁도시'의 성벽에는 석궁 발사대와 투석기가 안과 밖 양쪽에 설치되어 있다.

"그밖에도 성벽을 여러 겹으로 쌓는다든지, 대로에 설치한 문으로 구획을 나눠서 밖으로 못 나오게 하고 있어. 이곳은 마물의 감옥이기도 한 거야."

"하지만 그럼 도시 안에 있는 사람은…."

"일단 피난 권고는 하지만 말야. 대피가 늦으면 그것으로 끝이겠지."

"그런…."

에이프릴이 입을 손으로 틀어막았다. 마물이 확산되면 피해는 더 커진다. 그걸 막기 위해서라면 희생은 어쩔 수 없다고 높으신 분들은 생각하고 있다. 이 도시에…, '미궁도시'에 산다는 것은 그런 것이다.

"하지만 '그레이 네이버'에는 구획을 나누는 문 같은 건 없지 않아?"

"없지."

이 도시가 생기고나서 몇 년이나 지났는지 모르지만 '스탬피드'가 일어났다는 이야기는 듣지 못했다. 그 때문인지 다른 도시보다 대책은 뒤쳐져 있다.

문으로 구획을 나누고 있지도 않고, 도시를 에워싸고 있는 벽이 두껍긴 하지만 하나뿐이다. 그런 설비가 갖춰지기 전에 발전해버려서 구획정리가 생각대로 진척되지 않아서 그렇다는 이야기를 들은 적 있지만 아마 명목상의 이유일 것이다. 돈과 수고를 들이기 아까웠을 뿐이다.

"그럼 만약 '스탬피드'가 일어난다면…."

"그것으로 끝이겠지."

나는 불안한 듯한 꼬맹이의 머리를 쓰다듬었다.

"도착했어."

눈앞에는 모험자 길드의 문이 있었다. 아니나 다를까 지진의 영향으로 어수선한 듯하다.

"일단 나는 저쪽에 짐을 내려놓을 테니까 너는 건물 안을 부탁할게. 또 지진이 일어나면 곧바로 테이블 밑에 숨어. 도망치는 것은 흔들림이 진정된 후에 생각하고."

아직 불안은 가시지 않은 듯했지만 마음을 다잡은 듯 고개를 끄덕인다.

"그리고 아까 이야기는 다른 데서 안 하는 게 좋아. 확증이 없는 이야기니까."

도시가 위험하니 뭐니 이상한 소문을 퍼뜨렸다며 위병들에게 혼나는 것은 사양하고 싶다. 에이프릴은 무사하더라도 나는 감옥행 확정이다.

"특히 앨윈 앞에서는 '스탬피드' 이야기는 절대 하지 마. 부탁할게."

"알았어. 하지만 왜?"

나는 잠시 망설인 후 한숨을 쉬고나서 말했다.

"그녀의 고향을 멸망시킨 마물들도 '스탬피드'가 원인인 것으로 알려져 있거든."

맥터로드 왕국은 마물들의 대군에 의해 멸망당해 그녀는 나라를 잃었다.

그럼 그 마물들은 어디서 왔을까?

게다가 마물들은 지금도 그 자리에 계속 머무르며 나라 밖으로 나올 낌새가 없다.

맥터로드 왕국 주위가 산악지대로 둘러싸여 있는 탓이라고들 하지만 확증은 없다.

정확한 것은 아직까지도 불명이지만 가장 유력한 것이 '스탬피드' 설이다.

맥터로드 왕국에는 발견되지 않은 '미궁'이 있었고, 그것이 무언가의 원인으로 폭주해서 '스탬피드'를 일으켰다. 왕도를 멸망시키고 온나라를 짓밟았다.

다만 이 설도 이것저것 수상한 점이 많다. '스탬피드'는 어디까지나 일시적인 현상이다. 시간이 지나면 마물들도 진정되어 원래 서식처로 돌아간다. '미궁'에서 유래된 것이라면 대부분 원래 '미궁'으로 돌아가는 것으로 알려져 있다. 하지만 맥터로드 왕국에서는 지금도 마물들의 대군이 계속 배회하고 있다.

확인해보고 싶어도 마물들의 대군에 뛰어들 만큼 무모한 녀석은 없다. 있었을지도 모르지만 돌아온 녀석은 없을 것이다.

결국 진상은 어둠속이다.

"그럼 혹시 이 도시도 맥터로드 왕국처럼."

"내 나라가 어떻다고?"

갑자기 뒤에서 말을 걸어왔다. 돌아보니 우리들의 공주기사님이 귀환해 있었다.

"여, 어서 와. 무사한 것 같아서 다행이네."

"음." 앨윈은 고개를 끄덕였다.

"아, 맞다. 아까 굉장한 지진이 있었는데 앨윈 씨는 괜찮았어?"

"아니, 나는 딱히 아무것도 못 느꼈어. 지상은 상당히 흔들렸던 것 같지만."

에이프릴의 질문에 주위를 돌아보면서 침통한 표정으로 말한다.

"그보다 맥터로드가 어땠다는 거지?"

에이프릴이 당혹스러운 듯 시선을 떨궜다. 망국의 공주기사님에게 뭐라고 해야 될지 모르는 것이리라. 그래서 거들어주기로 했다.

"아까 이 애랑 이야기를 했거든. 네 나라가 어떤 곳인가 하고."

산으로 둘러싸인 소국이라 나도 가본 적은 없다. 몇백 년이라는 역사는 있지만 이렇다 할 특산품과 관광지도 없다고 한다. 유명한 것이라고 하면 '진홍의 공주기사' 님 정도일 것이다.

"좋은 곳이야."

앨윈은 웃는 얼굴로 말했다.

"빈말로도 풍요롭다고 할 순 없지만 작물은 풍성했고 굶는 사람이나 범죄도 적었지. 호수는 반짝였고 숲은 자상했으며 마을은 빛나고 있었어. 내가 사랑하는 고향이야."

그리운 듯 이야기하는 그녀의 얼굴이 갑자기 사납게 변했다.

"그렇기에 반드시 되찾을 거야. 무슨 일이 있어도. 무슨 일을 해서도."

"얼굴이 무서워. 자 자, 진정하라고."

뒤에서 어깨를 주물러준다. 어깨 보호대 너머이기에 마사지 효과
는 없는 거나 다름없지만 무슨 말을 하고 싶은지는 전해진 듯하다.

앨윈은 미소짓더니 에이프릴의 손을 잡았다.

"또 묻고 싶은 게 있으면 언제든 물어봐. 아, 언젠가 재건이 이루
어진다면 에이프릴을 초대할게. 그때는 내가 안내하겠어."

"정말?"

에이프릴의 얼굴이 환해졌다.

"약속할게."

"응."

그후 앨윈은 용건이 있다면서 에이프릴과 함께 길드 건물로 향했
다.

"이봐, 매쉬."

짐을 내려놓고 먼저 돌아가려고 했을 때 길드 직원이 불러세웠
다.

"길드 마스터가 너를 부르고 있어."

"우리 손녀에게 묘한 지식을 피로한 모양이더군."

"그런 걸로 일일이 나를 불러낸 거야?"

정보가 빠르다. 호위라는 이름의 감시역을 붙여놓은 이상, 당연
한 일인가?

눈앞에 있는 것은 60대 노인이었다. 이름은 그레고리. 우락부락
한 얼굴이지만 실제로는 더 무시무시하다. 모험자 길드의 길드 마

스터이자 에이프릴의 할아버지.

손녀에게는 무르지만 모험자들은 악마처럼 두려워 하는 존재.

"실제론 어때? '스탬피드' 대책은 하고 있어?"

'미궁' 출입구는 모험자 길드 바로 코앞에 있다. 마물이 튀어나오면 이곳이 최전선이 된다.

"일단 감시 인원은 늘렸고, 사태가 발생했을 때를 대비해 농성 준비도 해두고 있어. 식량 비축도 두 배로 늘릴 예정이고."

"언 발에 오줌누기잖아."

임시변통으로 버틸 수 있을 만큼 '스탬피드'는 호락호락하지 않다.

"솔직히 말하면 내가 이곳에 처음 왔을 무렵에 그런 이야기가 나온 적이 있었지."

"호오."

"당시의 영주도 나라에 요청해 예산을 받았다고 하는데, 어느 틈엔가 흐지부지되고 말았지. 돈도 어딘가로 사라져버렸고."

있을 만한 이야기다.

"언제 일어날지 알 수 없는 일에 돈을 쓸 수 없다는 게 본심이겠지. 자신의 시대만 무사히 넘기면 되는 거야."

뒷일은 뒷사람이 알아서 하라는 말이로군.

"그래서 그 대가를 지금 우리들이 치러야 할지도 모른다는 건가."

"네가 어떻게 할 수라도 있는 거야? 응? 기둥서방 따위가 말이지."

길드마스터는 코웃음쳤다.

"기껏해야 공주님의 엉덩이를 쓰다듬는 정도가 고작일 테지."

"방금 말을 손녀 앞에서 다시 한번 해보라고."

아무리 할아부지라도 미움을 받을 것이다.

"네가 다른 사람에게 설교할 수 있는 입장이냐?"

"모르는 거야? 나 이래봬도 시골에선 신앙심 깊은 남자로 통하고 있었다고."

"아아, 그 말을 들으니 생각나는군."

길드 마스터는 나른한 듯 의자에 몸을 기댔다. 등받이가 비명을 지른다.

"너를 만나고 싶다는 기특한 분이 찾아오셨다. 널 부른 것은 그쪽이 메인이야."

"미인에 가슴이 크고 달아오른 몸을 주체못하는 30대 미망인이라면 대환영인데."

"미안하지만 네 기대와 달리 몸가짐이 바르신 분이야."

문을 노크하는 소리가 났다. 직원이 문을 열어주자 낯익은 얼굴이 방에 들어왔다.

"또 만났군."

가슴에 걸고 있는 대지모신의 문장이 반짝 빛났다. '인퀴지터' 저스틴은 내 눈앞에 오더니 정중하게 일례했다.

"나는 만나고 싶지 않았는데 말야."

확실히 몸가짐은 바르겠군. 아마 동정일 테니.

"요전번에는 실례했다. 늦겨졌지만 무례를 저지른 것에 대해 사과하도록 하지."

저스틴은 고개를 숙인 채 사죄의 말을 입밖에 냈다.

"그리고 귀하에게 부탁하고 싶은 게 있다."

여기서부터는 둘이서만 이야기를 하고 싶다고 하기에 모험자 길드의 방으로 데려왔다. 며칠전 옆방에서 앨윈과 밀담을 나눴던 참이다. 지금은 수상한 승려와 단둘이지만.

"이야기라는 건 뭐지?"

승려와 좁은 방에서 단둘이 있으니 엉덩이의 정조를 노리고 있다고밖에 생각되지 않는다.

"며칠전 그 전신갑옷은 기억하고 있겠지?"

잊을 리 없다. '베레니의 성해포'를 노리고 내 앞에 나타났다가 저스틴에게 쥐어터진 녀석이다. 하지만 안은 텅 비어 있었고 남은 것은 기묘한 점액뿐이었다. 게다가 그후 어디서 냄새를 맡고 왔는지 글로리아의 방에서 진짜 '베레니의 성해포'를 훔쳐갔다.

남겨진 갑옷도 조사했지만 아주 평범했다. 정체는 아직도 불명인 상태다.

"녀석이 왜 '베레니의 성해포'를 원하고 있었는지 알고 있나?"

"원래 몸으로 돌아가고 싶다느니 어떠니 한 것 같은데."

"녀석의 정체는 '태양신'의 '전도사'다."

아주 잠깐 호흡이 멈추었다. 기분 나쁜 녀석이라고는 생각했는데 아니나 다를까였다. 그런 줄 알았으면 때려죽였을 텐데.

"목적은 알고 있어. 이 도시의 '미궁'을 자극해서 '스탬피드'를 일으키기 위해서야."

"무엇을 위해?"

"'스탬피드' 직후엔 '미궁' 내의 마물 발생률이 평소보다 떨어지거든. 출몰하는 마물도 약체화된다고 하고."

"다시 말해 '성명결정'을 노리기엔 안성맞춤이라는 건가."

"그런 셈이지." 저스틴은 고개를 끄덕였다.

"'스탬피드'가 일어나면 당연히 많은 희생자가 발생해. 나는 그것을 저지하기 위해 이 도시에 온 거야. 가능하면 비밀리에 끝내고 싶군."

그건 그럴 것이다. 섣불리 이야기하면 혼란을 초래하니까.

"댁은 어떻게 그것을 알았지? 설마 교회 회보나 전단지에 적혀 있는 건 아닐 테고."

"며칠 전 태양신의 신도를 붙잡았거든. 그 남자한테서 들은 정보야. '솔 마그니'라고 했던가? 그곳 교주가 '계시'를 받았다더군."

태양신은 자신의 수하에 어울리는 녀석을 골라 '계시'라는 형태로 지시를 내리고 그걸 위한 힘을 부여하고 있다.

"'베레니의 성해포'를 입수한 이상, 놈들은 계획을 진척시킬 생각이야. 여유는 없어. 어떻게든 찾아내서 그 전신갑옷을 해치워야 해."

그렇군. 일단 말의 앞뒤는 맞고 있다.

"그걸 막고 싶다는 것은 알겠지만 왜 나한테 이런 이야기를 하는 거지? 알고 있잖아? 나는 최저 최악의 기둥서방이라는 걸."

"나는 이곳 지리를 잘 몰라서 말이지. 낯선 땅에 숨어 있는 괴물을 찾아내기는 무척이나 어려워."

"최소한의 인상착의도 모르는 거야?"

"의미가 없어."

뭐 그 갑옷 차림으로는 그렇겠지.

저스틴은 방 안을 둘러보며 말했다.

"그리고 태양신을 증오하는 귀하라면 기꺼이 협력해줄 거라 생각해서다. '자이언트 이터' 마듀카스."

"그것은 대지모신의 계시인가?"

저스틴은 분한 듯 입술을 일그러뜨렸다.

"나에게도 나름의 눈과 귀가 있다는 거야."

"아무래도 누군가와 착각하고 있는 모양이지만, 뭐 좋아."

나는 말했다.

"협력은 해줄 수도 있어. 물론 그에 상응하는 보수는 받을 거야. 설마 신에 대한 봉사와 헌신은 무상으로 해야 한다고 하지는 않겠지?"

저스틴은 내 눈앞에 금화가 든 주머니를 내려놓았다.

"며칠전 값비싼 지출을 할 예정이었지만 필요없어졌어. 발견하면 알려주도록 해. 이것을 전부 줄 테니까."

나는 휘파람을 불었다.

"대체 몇 명의 신자를 속이면 이렇게나 벌 수 있는 거야?"

"싫으면 다른 녀석을 알아보도록 하지."

"농담이야. 위대한 대지모신을 위해서인데 기꺼이 받아들여야지."

저스틴은 불쾌한 듯 눈살을 찌푸렸다. 하지만 곧 마음을 다잡고 금화 주머니에 손을 쑤셔넣었다.

"선금이야."

한 웅큼 쥐어서 건네다니 호쾌한 분이시군.

"나머지는 그 전신갑옷을 붙잡은 후에 주도록 하지. 부탁한다."

보수까지 준다니 거절할 이유도 없다. 어찌됐건 토사물 범벅인 태양신 관련이라면 뭐가 되었든 때려부숴야 한다. 하수도를 기어다니는 그것 같은 것이니 말야. 그리고 롤랜드의 이야기로는 앞으로도 이 도시에 '전도사'가 찾아온다고 했으니 조금이라도 정보를 모아두고 싶다.

다음날부터 나는 전신갑옷의 본체를 찾기 시작했다. 일반적으로 생각하면 도시 안에서 얼굴도 모르는 한 명의 남자를 찾아내는 것은 불가능에 가깝다. 하지만 아무것도 안 하면 아무것도 안 된다.

일단은 단서부터 찾아보자.

찾아간 곳은 도시 문에 있는 위병 대기소였다. 시간 절약을 위해 약간의 정보료를 주자 이야기가 술술 흘러나왔다. 도시 출입구에 있는 문은 동서남북으로 4개 있다. 사람의 왕래가 많은 남쪽 동쪽 서쪽을 차례로 돌면서 물어보았지만 전신갑옷인 듯한 인물이 지나갔다는 증언은 없었다.

"그런 녀석이 있었다면 분명 기억하고 있을 거야."

전쟁 중도 아닌데 머리부터 발끝까지 온몸을 갑옷으로 뒤덮은 기사라면 싫어도 눈에 띌 것이다. 게다가 그렇게나 낡은 갑옷을 입고 있다면 더 튀어 보인다. 다시 말해 기억에 남기 쉽다.

전신갑옷이 문을 통과했다는 증언은 어디서도 듣지 못했다. 돈을 받고 입을 다물고 있다는 낌새도 없다. 하지만 동문에서 화물 검사를 맡는 위병에게서 재밌는 증언을 들었다.

어느 방어구점이 들여온 나무 상자에서 비슷한 갑옷을 봤다고 한다. 혹시나 해서 갑옷 내부도 확인해봤는데 텅 비어 있었다. 아마 문을 통과할 때는 갑옷을 벗었다가 무사히 검문을 통과한 후에 다시 입은 것이리라. 하지만 그것에도 의문이 남는다.

녀석은 어떻게 검문을 통과한 거지? 외견만은 인간인 건가? 아니면 벗어던진 갑옷 안에 남아있던 손끝이 얼얼한 그 점액과 관계가 있나?

불분명한 점도 많았지만 일단 들어온 경로는 알았다.

그래서 다음으로 향한 곳은 갑옷을 들여왔다는 방어구점이었다.

그 방어구점이나 주변에 전신갑옷의 본체가 있을지도 모른다. 검문을 맡았던 위병은 가게 이름을 기억하고 있었다.

그래서 가본 것인데 본체에 관한 증언은 들을 수 없었다. 그 대신 알아낸 것은 그날 벗어던진 갑옷에 대해서였다. 도난당한 것이라고 한다.

"파는 상품이 아니었어. 집에 장식하려고 들여온 거였지."

낡은데다 무거워서 팔 수 없는 탓에 집에 장식하기 위해 지인에게서 양도받은 거라고 한다. 당연히 갑옷을 훔친 범인에 대해서도 물어보았지만 짐작 가는 사람은 없는 듯했다.

"훔칠 거면 좀더 비싸고 운반하기 쉬운 갑옷이 얼마든지 있었는데 이해가 안 돼."

빨리도 벽에 부딪힌 것 같다. 하늘을 올려다보고 싶어졌지만, 그때 머릿속에서 번뜩이는 게 있었다.

"여기 말고 그런 갑옷을 취급하고 있는 가게가 또 있어?"

전신갑옷은 여러가지 방어구 중에서 왜 그 갑옷을 골랐을까? 아마 그게 가까운 곳에 있었고 몸을 완전히 가릴 수 있기 때문이었을 것이다.

그 전신갑옷은 모습을 보이고 싶지 않은 것이다. 벗어던진 갑옷 안쪽에 남아있던 손끝이 얼얼한 그 점액이 원인일지도 모른다.

대지모신 교회의 은신처에서 예전 갑옷을 벗어던진 이상, 새로운 갑옷을 어딘가에서 다시 훔쳐냈을 터.

몇 곳인가의 정보를 듣고 그곳으로 향한다. 3번째 집에서 그럴 듯한 가게를 발견했다. 역시 전과 비슷한 전신갑옷이다. 게다가 요전번 대지모신 교회 바로 코앞에 있었다. 곧바로 가게와 그 주변에서 탐문을 해보았지만 그럴 듯한 목격정보는 없었다. 어딘가로 한 발짝도 나오지 않고 숨어 있거나 한밤중 같은 눈에 잘 안 띄는 시간대에 이동하고 있는 것이리라. 혹시나 숨어 있을 만한 장소는 없는지 물어보았지만 고개를 갸웃할 뿐이었다.

단서가 끊겨버렸기에 길가에서 물을 마시며 휴식한다.

하늘을 올려다보니 흐린 날씨다. 내 빨래를 걷어두길 잘했군. 우리 빨래는 내 것은 내가, 앨윈 것은 세탁꾼에게 맡기고 있다. 원래는 앨윈 것도 함께 빨고 싶었지만 고급 천을 쓰고 있는 터라 세탁법이 복잡했다. 천이 상하는 것은 논외라 쳐도 잘못 말리다 이상한 냄새가 배면 안 되니 말이다.

이제 어떻게 할까? 간단히 포기할 순 없다. 돼지 사료 같은 태양신의 부하를 방치해둘 수도 없고, 돈도 아깝다.

"이봐."

누군가가 불렀다. 고개를 들어보니 '성호대'의 빈센트였다.

"이런 곳에서 뭘 하고 있지?"

"휴식 중이야. 너야말로 뭘 하고 있는데?"

"임무야." 무뚝뚝하게 말하더니 시시한 듯 고개를 돌린다.

"어딘가로 가버려. 방해가 되니까."

"너무 심하지 않아?"

길바닥에 드러누워 있는 것도 아닌데.

"그렇게 신경질을 내고 있으면 잠복도 잘 할 수 없다고."

빈센트가 내 멱살을 잡았다.

"너, 뭘 알고 있는 거지?"

"무언가 일이 생겼다는 것 정도?"

빈센트가 혼자서 행동하는 것도 묘한 일이다. 이 근처에서 몇 명인가가 감시를 하고 있고 빈센트는 그 현장을 보러 왔다가 나를 발견한 것이리라. 혹은 내가 있다는 보고를 받고 말을 걸었든지.

"…너하고는 관계없어."

"방금 말문이 좀 막혔는데, 혹시 나하고도 관계 있는 일이야?"

"그러니까 관계따윈."

"혹시 '솔 마그니' 관련?"

빈센트의 표정이 굳어졌다. 요전번에 그렇게나 태양신 신도 취급을 한 터라 태양신 관련이 아닐까 싶어 떠본 건데 정답인 것 같다.

"무슨 일인지 말해봐. 아니면 큰 소리로 떠들고 다닐 테니까."

빈센트는 노골적으로 언짢은 태도로 나를 건물 뒤로 끌고 갔다.

지금부터 하는 이야기는 다른 곳에서 하면 안 된다고 못을 박고 나서 이야기를 시작했다.

"'솔 마그니'는 이런저런 수단으로 신도를 늘려 세력을 확대하고 있는데, 그중에는 어떤 분의 자제분도 있었어."

그렇군. 롤랜드처럼 빠져버린 건가.

"그 자제분이 며칠전 큰 돈을 가지고 가출했는데, 아무래도 '솔 마그니'의 아지트에 숨어 있는 것 같아."

이상한 종교에 빠진 도련님을 구해내기 위해 '성호대'가 나섰다는 건가. 수고가 많네.

"아지트로 쳐들어가서 데려가면 되잖아. 그 정도 권한은 있을 텐데."

"몇몇 집회를 덮쳤지만 그런 사람은 없었어. 아무래도 비밀 아지트가 있는 모양이야. 아마 무기도 그곳에 있겠지."

"무기?"

"최근 '솔 마그니'가 무기와 방어구를 사모으고 있다는 정보가 들어와서 말야. 지금은 탐문중이지."

그 도련님이 가져간 돈이 쓰이고 있는 건지도 모른다고 우려하고 있는 건가?

"대장이 직접?"

"인원이 부족해."

직접 부정한 관리의 목을 날려버린 걸 보니, 대장이 스스로 책임을 지겠다는 건가.

책임감이 강하달까 쓸데없이 성실하다고 할까.

"조사한 바로는 백 명분 가까운 무기를 모은 것 같아. 아마 내가 아는 것 말고도 이곳저곳의 신도한테 돈을 긁어모은 거겠지."

종교라는 것은 돈벌이가 되는군. 나도 시작해볼까? '공주기사교'라든지.

"이 근처 신도를 닥치는 대로 끌고가서 유희 파티라도 열면 되잖아. 나 때처럼 말이지."

그렇게 말하자 빈센트가 어색한 얼굴을 했다.

"대부분은 그저 무지한 사람들이야. 저승에서의 행복이니 '계시'

니 하는 귀에 듣기 좋은 말에 취해있을 뿐이지."

일단 가난한 사람들에게 다가가서 식사, 옷, 잠자리 제공 등으로 은혜를 베풀면서 교리를 가르친다. 그렇게 이상한 교리에 흠뻑 취하게 한 후 꼭두각시 인형으로 만드는 것이다. 무장봉기를 할 시기가 온다면 선동해서 물불 안 가리는 군대로 만들려는 속셈인가?

"이곳에서 만난 것도 무언가의 인연이니 나도 도와줄게."

이 이상 갑옷 가지고 그 전신갑옷을 찾는 것은 어려울 것 같다. 하지만 그 전신갑옷이 '전도사'라면 태양신의 신도와도 무언가 관련이 있을지도 모른다. 신도들이나 교단 지도부에 숨어있을 가능성도 있다.

"꺼져."

대답은 쌀쌀맞았다. 하지만 나에게도 사정이 있기에 간단히 포기할 순 없다.

"정보가 필요하지 않아? 이 도시에 나도는 소문이라면 어지간한 신사 제군들보다 해박하다고."

"……."

"망설이고 있을 때가 아니야. 지금은 도련님의 몸이 최우선이잖아. 틀려?"

빈센트는 혀를 찼다. 그리고 짜증 섞인 말투로 이번 뿐이라고 말했다.

"그 도련님이 유괴된 게 아니라면 어딘가에서 권유라도 받은 거겠지. 짐작가는 것 없어?"

"어제 동쪽 대로에서 수상한 여자를 취조했어. 화려한 얼굴을 한 유랑 극단풍의 여자였지."

그러고보니 전에 본 적 있군. 그때는 앨윈이 걱정되었기에 바로 헤어졌지만.

"자제분에 대해 물어봤더니 부탁을 받고 어느 장소로 데려갔을 뿐이라고 하더군. 부탁한 남자도 처음 보는 얼굴이었다고 증언하고 있어. 유괴 외에 용병이나 무뢰한 같은 전력이 될 만한 녀석들한테도 말을 걸었다고 해."

나한테 말을 걸었던 것도 그것을 위해서인가? 외견만은 건장해 보이니 말야. 수상한 이야기라도 돈만 쥐어주면 앞뒤 안 가리고 뛰어드는 사람은 많다.

"그래서, 그 장소라는 곳은 어디지?"

빈센트는 돌아보면서 턱으로 가리켰다. 그곳에는 화려한 색깔을 한 2층짜리 건물이 보였다. 전에 코디와 리타가 숨어 있던 그 창관이잖아.

도련님이 헤벌죽한 얼굴로 따라가는 모습을 쉽게 상상할 수 있다.

"하지만 저곳은 대지모신의…."

"사정은 알고 있어. 창관은 속이기 위한 위장인 거지? 허나 창관이라면 단둘이 있어도 이상하지 않아. 하물며 저곳은 불법이니까 범죄에 이용하기 좋은 조건이 다 갖춰져 있지."

"그렇다면 어떻게 할 거야? 안 쳐들어 가?"

"그건 말이지…."

쑥스러운 듯 말문을 흐린다. 나는 뭔지 감이 왔다.

"혹시 너, 창관에 가본 적이 없어서 그런 거야?"

"출입 조사라면 했어."

"손님으로는 없는 셈이군."

"당연하잖아!"

아내 지상주의인가. 데즈 같은 녀석이다.

"쳐들어갈 거면 빠른 편이 좋지 않아?"

"지금 인원을 모으고 있는 중이야."

준비가 갖춰지기를 기다리고 있는 사이에 도련님이 어떻게 될지. 시체가 되든지, 이상한 병에 걸리든지 둘 중 하나로군.

"그럼 갔다올게."

"잠깐 기다려."

빈센트가 어깨를 붙잡았다.

"멋대로 행동하지 마."

"어째서? 나는 네 부하나 가신도 아닌데."

손님으로 가는 것은 내 자유다.

"수사를 방해하면 체포할 거야."

"그렇다면 너도 와."

나 혼자서는 거친 일에 대응 못 할 가능성도 있다. 빈센트라면 어느 정도 실력이 있으니 경호원으로는 딱이다. 여기서 입씨름을 해봤자 시간 낭비일 뿐이다.

빈센트의 손을 잡고 건물 앞에서 청소를 하고 있던 누님에게 말을 걸었다.

"남자 두 명이야. 그쪽도 귀여운 아이를 두 명 부탁해."

안내받은 곳은 2층 구석에 있는 작은 방이었다. 좁지만 침대가 두 개 나란히 놓여있다. 옛날 생각 나는군. 나도 과거엔 세 명 동시라든지 네 명 동시 플레이를 한 적이 있다. 그때는 젊었지.

빈센트는 진정되지 않는 표정으로 방 안을 살피고 있다. 의자도 없기에 문 옆에 우두커니 서 있는 상태다. 침대 가장자리에라도 앉으라고 말했지만 무시당했다.

모처럼 왔으니 리타와도 인사를 나누려고 생각했지만 이미 이 은신처를 떠났다고 한다. 이 은신처에서 알게 된 젊은이와 함께 여동생을 데리고 그 나라로 떠났다. 나로선 그녀들의 행복을 바랄 뿐이다.

"이제부터 어떻게 할 생각이야? 설마 손님으로 이대로 하려는 건 아니겠지?"

"그럴 생각으로 왔는데?"

빈센트가 핏대를 세우며 주먹을 치켜들었다.

농담이었는데.

"요컨대 이 가게를 이용해서 범죄를 저지르고 있는 녀석이 있는지 어떤지 조사하고 싶은 거 아냐. 그렇다면 간단해."

나는 말했다.

"목소리야, 목소리."

이 창관은 날림으로 지어진 탓에 황소 같은 신음소리와 단말마 같은 교성이 끊임 없이 들려온다. 아까부터 빈센트가 얼굴을 찡그리고 있는 것도 그때문일 것이다.

"나쁜 짓을 꾸미고 있는 녀석들이 이런 데서 허리나 움직이고 있을 리 없잖아. 그런 방을 찾으면 되는 거야."

그렇게 말하고 복도로 나와 한 방씩 찾아가서 귀를 기울인다.

"이곳이 수상하군."

찾아온 곳은 2층 계단 앞에 있는 방이었다. 기척은 있는데 다른 방과 달리 목소리가 거의 안 난다. 키스를 하거나 허리를 흔들고 있는 낌새도 없었다. 참으로 수상쩍다.

당연히 안쪽에서 잠겨 있다. 이곳에는 열쇠 같은 편리한 것은 없고 가느다란 봉을 옆으로 내리면 열리지 않게 되는 빗장 방식이다. 문 틈새로 철사를 넣으면 쉽게 열 수 있다.

"좋아, 열렸다."

"비켜!"

빈센트는 나를 밀쳐내고 문을 발로 걷어찼다.

"꼼짝 마라!"

검을 겨누면서 방 안으로 뛰어들어간 빈센트는 그 자리에서 굳어졌다.

방 안에는 침대 위에서 알몸의 남녀가, 뭐, 저기, 뭐랄까, 조금 특수한 플레이를 하고 있었다. 저런 상태라면 목소리가 새어나오지 않을 만도 하군. 응. 납득했다.

"아아 미안, 방을 잘못 찾아온 것 같아. 자자, 신경쓰지 말고 계속해."

나는 빈센트의 옷깃을 붙잡고 밖으로 데려갔다. 문을 닫으려다가 중요한 것을 떠올렸다. 방 안에서는 아직도 남자와 여자가 같은 체위로 경직되어 있었다.

"그런데 그 방법 괜찮아? 나중에 소감을 말해줘."

"됐으니까 이리 와!"

빈센트에게 이끌려 나는 밖으로 나왔다.

"너따위를 믿은 내가 바보였지."

앞에서 복도를 빠른 걸음으로 걸으며 불평을 주절주절 늘어놓는다. 많이 열받은 모양이다. 얼굴도 빨개져 있다. 자극이 좀 강했던 것 같다.

"네가 멋대로 뛰어들어간 거잖아. 과연 기사님이야. '꼼짝 마라!' 라니."

떠올리면 다시 웃음이 나올 것 같다. 배가 아프다. 너무 웃다가 죽는 거 아냐?

"웃지 마."

"참고가 되었잖아. 다음번에 사모님한테 시도해보라고. 어쩌면 홀딱 반할지도."

빈센트가 갑자기 돌아보더니 나를 후려쳤다. 충격과 함께 복도 벽에 충돌한다.

"아내를 모욕하지 마."

"미안해."

진짜로 화가 난 듯했기에 고분고분 사과했다.

"모욕할 생각은 없었어. 진짜야. 사과의 의미로 다음에 너랑 마시러 갈 때는 한 잔 살게, 빈스."

"마시러 갈 일도 없고, 얻어먹을 생각도 없어. 그리고 빈스라 부르지 마!"

말이 끝나자마자 계단을 내려간다.

"기다려."

1층으로 내려간 나는 어느 방을 가리켰다.

"이곳도 수상해. 아까부터 목소리가 안 나고 있거든."

"쓰이지 않고 있을 뿐이겠지."

"이 가게에 들어왔을 때 남자가 들어가는 것을 봤어. 혼자서."

손잡이를 당겨보지만 안쪽에서 잠겨 있다. 2층과 같은 빗장 방식이라 간단히 열 수 있다.

"이봐, 또 멋대로….."

"조용히 해, 카라일 경."

이것으로 완료. 문을 연다.

방 안에 손님의 모습은 어디에도 없었다. 침대를 쓴 흔적도 없다. 창문은 있지만 역시 안쪽에서 잠겨 있었다.

"아무도 없군."

아무리 그래도 수상하다고 생각했는지 빈센트도 방을 살펴보았다.

나도 더듬더듬 벽과 손을 만지면서 두들겨보았다.

"이건가?"

방 구석에 있는 큰 장식물을 움직이자 바닥판째 떨어졌다. 의외로 가볍다.

나온 것은 지하로 가는 계단이었다.

"이건 뭐지?"

"비밀 계단이로군."

상당히 큰 장치다. 하지만 이곳은 대지모신 교회가 운영하고 있는데, 그럼에도 태양신의 컬트 교단이 이용하고 있는 건 무슨 까닭이지? 대지모신의 신도 중에 배신자라도 있는 건가?

내가 머리를 감싸쥐고 있을 때 내 옆을 지나쳐서 빈센트가 계단으로 발을 들여놓았다.

"지원요청은 안 해도 돼?"

"시간이 없어."

그 말을 끝으로 계단을 내려가버렸다. 조바심을 내봤자 좋은 결과는 기대할 수 없는데 말야.

뭐 좋다. 비밀 통로를 발견한 이상 상대에게 들키는 것도 시간 문제다. 그렇다면 상대의 준비가 갖춰지기 전에 쳐들어가는 게 좋을 것이다.

나도 뒤를 따랐다.

통로 안은 캄캄했다. 어떻게 할까 생각하고 있자니 눈앞에서 불똥이 튀었다. 희미하게 밝아진다.

눈앞에는 촛대를 든 빈센트가 서 있었다.

"양초 같은 걸 언제 준비한 거야?"

"계단 옆에 놓여 있는 것을 빌렸어."

녀석들 물건인가? 그렇군.

빈센트는 발소리를 죽인 채 벽에 손을 짚으며 고양이처럼 걸었다. 감촉으로 보건대 석조 통로인가? 마모되어 있는 걸 보아 이곳을 지나간 녀석들은 벽에 손을 대고 나아간 모양이다.

천장이 낮다. 방심하면 머리를 부딪혀버릴 것 같다. 나뿐만 아니라 빈센트도 키가 크기에 걷기 힘들어 보인다. 피차 고생이 많군. 이대로 두더지의 동료가 되나 싶었을 때 저 너머에서 희미한 빛이 새어나오는 게 보였다. 생각보다 거리는 가까웠다. 출구가 가깝다. 앞에서 걷고 있던 빈센트의 발소리가 멈추었다. 막다른 길인 듯하다.

통로 끝은 역시 계단으로 되어 있었다. 계단 끝에는 문이 있는 듯하지만 열쇠가 채워져 있는지 빈센트가 밀어도 열리지 않았다.

어쩔 수 없지. 리스크는 있지만 여기서 그냥 돌아갈 수도 없는 일이다.

"이크."

균형을 잃은 척하며 빈센트가 들고 있던 촛대를 바닥에 떨궈 불을 꺼버린다.

다시 지하통로가 암흑에 휩싸였다.

"아아, 미안. 잠깐 기다려 봐."

그렇게 말하면서 나는 품속에서 '템포러리 선'을 꺼냈다.

"이번엔 내가 해볼게. 잘 하면 문 틈새로 잠긴 걸 해제할 수 있을지도 몰라."

주문을 외우자 눈부신 빛에 휩싸인다.

강한 빛을 받자 빈센트가 고개를 돌렸다.

그틈에 나는 문에 손을 대고 단숨에 들어올렸다. 금속 빗장이 벗겨지며 귀에 거슬리는 소리를 낸다. 문이 열렸기에 잽싸게 '템포러리 선'을 해제한다. 전력을 다할 수 있는 시간은 한정되어 있으니 효과적으로 쓰고 싶다.

"열린 것 같네."

"대체 어떻게 한 거지?"

"아니, 조금 밀었을 뿐이야. 빛 덕분에 녹이 슨 부분이 보였거든."

"아니, 그래도."

"아니면 그녀가 도와주었거나."

손바닥의 '템포러리 선'을 보여주자 빈센트는 무슨 까닭인지 분한 듯한 얼굴을 했다.

"자, 갈 거지? 선두는 양보할게, 카라일 경."

"말하지 않아도 알아."

빈센트가 계단을 올라간 지 얼마 안 되어 싸우는 소리가 났지만 금방 사라졌다. 계단을 올라가보니 보초로 보이는 남자가 쓰러져 있었다. 죽은 것은 아닌 듯하다.

"아무래도 이곳이 녀석들의 본거지인 것 같군."

주위를 돌아보니 주위는 흙으로 된 벽이었다. 아직 지하인 듯하다. 이곳저곳에 석관이 놓여 있었는데, 들여다보니 안에는 무기와 갑옷이 빼곡히 들어 있었다.

"'지하묘지'를 무기고 대신 쓰고 있는 건가?"

빈센트가 불쾌감과 분노를 담아 중얼거렸다. 불경하다고 할까 취미가 안 좋다고 할까. 대지모신의 신도들도 이래선 보답받지 못할 것이다.

"이봐, 저길 봐."

쭉 늘어선 관짝 너머로 큰 구멍이 뚫려 있고 촛불인 듯한 불빛이 보였다. 사람들 이야기 소리도 난다. 보초로 보이는 인물은 없지만 들키지 않도록 관짝을 은폐물 삼아 다가간다.

탁 트인 홀에는 커다란 여신상이 세워져 있었다.

악취미하기 짝이 없다. 커다란 검을 높이 치켜들고 다른 한 손에는 거대한 방패를 들고 있다. 대지모신이 싸우는 모습을 본뜬 것이리라. 게다가 돌인 줄 알았는데 강철제다. 돈을 엄청 들인 흔적이 보인다. 하지만 얼굴 부분은 무참히 깎여나가 있다.

파괴된 신상 앞에는 제단으로 보이는 석대가 있고, 제단 옆에는 묶여 있는 금발의 소년이 뒹굴고 있었다. 빈센트에게 확인해보니 그 도련님이 틀림없다고 한다.

재갈이 물려있는 데다 도망치지 못하도록 발목에는 강철 족쇄까지 채워져 있다. 저래선 자력으로 탈출하는 것은 불가능할 것이다.

제단 앞에는 긴 탁자와 의자가 늘어서 있는데, 의자는 도합 11개지만 절반은 공석이었다.

앉아있는 것은 나이가 제각각인 남녀 다섯 명. 전신갑옷의 모습은 보이지 않았다.

멀어서 목소리는 잘 들리지 않지만 그 도련님의 처분을 검토하고 있는 듯했다.

죽이지 않고 인질로 써서 돈을 요구해야 한다든지, 돈을 받는 타이밍이 가장 위험하니까 욕심을 부리지 않고 이대로 죽이는 게 깔끔하다든지. 남아있는 시간은 그리 많지 않은 것 같다.

"어떻게 할래?"

"물론 구출해야지."

빈센트가 꺼낸 것은 흰 종이를 뭉친 듯한 구슬이었다.

"혹시 '연막구슬'?"

"아니, '폭광구슬' 쪽이야."

'폭광구슬'은 커다란 빛과 소리로 적을 교란한다. 재료비는 비싸지만 그만큼 효과도 강하다. 비살상무기로, 나도 몇 번 쓴 적이 있다. 지하에서 쓴다면 소리가 크게 울려서 난청이 될 것 같군.

"네가 만들었어?"

"'성호대' 비품이야."

그런 것까지 준비되어 있는 건가. 뭐 어딘가의 수염쟁이가 만든 것 보다는 위력이 떨어지겠지만.

"일단 내가 상황을 살피다가 신호를 할 테니까 그러면 녀석들 안에 뛰어들어 교란하도록 해. 그럼 내가 이걸 집어던져 녀석들을 혼란에 빠뜨릴 테니 그틈에 도련님을 구출하는 거야."

"나보고 미끼가 되라는 거야?"

"멋대로 따라왔으니 그 정도는 하라고."

사람을 너무 막 굴리는 기사님이다.

"그럼 시작해볼까."

"멈춰."

그 목소리는 내게 한 말이 아니었다.

신상 밑에 회색 머리카락의 난입자가 나타났다. 나이는 40에서 50정도일까? 온통 검은색 옷으로 몸을 감싸고 있고, 가늘게 뜬 개암나무색 눈은 실처럼 날카로웠다. 온화하게도 보이지만 눈에는 방심 못할 광채가 번뜩거리고 있다. 보석이 박힌 지팡이를 손에 든 채 그 끝부분을 녀석들에게 겨누고 있다. 어느 틈에 나타난 거지?

"저건 누구지?"

난입자의 등장에 빈센트도 곤혹스러운 눈치였다.

"그 아이를 얌전히 부모한테 돌려주도록 해. 순순히 지시에 따른다면 위해를 가할 생각은 없다."

거기서 용병인 듯한 거한이 가까운 곳에 있는 의자를 집어던졌다. 난입자가 막거나 피하면 그틈에 덮칠 생각이었을 것이다.

하지만 난입자는 피하지 않고 지팡이에서 눈부신 번갯불을 쏘았다. 번갯불은 격렬한 소리와 함께 의자를 날려버리고 거한까지 땅바닥에 눕혔다. 보기에는 강력했지만 기절 정도로 끝난 것 같다.

"다시 한번 말하는데 얌전히 지시를 따르도록 해."

그렇게 말하며 뒤를 따라 공격하려던 녀석들을 견제했다. 잘못 볼 리 없다. 분위기는 좀 다르지만 그 전신갑옷의 목소리다. 저게 녀석의 본체였나? 그냥 평범한 아저씨잖아.

무엇보다 체구가 다르다. 좀 더 키가 작았다. 마술로 그 전신갑옷을 조종했던 건가? 아니면 사역마나 무언가를 따로 숨겨두고 있었거나. 어떤 수단을 썼는지 알 수 없다. 무엇보다 묘한 것은 왜 저 남자가 도련님을 구하려고 하느냐다. 같은 편 아니었나?

빈센트도 끼어들어야 할지 어떨지 망설이고 있는 눈치였다.

"안심해. 나는 같은 편이야."

수수께끼의 남자가 도련님의 밧줄을 푼 순간, 금속 고리가 어둠을 갈랐다. 맞지는 않았지만 수수께끼의 남자와 도련님의 거리가 벌어졌다.

"드디어 발견했다. 니콜라스 반즈."

그렇게 부른 목소리에는 증오와 환희가 서려 있었다. 대지모신의 '인퀴지터' 저스틴이다. 왜 녀석이 이곳에 있는 거지?

"들개에 쫓겨서 소굴에서 나온 건가? 설마 스스로 모습을 보일 줄이야."

"너였군. 갑자기 공격하는 건 예의가 아니잖아."

니콜라스라 불린 남자가 지팡이를 휘두르자 번갯불이 일어났다.

"여기 있는 소년이 다치기라도 하면 어쩔 생각이야?"

저스틴은 번개구름 같은 연속공격을 피하면서 손에 차크람을 움켜진 채 팔을 휘둘렀다. 맞으면 뼈도 박살낼 것 같은 기세였지만 맞기 직전에 허공을 가른다.

니콜라스가 무릎을 구부려 크게 몸을 뒤로 젖혀 피한 것이다. 마치 버드나무 가지 같은 유연한 움직임이었다. 주먹이 지나가자 곧바로 무릎을 다시 펴서 무방비한 저스틴의 옆구리에 지팡이를 후려쳤다. 흐릿한 목소리가 겹쳐지며 뼈가 부러지는 소리가 났다.

"역시 대단하구나. 몇십 년씩 도망쳐다닐만 해."

"폭력은 안 좋아하니까 얼른 항복하는 게 좋아."

"그 말을 그대로 돌려주지."

돌아보니 아까의 도련님이 태양신 신자들에 의해 인질로 잡혀 있었다.

"지팡이를 버려라, 니콜라스 반즈. 죗값을 치를 때가 왔다."

"죗값을 치러야 할 건 내가 아니라 태양신 쪽이야."

"헛소리 마."

도련님의 목에 나이프를 들이댄다.

니콜라스는 지팡이를 집어던졌다.

"끝이다."

저스틴은 만족스럽게 중얼거리고 달려나갔다. 달리면서 허리춤의 검을 뽑아 니콜라스의 가슴을 베었다.

검붉은 액체가 입에서 분출되자 저스틴은 검을 거꾸로 고쳐잡고 니콜라스의 가슴을 찔렀다. 왼쪽 가슴을 관통당한 니콜라스는 양손을 부들부들 떨다가 이윽고 축 늘어졌다. 피웅덩이 속에 흑의의 남자가 잠겼다.

도련님이 흐릿한 비명을 지르며 쓰러졌다. 다리에 힘이 풀려버린 듯하다.

"의외로 허망했군. 어때? 아무리 너라도 움직이지 못할 터."

그렇게 말하며 니콜라스의 얼굴을 짓밟는다.

"우리 신의 힘을 불어넣은 검이니 말야. 심판의 때가 온 거다. 바로 편하게 해주마."

저스틴이 니콜라스의 옷을 뒤졌다.

"…'베레니의 성해포'는 없군. 뭐 좋아. 나중에 그 남자보고 회수하게 하면 되겠지."

아마 나를 말하는 걸 거다.

"이 꼬마는 어떻게 할까요?"

"용건은 끝마쳤지? 죽여라."

빈센트가 혀를 차며 뛰쳐나갔다. '폭광구슬'을 천장 근처로 집어던진다.

폭음과 섬광이 분류처럼 뿜어져나왔다.

갑작스런 빛과 소리에 신자들은 눈과 귀를 억누르며 쓰러졌다.

"지금이야!"

"알고 있어."

빛이 사그라듦과 동시에 나도 뛰쳐나갔다. 신자들의 옆을 지나쳐서 도련님에게 간 후 손을 잡았다. 조금 상정한 것과는 달랐지만 아까의 계획대로다.

일단 조금 떨어진 관짝 부근에 숨도록 지시했다. 홀로 돌아가보니 빈센트는 신자들과 싸우고 있었다. 아직 '폭광구슬'의 영향이 남아 있어서 그런지 볏짚 인형처럼 쓰러져 간다.

어느샌가 다섯 명 전원을 모두 해치워버렸다.

녀석은 어딨지? 상대를 찾는 빈센트의 머리 위에 검은 그림자가 드리워졌다. 경쾌한 움직임으로 뒤로 물러서자 그 직후 저스틴이 그 공간을 베어냈다.

"레이필 왕국 소속 '성호대' 대장 빈센트다."

빈센트는 검을 고쳐잡으며 당당하게 이름을 밝혔다.

"유괴 및 납치감금의 현행범으로 체포한다. 얌전히 포박을 받아라. 저항한다면 용서하지 않겠다."

"뭐가 왕국이냐." 저스틴은 차크람을 양손에 들고 자세를 취했다.

"신 앞에서는 모두 동등한 죄인일 뿐이다."

금속 고리를 연속으로 집어던진다.

"어쩔 수 없군. …강제로 배제한다!"

소리치고 나서 쏟아지는 차크람의 무리를 향해 달렸다. 잘못하면 검까지 부러질 듯한 위력일 텐데 교묘한 칼놀림으로 튕겨내고 흘리고 있다. 저스틴 상대로는 불리할 줄 알았는데 상상 이상으로 실력이 있다.

저스틴의 양팔에서 모든 차크람이 사라졌다. 다 던진 건가? 기회로 판단한 빈센트가 돌진했다.

"끝이다!"

"네놈이 말이지."

저스틴은 발목에서 금속 고리를 빼내어 집어던졌다. 아직도 숨겨놓은 게 있었던 건가? 피할 틈을 주지 않고 빈센트의 왼쪽 어깨에 명중했다. 옷 밑에 방어구를 입고 있는지 절단은 피했지만 뼈가 부러지는 소리가 났다. 그래도 빈센트는 발을 멈추지 않았다.

저스틴이 허리에서 검을 뽑아 맞받아쳤다. 예리한 찌르기가 배를 관통하기 직전 빈센트는 몸을 옆으로 기울였다. 가슴 앞을 칼끝이 스치는 가운데 빈센트는 한손으로 고쳐쥔 검을 저스틴의 머리에 내리쳤다.

은색 칼날이 두개골에 박히며 피가 분출되었다. 저스틴의 얼굴이 경악으로 물들며 그 손에서 검이 흘러떨어졌다. 이윽고 입을 물고 기처럼 뻐끔거리나 싶더니 그대로 똑바로 쓰러졌다.

그와 동시에 빈센트도 무릎을 꿇는다.

"이봐, 괜찮아?"

"걱정할 것 없어. 어깨뼈에 금이 갔을 뿐이야."

창백한 안색으로 할 말이 아니야.

"그보다 이 남자는 누구지?"

"저스틴이라는, 대지모신의 '인퀴지터'야."

"그런 녀석이 왜 태양신의 신자들과 있는 거야?"

지당한 의문이지만 대답은 이미 나와있다.

"'일식'이겠지."

전에 빈센트 본인이 나한테 이렇게 말했다.

"'태양신은 언제나 하늘에 계신다. 구름에 가려지든 달에 뒤덮히든 그림자처럼 언제나 곁에 계신다'라는 것이지. 그 가르침때문인지 박해에서 도망치기 위해 신앙을 감추는 것도 허용되고 있다고 들었어."

내 과거 이름을 알고 있다든지, 신도들의 묘를 무기고로 바꾸는 일 따위를 태연하게 하고 있는 게 말도 안 된다고 생각했는데, 하필

이면 '인퀴지터' 중에 숨은 신자가 있을 줄이야.

"아마 이 녀석은….."

"비켜!"

이야기 도중에 빈센트가 나를 밀쳐냈다.

약간 생겨난 공간을 금속 고리가 통과했다.

돌아보니 저스틴이 웅크려 앉은 채 이쪽으로 손을 뻗고 있었다. 아마 주운 차크람을 회수해서 집어던진 것이리라. 그건 좋다. 하지만 머리의 상처까지 조금씩 재생되고 있다는 게 문제다.

역시 그렇군. 매쉬 씨의 감은 안 좋은 쪽으로도 들어맞는다.

이 녀석은……, 저스틴은 사악한 태양신의 '계시'를 받은 '전도사'다.

"방금 전에는 허를 찔렸지만 다음은 쉽지 않을 거다."

저스틴은 일어나더니 가슴에서 대지모신의 문장을 떼어내 집어던졌다. 바닥에 떨어진 그것을 벌레 밟듯 짓밟더니 품속에서 작은 병을 꺼냈다. 흰색 가루가 채워져 있다. 저건 '릴리스'인가? 저스틴은 뚜껑을 열고 그것을 병째 삼켜버렸다.

다음 순간 저스틴의 온몸에서 눈부신 빛이 뿜어졌다. 괴로운 듯한 신음소리가 흘러나온다. 동시에 등, 팔, 배, 오른쪽 다리 등이 팽창과 신축을 되풀이하며 옷을 찢고 다른 생물…, 아니 괴물로 변해갔다.

검은 사자 같은 머리에는 거대한 귀가 뻗어나와 있고, 검푸르게 물든 피부는 군데군데 금이 가 있다. 가슴에는 눈동자가 없는 눈과, 도마뱀 같은 코와 입이 튀어나와 있었다. 팔은 장갑을 낀 것처럼 두껍게 부풀어 올라있고 발은 신발을 꿰뚫고 맹금류의 발톱으로 변해

바닥에 딱딱한 소리를 내고 있다. 게다가 엉덩이에서는 도마뱀 같은 꼬리를 늘어뜨린 채 채찍처럼 바닥을 때리고 있다.

롤랜드와는 모습이 또 다르다. 이런 데서 개성을 주장하지 말라고.

"이봐, 정신 차려."

망연자실해 있는 빈센트의 뺨을 쳐서 정신을 차리게 한다.

"저건 대체 뭐지?"

"내가 묻고 싶어."

뭘 어떻게 해야 이런 악취미한 모습이 되려고 한 건지 이해를 못 하겠다.

"아무튼 부상자는 빠져 있어. 내가 시간을 벌 테니까 너는 그틈에 아까 그 도련님과 함께 도망치도록 해."

"그런 짓을 할 수 있을 리가⋯."

"항의와 반론은 나중에 해."

이런 비상시에 회의 같은 걸 하고 있을 순 없다.

"저 도련님을 구출하는 게 네 역할이잖아. 그렇다면 그걸 수행할 뿐이야."

무엇보다 빈센트가 보고 있으면 싸우기 힘들다.

"됐으니까 얼른 가!"

떠밀듯 재촉한 후 나는 땅을 박차고 달리기 시작했다. 그 직후 빈센트가 반대편으로 달리는 낌새가 났다.

"'솔 니아 에베크타스(태양신은 모든 것을 보고 있다)'"

듣고 싶지도 않은 헛소리를 중얼대더니 나한테 차크람을 집어던 졌다. 공기를 가르며 날아온 그것을 '템포러리 선'의 주문을 외움과 동시에 주먹으로 튕겨낸다. 조금 아프지만 이 정도라면 어떻게든 된다.

차크람이 더 이상 날아오지 않나 싶더니 이번엔 직접 일직선으로 달려왔다.

거대한 주먹을 휘둘러왔기에 막는다. 발이 멈추자 저스틴은 몇 번이고 두들겼다. 상당한 힘이다.

"하지만 별것 아니군."

인간을 초월해 있는 것은 틀림없지만 이 정도라면 롤랜드 쪽이 훨씬 더 괴력이었다. 방심은 할 수 없지만 충분히 막을 수 있다.

주먹을 붙잡은 후 잡아당기면서 반대편 팔로 답례라는 듯 후려쳤 다. 고기가 찌그러지는 감촉과 소리가 났다.

이 정도면 해볼만 하다.

계속해서 두 발째를 날리려 한 순간 저스틴의 몸이 사라졌다.

시야 밖으로 나간 게 아니라 문자 그대로 한순간에 모습이 사라 져버렸다.

"칫."

불길한 예감이 들어 그 자리에서 몸을 던졌다. 머리 위에서 갑자 기 나타난 저스틴의 양발이 돌 바닥을 밟아 으깨고 있었다.

"언제까지 도망칠 수 있을까?"

놀리듯 말하고 나서 저스틴은 다시 모습을 감추었다. 제기랄, 이 상한 힘을 쓰고 있군.

나는 벽가에 서서 등을 벽에 붙이고 사각을 줄였다.

"자, 어디서든 덤벼봐."

"원한다면."

목소리는 등 뒤에서 들렸다.

파랗고 굵은 팔이 벽을 꿰뚫고 내 허리를 붙잡더니 몸을 뒤로 젖히며 들어올렸다. 저스틴은 내 몸으로 돌벽을 꿰뚫고도 기세를 줄이는 일 없이 바닥에 들이박았다. 부서진 잔해가 떨어졌다. 눈앞이 아찔해졌다. 거꾸로 뒤집힌 시야에 머릿속이 혼란해질 것 같다. 이를 악물고 통증을 참은 후 등뒤로 팔꿈치를 날려 저스틴의 팔에서 빠져나왔다. 네 발로 기어서 거리를 벌리자 눈앞에 큰 것이 버티고 서 있었다. 올려다보니 얼굴이 파괴된 대지모신의 여신상이었다. 너희 '인퀴지터'를 어떻게 좀 해봐. 도와준다면 신자가 될 수도 있다고.

분을 삭이며 돌아보니 저스틴의 모습은 없었다.

낌새를 느끼고 곧바로 등 뒤를 주먹을 뻗었다. 일순간 저스틴의 모습을 포착했나 싶었지만 아지랑이처럼 흔들리더니 내 주먹은 아무것도 없는 공간만을 갈랐다. 내 머릿속에서 경종이 전력으로 울려퍼진다.

텅 빈 옆구리에 저스틴의 주먹이 파고들었다. 호흡이 멎으며 몸이 허공을 날았다. 천장을 부수고 밝은 장소로 나온다. 본 적 있는 장소라고 생각했지만 내 몸은 이미 바닥에 충돌하고 있었다. 옆구리를 억누르며 바닥을 구른다.

올려다보니 아까와는 다른 대지모신의 신상이 보였다. 그렇군. 이곳은 대지모신의 교회였나.

가깝다고는 생각했지만 옆 건물로 이동했을 뿐인 듯하다. 지상으로 나온 것과 주위에 인적이 없이 없는 것은 좋지만 위기는 여전히 계속되고 있다.

온몸에 격통이 일었다. 제기랄, 때리려고 해도 금방 이동해버리니 말야.

이대로 가면 '템포러리 선'도 효력이 다한다. 요전번에 실패한 경험을 살려 남은 시간을 세고 있는데, 이런 상태로는 금방 다 써버릴 것이다.

"어떻게든 반격해야 돼…."

"안됐구나."

머리 위를 차크람이 고속으로 지나갔다. 빗나갔나 싶은 순간 딱딱한 소리가 났다. 눈앞이 물리적으로 어두워지며 온몸이 무거워졌다. 아뿔싸, 노린 것은 '템포러리 선'이었나? 차크람에 격추된 수정 구슬은 데굴데굴 바닥을 구르다 저스틴의 수중에 들어갔다.

"이것으로 네놈은 그냥 무능력자다."

다시 차크람이 날아왔다. 보이고는 있지만 이번엔 대응할 수 없다. 간신히 팔로 막는 게 고작이었다. 한 발 한 발이 쇠공처럼 무겁다. 비틀거리고 있을 때 저스틴이 쇄도해오는 것이 보였다. 이번에 야말로 피할 틈 없이 저스틴의 주먹이 내 얼굴을 강타했다. 벽에 기대는 형태로 쓰러진다.

의기양양하게 웃는 저스틴의 눈앞을 작은 날벌레가 가로질렀다. 그것을 성가신 듯 떨구더니 감탄한 듯 나를 내려다보았다.

"역시 튼튼하군. 평범한 인간이었다면 이미 죽었을 텐데."

그래서 지금까지 살아남을 수 있었던 거야.

"한 가지만 물어보자, '인퀴지터'."

나는 벽에 몸을 기댄 채 일어섰다.

"왜 '전도사'가…, 태양신의 신자가 된 거지?"

'인퀴지터'는 부모의 연줄 같은 걸로 될 수 있는 직책이 아니다. 신앙심과 실적이 요구된다. 나로서는 상상도 할 수 없는 고생도 있었을 것이다. 그럼에도 그것을 버리면서까지 태양신의 노예로 전락했다. 이해할 수 없다.

"혹시 가짜거나 그 행세를 하고 있는 것은 아니지? 불로불사라도 바란 거야?"

저스틴은 아득한 눈을 했다. 괴물의 눈에 그리움과 공허함이 교차한다.

"30년이다."

"뭐?"

"내가 대지모신에 입문해서 지금까지의 시간이 말이다."

저스틴은 원래 귀족 출신이었다고 한다.

"하지만 이 세상에는 굶주린 자와 가난한 자가 너무도 많았다. 자신만이 아무런 불편 없이 생활하고 있다는 것에 언제나 죄책감을 느꼈다."

"……"

그런 죄의식에서 도망치기 위해 15세때 신의 길을 걷기로 결의하고 대지모신을 받들었다.

"그동안에도 길을 잃은 많은 백성들이 굶주림으로 죽었다. 부모가 자식을 팔고, 자식이 부모를 죽였다. 이 세상의 지옥은 무엇 하나 변하지 않았다. 아무리 바래도 성심성의껏 받들어도 대지모신은 아무것도 내게 주지 않았다."

신앙과 실력을 인정받아 '인퀴지터'가 된 후에도 저스틴의 공허함은 사라지지 않았다.

"그럴 때 내게 '계시'가 내려왔다. 배신자 처리와 '베레니의 성해포'의 회수. 그것을 나의 사명으로 받아들이자, 그것만으로 이 힘과 모습을 얻었다."

의기양양한, 오히려 유쾌한 듯한 어조였다.

"대지모신이 30년이 지나도 해주지 않은 것을 태양신 님은 단숨에 주신 거다. 어느 쪽이 더 이득인지 어린애라도 알 수 있지 않나? 응?"

"그래서 이 대지모신의 교회를 통째로 장악한 건가?"

신부도 지금은 태양신의 신도겠군.

이 녀석이 절묘한 타이밍에 창관에 나타난 것도 신부가 통보했기 때문일 것이다.

나는 웃고 말았다.

"사기꾼한테 속은 얼간이가 다른 사기꾼한테 걸려든 것뿐이잖아."

"닥쳐라!" 저스틴은 소리치며 바닥을 부쉈다. 내가 들어온 구멍이 더 커졌다.

"그 모습이 네가 원하던 '구원'이야? 그것으로 굶주린 사람과 가난한 사람이 부조리한 폭력에서 구원받는 거야?"

힘으로 자신의 말을 듣게 하는 것은 결국 단순한 폭력이다. 애당초 이 정도 힘으로 세상을 바꿀 수 있을 리 없다.

"진짜라는 것은 말야, 아버지에게 팔릴 뻔한 자매가 숨을 장소를 마련해 준다든지, 제대로 먹지 못한 여자아이가 동생을 위해 자기

먹을 사탕과 아몬드를 나눠주는 것 같은 거야. 그쪽이 훨씬 훌륭하다고."

"헛소리 하지 마라!"

저스틴의 모습이 사라졌다. 나타나서는 사라지고, 사라져서는 나타나, 나를 때리고 걷어찬 뒤 다시 모습을 감춘다.

이대로 가면 반격도 여의치 않다. 일방적인 린치다. 어떻게 감만으로 막아보려 했지만 제대로 저항 한 번 못해보고 얻어맞고 날아가 교회 벽에 충돌해서 쓰러졌다.

"마지막 경고다."

빌어먹을 녀석의 목소리다.

"지금부터라도 늦지 않으니 '수난자'로서 우리 '전도사'와 함께 태양신 님에게 신앙을 바쳐라."

"너 말고도 '전도사'가 또 있는 거야?"

앞으로 몇 명이나 더 있어? 설마 100명이라고 하는 것은 아니겠지?

"그분은 내가 오기 전부터 쭉 이 도시에 계셨다."

"그게 누군데?"

저스틴은 내 머리를 밟더니 의기양양하게 미소지었다.

"그 이상의 정보는 유료다."

대가는 내 신앙심이라는 건가. 농담이 심하군.

"가지고 있지도 않은 것을 어떻게 지불하라는 거지?"

"어쩔 수 없군."

저스틴은 한숨을 쉬었다.

"우리 신의 제물이 되어라."

"그렇게는 안 돼."

목소리와 함께 저스틴의 등 뒤에서 은색 섬광이 번뜩였다. 목 뒤에서 피보라가 치솟더니 그의 몸이 천천히 무너져내렸다. 상처 부위에서 뿜어져나온 피가 검은 재로 변해간다.

파란 거구 뒤에서 나타난 것은 '성호대'의 대장 빈센트였다.

"좀 늦었군. 자제분도 보호했고 곧 '성호대'도 달려올 거야."

나를 부축해서 일으켜세운다.

"어째서 돌아온 거지?"

"이대로 너를 죽게 하면 밤잠을 설칠 것 같아서 말야. 이것저것 묻고 싶은 것도 있고."

빈센트는 고개를 다른 곳으로 돌리면서 말했다.

"그리고… 술 마실 약속도 했잖아?"

그런 짓 하지 말아줄래? 가슴이 뛰고 말잖아.

"아, 이것도 돌려줄게."

빈센트는 떨어져 있던 '템포러리 선'을 내게 건넸다.

"네 거잖아."

그러니까 그러지 말래두.

"뒷처리는 나한테 맡기고 너는 얼른 상처 치료를…."

나를 안고 걸으려고 했던 빈센트의 움직임이 멎었다. 돌아보니 엎드려 쓰러져 있던 저스틴이 그의 발목을 붙잡고 있었다. 어느 틈엔가 검은 재도 멈추고 목의 상처도 재생되고 있다.

"아직 살아 있어! 숨통을 끊어야 돼!"

"늦었다!"

저스틴은 빈센트의 발목을 잡은 채 들어올리더니 기세좋게 천장에 집어던졌다. 빈센트의 몸이 교회 천장과 충돌해서 잠시 정지했다가 천천히 낙하하기 시작했다. 나는 낙하 지점으로 달려가서 받아안았다. 여느 때라면 가볍게 받아 안았겠지만 빈약한 지금의 나로서는 쿠션이 되어주는 게 고작이었다.

"이봐, 정신차려, 이봐."

기절해 있다. 그나마 다행이군.

남매 모두 나때문에 죽지 말아줘. 나 자신에게 신물이 나니까.

감상을 차단하듯 등 뒤에서 발소리가 들렸다.

"다음은 네 놈 차례다."

나는 몸을 돌려 저스틴과 상대했다.

"그래."

나는 손에 있는 '템포러리 선'을 손바닥에 올려놓고 다른 한손으로 감싸듯 굴렸다.

"무슨 짓이냐?"

"이래봬도 나는 점성술이 특기라서 말야. 지금 네 운세를 점쳐보고 있어."

반투명한 수정구슬을 움켜쥐고 주문을 외운다.

"'이레이디에이션'."

내 목소리에 반응해서 '템포러리 선'이 햇빛을 내뿜으며 떠오르기 시작했다. 온몸에 힘이 샘솟는 것을 느끼며 나는 중지를 세웠다.

"기뻐해, 저스틴."

나는 말했다.

"오늘이 네 제삿날이야."

그렇게 선언한 후 나는 괴물 모습의 저스틴을 향해 달려갔다. 시간이 없다. 앞으로 100을 세기도 전에 효력이 다 한다. 그 사이에 숨통을 끊지 않으면 우리들의 패배다.

전력으로 휘두른 주먹이 허공을 갈랐다. 예측했던 대로다. 곧바로 등 뒤로 뻗은 손등이 괴물의 얼굴을 일그러뜨렸다.

고통에 찬 신음소리를 흘리면서 뒤로 후퇴하는 것을 보고 이번엔 다리를 휘둘러 배때기를 걷어찼다. 저스틴의 몸이 공중에 떴다가 바닥에 떨어지기 직전에 사라진다. 특기인 순간이동인가? 하지만 안일했어.

"거기다!"

떨어져 있던 잔해를 머리 위로 집어던진다. 기세좋게 날아간 잔해가 갑자기 정지하더니 아무것도 없는 공간에서 저스틴의 모습이 떠올랐다.

배에 달려 있는 눈 언저리에 잔해가 박혀 있었다. 잔해와 함께 공중에서 바닥으로 추락한다.

"어, 어떻게…."

"당연하잖아."

나는 어깨를 으쓱했다.

"대지모신의 가호야."

괜히 몇 번씩 얻어맞은 게 아니다. 이 녀석은 모습을 감추고나서 다시 나타나는 장소에 법칙이 있다. 항상 최소한의 움직임으로 최대의 효과를 얻으려고 한다. 다시 말해 반드시 상대의 사각으로 돌아가려고 하는 것이다. 그렇다면 그곳을 찌르면 된다.

"위세가 좋군. 하지만 잊고 있지 않아?"

저스틴은 씨익 웃었다.

"그 '신기'에는 시간제한이 있다는 걸 말야. 시간이 다 한 후에 천천히 요리하면 된다."

그렇겠지.

"하지만 놓아줄 생각은 없어."

나도 씨익 웃었다.

"그리고 이미 준비는 끝나 있고 말야."

"뭐라고?"

문득 저스틴이 발밑을 보니 그곳에는 검은 벌레들이 모여 있었다. 한 마리가 아니다. 두 마리, 세 마리…, 저스틴의 몸에 몰려들고 있다.

"뭐야? 뭐냐? 이건."

"말했잖아. 대지모신의 가호라고. 벌레 모습으로 괘씸한 녀석을 혼내주기 위해 와주신 거야."

'그레이브 디거' 브래들리가 소취제의 재료로 쓰고 있던 검은 곤충이다. 이 녀석들은 동족의 체액에 몰려드는 습성이 있다. 팔에 천사 문신을 한 밀매꾼의 시체처리를 했을 때 추가로 받은 것을 보관하고 있었던 것이다. 그리고 아까 녀석의 발밑에 그 체액을 발라두었다.

"떨어져!"

"꽤 당황하고 있군. 혹시 다른 생물에 닿으면 순간이동이 안 되기라도 하는 거야?"

대답은 없지만 대답을 못 하는 게 가장 큰 증거다.

"이로써 더 이상 도망칠 수 없을 거다."

죽여도 죽여도 벌레는 몰려든다. 당분간은 체액도 그 냄새도 지울 수 없다.

"잠깐 실례할게."

빈센트에게서 검을 빌린다. 얇지만 이것으로도 충분히 녀석의 목을 벨 수 있다.

검을 겨누면서 단숨에 거리를 좁혔다.

저스틴은 검은 벌레로 인해 경직되어 있던 얼굴을…, 갑자기 의기양양한 미소로 바꾸었다.

"어리석은 놈."

다음 순간 저스틴의 온몸이 불꽃에 휩싸였다. 불어친 열풍에 무심코 발을 멈추고 얼굴을 손으로 가린다. 손가락 틈새로 들여다보니 불에 탄 검은 벌레들이 잿덩이가 되어 잇달아 떨어지는 게 보였다. 불꽃이 사라졌을 때 저스틴의 몸에 달라붙어 있는 벌레는 한 마리도 없었다.

설마 이런 일까지 가능할 줄이야….

경악하는 내 눈앞으로 저스틴이 단숨에 거리를 좁혔다. 곧바로 도망치려 했지만 녀석이 노린 것은 내가 아니었다. 빈센트의 검을 붙잡고 주먹으로 쳐서 부러뜨린다.

저스틴은 두 동강 난 검을 시시한 듯 집어던졌다. 딱딱한 소리가 난다.

"모처럼의 작전이었는데 안됐구나."

놀리는 듯한 목소리에 대답할 생각도 못 하고 천천히 한쪽 무릎을 꿇었다. '템포러리 선'도 해제한다. 남아 있는 시간이 얼마 안 되기도 했고.

"체념한 거냐? 그럼 천천히….."

한 발짝, 다시 한 발짝 다가온다. 나는 움직이지 않았다.

거의 다 왔을 때 저스틴의 발이 멈추었다.

"흠, 이걸 노린 건가?"

흠칫 깨달은 듯 천장을 올려다보았다. 아까 빈센트의 몸에 의해 뚫린 구멍이다.

"저 구멍으로 햇빛이 새어드는 것을 기다리고 있는 거였군. 바로 밑이니 말야. 정말 방심 못 할 녀석이다. 허나 운이 없었구나. 봐라."

하늘에는 진회색 구름이 잔뜩 끼어 있었다. 상당히 두꺼운 구름이다. 햇빛은 기대할 수 있을 것 같지 않다.

"그리고 그 '신기'는 앞으로 얼마나 더 빛날 수 있을까? 100? 200? 아니, 10도 세기 전에 끝나겠지."

"……."

정답이야. 경품은 없지만 말이지.

내 오기라는 비장의 무기도 있지만 한 번 발동시키면 뒤가 없다. 만약 회피에 전념한다면 거기서 디 엔드다.

야단났군.

슬슬 시작될 시간이다. 아직인가?

"뭐해? 안 덤비는 거냐? 아니면 구름이 걷히기를 기다리고 있나? 안됐지만 그럴 시간은 주지 않는다."

저스틴의 몸이 다시 불꽃에 휩싸였다. 바닥을 뜨겁게 달구면서 나에게 다가온다.

"숯덩어리가 되도록 해라. 벌레들처럼!"

저스틴이 주먹을 치켜든 순간 내 뺨에 차가운 것이 흘렀다.

굵은 빗방울이 하나 둘 하늘에서 떨어진다.

"음?"

저스틴이 올려다보자 급격히 기세를 더한 빗방울이 천장 구멍을 통해 쏟아졌다. 쏟아부을 듯한 큰 비다. 큰 비는 저스틴의 몸에 닿자마자 증발했다. 어느샌가 저스틴의 몸은 흰 수증기에 휩싸여 있었다. 연기처럼 온몸에서 피어올라 시야를 차단한다.

날씨를 줄곧 신경쓰고 있었던 탓에 날씨의 변동을 예상할 수 있게 되었다. 곧 있으면 개인다든지 저녁부터 비가 올 것 같다든지.

당초 예정으로는 비가 와서 빈틈이 생겼을 때를 노릴 생각이었지만 스스로 불덩어리가 되어준 덕분에 예상 이상으로 일이 더 잘 풀렸다. 이야, 웃음을 참느라 고생했어.

자, 벌을 받을 시간이다.

나는 다시 한번 '템포러리 선'을 빛나게 했다. 온몸에 힘이 솟구치는 것을 느끼면서 저스틴의 등 뒤로 돌아가 허리에 팔을 감는다. 배꼽 부근에 힘을 주고 단숨에 들어올린 후 그대로 기세좋게 후퇴한다.

"너, 뭘 할 생각이냐?"

"간단해."

종점이 보이기 시작했다. 아까 이 녀석이 뚫은 지하로 통하는 구멍이다.

"네 신과 키스시켜주려는 거야."

나는 저스틴의 거대한 몸을 들어올린 채 몸을 뒤로 젖혀 구멍 밑으로 함께 떨어졌다.

대지모신 여신상이 바로 밑에 있다. 하늘 높이 치켜든 검을 향해 거꾸로 급강하했다.

"죽어라!"

충격이 왔다. 시야가 불규칙하게 흔들린다. 등이 바닥에 충돌하자 기세를 거스르지 않고 몇 바퀴 굴러 벽에 충돌했다. 정신을 차려보니 내 팔은 아직 저스틴의 몸을 끌어안고 있었다.

"아얏!"

머리 위에 반투명한 수정구슬이 떨어졌다. 시간이 다한 건가? 그것을 품속에 넣은 후 나는 고개를 들고 안도했다.

"아무래도 성공한 것 같군."

여신상이 치켜든 검에 저스틴의 목이 박혀 있는 게 보였다.

"여, 듣고 있어? 대장."

안고 있던 목 없는 동체를 내려놓고 목을 향해 말한다. 저스틴의 눈이 이쪽을 내려다보았다. 원망스러운 듯 눈에 핏대가 서 있다. 절단 부위에서는 검은 재가 흘러내리고 있다.

"말했잖아. 오늘이 네 제삿날이라고."

나한테 걸리면 '점'이든 '예보'든 식은죽 먹기다.

검은 재는 점점 저스틴의 몸을 침식해갔다. 이번에야말로 지옥행인 것 같군.

"혹시나 해서 물어보는데 네 동료라는 건 어떤 녀석이지?"

"고분고분 대답할 거라 생각하나?"

그렇겠지.

"어찌됐건 이 도시는 끝난다. 너도 죽고 그 공주기사인지 뭔지도 죽는다."

"그게 네가 친 '점'이야?"

"운명이다."

저스틴은 씨익 웃었다.

"그분은 그렇게, 말했었다."

"그 녀석이 누구지? 말해!"

"그렇다면 여기까지 와라. 네 목을 물어뜯어 줄 테니까."

그렇게 말하고 목만으로 크게 웃었다.

검은 재가 된 부위가 늘어나더니 검에서 미끄러져 떨어졌다. 이제 목도 입도 혀도 남아 있지 않지만 계속 웃었다. 아직도 웃음소리가 들리는 것 같다. 동체 쪽도 어느샌가 모두 검은 재가 되어 허공 속으로 사라져 있었다.

안도한 것도 잠시, 지상에서 많은 발소리가 들려왔다. 아무래도 '성호대'가 도착한 모양이다. 뒷일은 녀석들에게 맡기기로 하자.

어차피 나중에 싫을 만큼 진술을 해야 할 것이다.

오늘은 이만 집에 가서 느긋하게 쉬고 싶다.

하지만 아직 중요한 일이 남아있었다.

나는 아픈 몸을 이끌고 대지모신 여신상으로 향했다. 그곳에는 아직 니콜라스가 눈을 부릅뜬 채 쓰러져 있었다.

가슴에는 저스틴의 검이 박혀 있다. 나는 근처에 떨어져 있는 천으로 손목에다 칼자루를 묶었다. 그후 체중을 실어 몸을 뒤로 젖힌다. 완력은 없어도 체중이 있으면 뽑을 수 있다. 검은 조금씩 니콜라스의 몸에서 뽑혔다.

"하나 둘."

기합과 함께 검은 몸에서 쑥 빠졌고 나는 엉덩방아를 찧었다.

"어때? 움직일 수 있게 됐어?"

그 순간 남자의 몸이 움찔 움직였다.

"이야, 덕분에 살았어."

벌떡 상체를 일으킨다. 역시 살아있었군.

저스틴은 이 녀석의 가슴을 뚫은 후에도 죽었다고는 말하지 않았다.

"설마 이런 것까지 준비해뒀을 줄이야. 하마터면 당할 뻔했어. 너는 기둥서방 씨라고 했던가?"

역시 글로리아의 집에서 '베레니의 성해포'를 훔친 것도 이 녀석인가. 내가 그녀의 집에 쳐들어가서 옥신각신하고 있는 틈에 훔친 것이리라.

"매쉬야."

태평스런 말투지만 나는 웃을 생각이 들지 않았다. 가슴의 상처가 순식간에 아물어간다. 게다가 옷도 함께다. 이런 비상식적인 존재를 방금 보고 온 참이다.

"너도 '전도사'인가 보군."

"반만 정답이라고 해야겠지."

니콜라스는 쓰게 웃었다.

"그럼 나머지 절반은?"

"죄인이야."

니콜라스는 일어서더니 자신의 가슴에 팔을 쑤셔넣었다. 니콜라스의 가슴에 수면처럼 파문이 퍼진다. 몸 안에서 꺼낸 것은 큼직한 누더기였다. '베레니의 성해포'인가.

다음 순간 니콜라스의 몸이 진흙처럼 무너져내렸다. 색이 변하면서 팔이나 다리 같은 몸의 구성요소는 모두 녹아 뒤섞였다. 그후 그곳에 남은 것은 보라색의 거대한 점액이었다. 살짝 만져보니 손끝이 얼얼한 느낌이 났다.

어떻게 해야 할지 망설이고 있자니 거대한 점액이 움직이기 시작했다. '베레니의 성해포'에 올라가서 몸 안으로 흡수한다.

다음 순간 니콜라스의 몸은 다시 흑의의 남자로 변해 있었다.

"다시 한번 자기소개를 할게. 내 이름은 니콜라스 반즈. 일찍이 태양신 아리오스톨에게서 '계시'를 받았던 사람이야."

적대 의사는 느껴지지 않았기에 나는 일단 사정을 듣기로 했다.

찾아간 곳은 이번에도 모험자 길드 2층이었다.

"벌써 20년 이상 전이 되는군. 그 무렵의 나는 서니헤이즈에 있는 도시에서 태양신을 신봉하는 신부였어."

서니헤이즈는 태양신 신앙의 성지로, 크고 작은 여러 개의 종파가 난립해 있다고 한다. 거기서 니콜라스는 작은 교회를 홀로 운영하고 있었다. 태양신의 본거지인 '태양신의 탑' 근처인 만큼 신자도 많았고, 신자 대상으로 기념품점을 운영해 교회는 크게 번성했다고 한다. 하지만 니콜라스는 들뜬 분위기에 휩쓸리지 않고 경건하게 신앙을 계속 지키고 있었다.

그러던 어느 날 니콜라스의 뇌리에 목소리가 들려왔다.

'계시'다.

신의 목소리라는 것을 이해하고 아무런 의심도 하지 않았다.

이 세상을 태양신의 가르침으로 이끌기 위한 약품 제작을 명받은 것이다.

고양감에 취하면서 니콜라스는 시키는 대로 신약의 제조를 시작했다.

원래부터 약학에 정통해 있던 그는 교회 뒷편에 약초밭 같은 것도 일구고 있었다.

신약이 완성되자 그는 이웃과 여행 온 신자들에게 그것을 권했다.

"나는 그것을 '릴리스'라 이름 붙였어."

하지만 그것은 만능약도 기적의 약도 아니었다. 인간을 미치게 하고 지옥에 떨어뜨리는 무서운 '약'이었다.

정신을 차렸을 때는 수십 명의 인간이 의존증에 괴로워하며 파멸하려 하고 있었다. 니콜라스는 후회했다. 그것은 신의 목소리 같은 게 아니라 무서운 악마였고 자신은 이용당했다는 것을 알았다. 곧바로 파기하려 했지만 이미 다른 도시에까지 확산되어 손을 쓸 수 없는 상태가 되어있었다.

게다가 니콜라스와 '릴리스'에 눈독을 들인 범죄조직에게 제조법을 적은 기록을 모두 도난당했고 니콜라스 본인도 유괴되었다. 감금된 건물에서 제조를 돕는 처지가 되어버렸다. 그후 도시 위병에 의해 구출되긴 했지만 니콜라스는 살아갈 기력을 잃은 상태였다.

　"신에 의해 금지되어 있던 자살을 생각할 정도로 말야."

　황폐해진 자신의 교회에서 '릴리스'를 먹고 목을 매달았다. 한 번은 목숨을 잃었지만 정신을 차렸을 때는 묘 아래에 있었다. 캄캄한 땅속에서 필사적으로 기어나왔을 때 니콜라스는 자신이 인간 모습을 하고 있지 않다는 것을 깨달았다.

　"'전도사'는 '릴리스'를 매개로 태양신에 대한 기원과 본인의 자질에 의해 모습을 바꿔. 신앙을 잃고 있던 나는 '전도사'가 되지 못하고 이러한 모습으로 살아남은 거지."

　되살아난 니콜라스는 '릴리스'로 고통받는 사람들을 치료하고 태양신의 야망을 깨뜨리기로 결심했다.

　점액이 된 모습으로는 움직이기 힘든데다 사람들 눈에 띄기도 쉬운 탓에 평소엔 전신갑옷 안에 숨기로 했다.

　"그럴 때 '베레니의 성해포'가 실존한다는 걸 알았어. 태양신의 피가 묻은 성유물이야."

　아까의 광경을 떠올리고 나는 얼굴을 찡그렸다. 밥맛이 떨어질 것 같다.

　"이게 있으면 태양신의 힘을 어느 정도는 제어할 수 있어. 인간으로는 돌아갈 수 없지만 인간의 모습을 유지할 수는 있지."

　시간을 들인 끝에 어느 대지모신의 교회에 있는 실물을 발견했다. 훔쳐내긴 했지만 녀석들에게 발견되어 도망치는 도중에 강물에 빠지고 말았다. 갑옷도 잃고 '베레니의 성해포'도 하류로 떠내려가 버렸다. 그리고 기슭에 걸려 있는 성해포를 발견한 게 코디였다. 그냥 지나갔으면 되었을 것을 굳이 천조각을 주워서 '진짜'인 것처럼 팔아치우려고 했다.

그리고 지금에 이른 셈인가.

"이것저것 묻고 싶은 것은 많지만 일단 중요한 것부터."

나는 말했다.

"'릴리스' 중독은 치료할 수 있는 거야? 치료약은?"

그것만 발견되면 곁을 떠날 수 있다. 더 이상 공주기사님의 이름을 더럽히지 않아도 된다.

니콜라스는 고개를 저었다.

"아직까지는 'No'야. 아무튼 그 모습으로는 연구를 진척할 수 없었거든."

"그렇다면 언젠가는 가능한 거야?"

"제로는 아니라고만 해두지."

"그렇군."

지금 당장은 아니더라도 가능성이 있다는 것은 낭보라고 할 수 있다.

"난처한 일이 있으면 언제든 말해줘. 힘이 되줄 테니까. 그 썩을 태양신한테 한 방 먹여주자고."

이 니콜라스라는 전직 신부를 얼마나 믿을 수 있고 도움이 될지 알 수 없지만 여기선 회유해두는 게 좋을 것이다. 애타게 찾고 있었던 '릴리스'의 전문가인 이상 놓칠 수 없다.

"그보다 태양신의 야망이라는 건 뭐지?"

"재림이야."

니콜라스의 눈에 분노가 떠올랐다.

"일찍이 신들에 의해 추방된 몸을 버리고 새로운 몸으로 지상에 강림하려 하고 있어. 그걸 위해 필요한 것이."

"'미궁'의 '성명결정'인 거군."

그걸 얻기 위한 수단으로 '스탬피드'를 일으켜 '미궁'의 마물들을 약체화 시키려는 건가.

"그러고보니 저스틴이 말했던 '그분'이라는 게 누군지 알아?"

"글쎄?"

니콜라스는 고개를 갸웃했다.

"도망치기에도 바빴던 터라 자세한 것은 몰라. 다만 다른 신자와 연락을 취하고 있었던 것 같으니 그 관계자일지 모르겠네."

"그렇군."

"조심하는 게 좋아. 아마 그 자도 '전도사'일 테니까."

"상관 없어."

누가 됐든 때려죽일 뿐이다.

"뭐, 아무튼 앞으로 할 일을 정해보자고."

종장 생명줄의 단절

"다음이 마지막 질문이야."

"이제서야 끝났군."

빈센트의 말에 나는 탁자 위에 엎드렸다.

며칠 전 사건으로 '성호대'의 조사를 받게 되었다.

아침부터 꼬치꼬치 캐물어와서 졸립기 짝이 없다.

나에게 불리한 것들은 여러모로 얼버무려놓긴 했지만.

일단 저스틴에 대해서는 그게 마지막 발악이었다고 설명해두었다.

빈센트에게 일격을 가하고나서 힘이 다해 쓰러진 것으로 했다.

저스틴이 왜 그런 괴물 모습이 되었는지에 대해서는 시치미를 뗐다.

니콜라스의 시체가 사라진 것에 대해서는, 알고 보니 살아 있었고 자신의 회복마법으로 상처를 치유한 것으로 해두었다.

그밖에도 이것저것 있었지만 치명적인 문제는 없을 것이다.

"그래서 뭘 더 묻고 싶어? 쓰리 사이즈라면 위에서…."

"너는 정체가 뭐지?"

빈센트의 목소리는 심문이라기보다 호소에 가까웠다.

"일도 안 하고 앨윈 양에게 기생하는 게으름뱅이인가 싶었는데 목숨을 걸고 그녀를 지키려 했어. 돈에 집착하는 남자인가 싶었지만 동전 한 닢 되지 않는 문제에 끼어들었어. 게다가 원한을 품고

있는 나까지 구하려 했지. 몇 번씩이나 말야. 뒤죽박죽이야. 모순
되어 있어. 행동에 일관성이 없다고. 너는 대체 누구지?"

"앨윈의 기둥서방."

과거는 둘째치고 지금의 나는 틀림 없이 그것이다.

"덧붙여 말하자면 너를 구한 것은 우연이야. 우연히 근처에 있었
기에 구했을 뿐이라고. 네 운이 좋았던 거지."

실제로 한 번은 죽이려고도 생각했다. 앞으로도 앨윈의 해가 될
것 같으면 그럴 생각이다. 지금 그렇게 되지 않은 것은 단순한 우연
이다. 그 이상도 그 이하도 아니다.

"그리고 나는 딱히 너한테 원한을 품고 있지 않아. 이래봬도 관
대한 남자거든. 다소 얻어맞은 정도는 웃어넘길 수 있지. 다음에 밥
을 사주면 그걸로 충분해."

빈센트는 납득한 낌새가 아니었지만 질문은 더 이상 이어지지 않
았다.

"끝이야? 그럼 나도 질문이 있는데."

나는 말했다.

"그 창관은 어떻게 되지? 있잖아, 그 대지모신의 은신처."

'솔 마그니' 관련 녀석들은 빠짐없이 붙잡히거나 사망했다. 두목
인 듯한 저스틴은 소멸했고 신부도 공범으로 체포되었다고 한다.

창부와 창관 관주 등은 사건과 무관한 것으로 판단되어 체포는
면했다.

그 대신 불법 매춘행위에 대한 처분을 받았다. 지금까지는 위병
과 높으신 분들에게 알려지지 않아서 영업이 가능했지만 눈에 띄어
버린 이상 단속될 수 밖에 없다.

"그 창관은 교회와 함께 철서뇌기로 했어."

그래선 창부들이 거리로 내몰리고 만다. 길거리에서 손님을 받는 가창이 되거나 다른 가게에 취직하거나 둘 중 하나. 대지모신의 신도들은 도망칠 수 있는 장소를 하나 잃었다. 폭력을 휘두르는 남편과 자식을 팔아치우려 하는 부모에게서 숨겨주는 장소도 사라진 셈이다.

이게 네가 한 짓의 결말이야. 저스틴.

아무도 행복해지지 않는다. 약자들이 좀더 약해질 뿐이다.

"일단 창관에 있던 사람들은 모두 대지모신 교회의 남동지부에 맡기기로 했어. 그쪽 교회와 양호시설에서 직원으로 일하게 된다더군."

"용케 받아줬네."

그쪽도 자금사정은 비슷할 텐데.

"괜히 왕국 직속의 이름을 가지고 있는 게 아냐."

"권력으로 밀어붙인 건가."

"이야기가 빨라지거든."

빈센트는 당당하게 말했다.

"그리고 북쪽 지부에도 연락해뒀어."

요컨데 뒤치다꺼리를 교회의 다른 지부에 떠넘긴 셈인가. 훌륭하시다.

아무래도 빈센트는 결벽증을 버린 듯하지만 그건 그것대로 좋다.

나로선 마지막 선만 넘지 않길 바랄 뿐이다.

"알았어. 알려줘서 고마워."

돌아가려다 또 한 가지 질문이 머릿속에 떠올랐다.

"그보다 언제 갈래? 그거 말야, 술 마시기로 한 약속. 나도 바쁘니까 사흘전에 예약을 해주면 고맙겠는데."

"그런 약속은 한 기억이 없군."

빈센트는 딱 잘라 말했다.

"그러지 마. 요전번에 말했잖아. 호쾌하게 나를 구하러 왔을 때."

"확인을 했을 뿐이야. 승락한다고는 안 했어."

"너, 웃기지 마! 그게 왕국직속 기사가 할 말이야?"

"뭐라고 해도 너랑은 마실 생각 없으니까 얼른 돌아가."

그리고 빈센트는 비꼬는 듯한 미소를 떠올렸다.

"데려갈 사람도 온 것 같고 말이지."

발소리가 다가왔다. 제지하는 목소리에 개의치 않고 문이 기세좋게 열렸다.

"무사해? 매쉬!"

안색을 바꾸며 앨윈이 방에 뛰어들어왔다.

"방금 호통소리가 들렸는데 무슨 일 있었어? 또 고문을 당한 건 아니겠지?"

사실 오늘 청취에는 앨윈도 동행했다. 원래는 나 혼자서 올 예정이었지만 며칠전 유희 파티 탓에 앨윈이 청취 자체에 맹반대했던 것이다.

"또 폭력을 행사하면 참을 수 없으니 말야."

그래서 앨윈과 이야기를 나눈 결과 옆방에서 대기하기로 했다.

"보다시피 멀쩡해."

다독이려 했지만 그래도 앨윈은 내 몸을 구석구석 살피며 거침없이 몸을 만지거나 두들기고 있다. 완전히 엄마다.

연하인데다 키도 머리 하나는 작은 미녀에게 어린애 취급 받는 것은 창피한 일이지만 나는 비교적 괜찮다고 생각한다.

"아무짓도 안 당했어. 방금 끝난 참이니까 돌아가자고."

앨윈의 어깨를 안고 밖으로 나간다. 문을 닫는 순간 빈센트가 웃은 것 같았다.

"그러고보니 너는 녀석한테 사과를 받았던가?"

돌아가는 도중에 옆에 있는 앨윈에게 물었다.

"대충은. 잘못이었다는 것을 안 이상, 나도 더 이상 책망할 생각은 없어."

딱히 마음에 두는 낌새는 없었다. 관대한 분이니 말야.

일단 가짜에 대한 것은 잠자코 있기로 했다.

"'미궁' 쪽은 어때? 호조인 것 같던데."

"순조로워."

기분 탓인지 목소리가 들떠있다.

"멤버들에게도 긴장감이 생기기 시작했고 말야. 어지간한 솜씨로는 뒤쳐질 거라 생각한 거겠지. 휴일에도 자발적으로 훈련을 하거나 '미궁'의 자료를 모으고 있다고 해."

"그렇군."

라이벌의 출현이 좋은 방향으로 작용하고 있는 듯하다. 시덥잖은 권력싸움 같은 걸 하고 있을 때가 아니라는 것을 깨달은 것이리라. 마렛 자매 일행도 그날 이후로는 시비를 걸어올 낌새가 없다. 오히려 적극적으로 정보교환을 하며 교류를 하려고 하는 듯했다. 서로에게 좋은 자극을 주는 라이벌은 귀중하니 말야.

"이틀에 갈 수 있는 데까지 가두고 싶어."

'미궁' 공략은 장기전이다. 공략하는 동안 몸상태와 정신은 물론이고 타이밍과 라이벌, 행운 불운 등 여러가지 요소가 뒤섞여 흐름이라는 게 만들어진다. 지금은 모든 게 순조로운 흐름이다.

"그래도 조심해야 돼."

"물론 방심은 금물이야."

앨윈은 힘차게 고개를 끄덕였다. 얼마간 걷고나서 갑자기 시선을 떨군다.

"언젠가…."

"응?"

"언젠가 '미궁'을 공략하면, 왕국에서 마물이 일소될 때가 올 거야. 오게 만들 거야. 그때는…."

거기서 말을 끊고 심호흡한다. 내 쪽을 바라보며 조용히 말했다.

"그때는… 너한테도 내 고향을 보여줄게."

나는 고개를 갸웃했다.

"그거 혹시 프러포즈?"

"누가 너따위와."

그렇겠지.

"너 같은 기둥서방을 다룰 수 있는 건 세상에서 나뿐이야. 그러니까… 절대 손을 놓지 않겠어."

"그렇군."

그녀의 진지한 눈동자를 바라보면서 나는 미소지었다. 아아, 그렇다. 신 같은 것에 의존하지 않아도 사람은 사람에게 자상해질 수 있다.

"기대하고 있을게."

　며칠 후 나는 도시 북동쪽에 있는 '성현 길'에 와 있었다. 병원과 약국이 늘어서 있어서 서민과 부자 환자는 이곳에 다니거나 약을 구입하러 오기도 한다. 그 일각에 간판을 걸지 않은 가게가 있었다. 전에는 약사가 자작 약을 판매하고 있었다고 한다. 싹싹하긴 했지만 돌팔이였는지 얼마 안 되어 가게는 문을 닫았다. 문을 열자 안은 한산했다. 약 같은 것은 하나도 놓여 있지 않다. 살풍경한 가게 안을 지나 안쪽에 있는 남자에게 말을 걸었다.

"진척 상태는 어때?"

　말을 걸자 니콜라스는 지친 듯 돌아보았다.

"그렇게 날마다 와도 할 수 없는 건 할 수 없어."

　여기서 니콜라스에게 '릴리스' 치료약 연구를 시키고 있다. 돌팔이라도 약사이긴 했는지 설비와 기재는 잘 갖춰져 있었다. 떠돌이인 나는 허가가 나지 않았기에 데즈의 이름을 빌렸다. 재료비와 생활비 등도 내가 내주고 있다. 저스틴의 거처를 뒤졌더니 전에 봤던 그 돈이 발견되었기에 챙겨두었다. 니콜라스를 찾아내는 임무는 완수했기에 내 것이다. 기둥서방 주제에 다른 사람을 먹여살리고 있는 건 내가 생각해도 우습지만.

"부탁할게. 네가 유일한 희망이야, 선생."

　인근 주민에게는 은퇴한 약사라고 설명해두었다. 가끔 약에 대한 상담 등도 받고 있다고 한다. 그래서 나도 그들을 따라 선생이라 부르고 있다. '베레니의 성해포'도 아직 니콜라스의 몸 안에 있다. 글로리아에게 건넬 의무도 없고, 치료약과 치료법의 연구가 진척된다면 나로서 이쪽이 더 우선이다.

"선처할게."

이 장소와 니콜라스에 대해서는 아직 앨윈에게도 비밀이다. 기대를 품게 해놓고 만에 하나 실패하면 낙담할 뿐이니 말이다. 현재 선생의 정체를 알고 있는 것은 나와 데즈뿐이다.

"'미궁' 쪽은 어때?"

"현재까지는 안정되어 있는 것 같아."

앨윈은 오늘도 '미궁'에 가 있다. 내 손길도 '미궁' 안까지는 닿지 않는다.

앨윈도 사흘 전에 '그럼 다녀올게'라며 여느 때처럼 집을 나섰지만 여느 때처럼 돌아올 거라는 보장은 없다. 사람은 아무런 전조도 없이 죽는다. 소중한 사람이 궁지에 빠지더라도 예감이나 예지는 작동하지 않는다. 날씨는 읽을 수 있어도 사람의 운명까지는 알 수 없다.

"아무튼 선생은 돈이 떨어질 때까지 할 수 있는 데까지…."

이야기를 하고 있는 도중에 흔들림을 느꼈다. 잘게 흔들리나 싶더니 다음엔 옆으로 격렬하게 흔들렸다. 진동으로 선반이 쓰러진다.

선생은 이미 테이블 밑에 피신해 있었다. 나도 머리를 감싸안고 웅크린다. 꼴 사나워도 안전제일이다.

이윽고 지진이 진정되자 고개를 들었다. 선반이 쓰러지면서 기재가 조금 망가지긴 했지만 싸구려들뿐이다.

"또 지진인가. 이번엔 좀 큰 게 왔네."

"미안해, 선생. 조금 상태를 보고 올게."

정리는 선생에게 맡기고 나는 연구실을 나와 모험자 길드로 향했다.

방금 것은 상당히 컸다. 역시 지진이 계속되는 원인은 스탬피드일지 모른다.

경우에 따라서는 길드에서 전령을 보내 시급히 돌아오라고 전하는 게 좋을 것 같다.

길드는 또 혼란의 와중이었다.

허둥지둥 밖으로 뛰쳐나온 녀석들로 안뜰은 가득 차 있다. 다들 불안해 보이는 얼굴로 지진 이야기를 하고 있었다. 건물 안에서 남자가 들것에 실려 운반되고 있다. 머리에는 붉게 물든 천을 감고 있다. 떨어진 물건에 다친 모양이다.

앨윈은 어딨지? 고개를 길게 빼고 얼굴을 확인해보지만 발견되지 않는다.

"매쉬 씨! 큰일이야."

에이프릴이 내 얼굴을 보자마자 부리나케 달려왔다.

"마침 부르러 가려는 참이었어. 큰일이야."

"무슨 일 있었어?"

"지금 '미궁'에서 마물이 대량발생하고 있대. 스탬피드의 전조가 아닐까 다들 떠들고 있어. 그래서 '미궁' 안에 있는 사람들도 지금 어디에 있는지 알 수 없대⋯."

심장이 덜컥 내려앉았다.

"그중에 앨윈도 있는 거지?"

에이프릴은 괴로운 듯 고개를 끄덕였다.

"길드는 어떻게 한대?"

340 |

스탬피드 같은 예기치 못한 사태의 경우 전문 직원을 파견해서 모험자를 구조한다. 하지만 그것조차 곤란할 경우 포기한다는 선택지도 있다.

"일단 할아부지가 구조대를 보내준대. 하지만 직원들만으로는 부족해서 지상에 있는 파티에서도 지원자를 모집하기로 했어."

"데즈는 어딨지?"

녀석이 있으면 문제 없다. 지옥 밑바닥에서도 기어올라올 남자다. 앨윈도 구해내줄 것이다.

"데즈 씨는 어제부터 휴가라서 먼곳에 있는 지인을 만나러 갔어."

그래, 그런 소리를 했었지. 하필 이런 중요한 때에. 연기할 것이지. 하지만 이곳에 없는 수염쟁이를 원망해봤자 소용없다.

"지금부터라도 쫓아가면 되지 않을까? 말을 달리게 한다든지."

"무리일 거야."

녀석이 멀리 간다고 하면 지금쯤 땅속에 있을 것이다. 어둑어둑한 곳에서 찡그린 얼굴로 도시락이라도 먹고 있을 게 분명하다. 특별한 드워프가 아닌 한 따라잡는 것은 어렵다.

머리를 쥐어뜯으며 필사적으로 대책을 생각한다. 스탬피드에 말려들면 생존확률은 상당히 낮아진다. 그 어떤 영웅과 용사라도 숫자의 힘으로 밀어붙이면 끝장이다. 이러고 있는 사이에도 목숨이 꺼져 가고 있을지도 모른다. 아니, 이미 죽었을 가능성도 있다.

지금까지 머리 한구석에 치워두었던 현실이 눈앞에 닥치고 있다. 앨윈은 언제 '미궁'에서 목숨을 잃어도 이상하지 않다. 그리고 '미궁' 안에서 나는 무능하다. 아무것도 할 수 없다. 아무런 도움도 안 된다. 발목을 잡을 뿐이다.

그래도.

"약속해버렸으니 말야."

무슨 일이 있어도 너를 지키겠다고.

"매쉬 씨?"

걱정스러운 듯한 에이프릴의 머리를 쓰다듬어준다.

"괜찮아."

나는 그 걸음으로 모험자 길드 안에 들어갔다. 향한 곳은 길드 마스터 집무실이다.

"실례할게."

노크와 동시에 들어가자 할아버님은 탁자 위에 있는 서류와 눈싸움을 하고 있었다. 옆에는 네 명의 길드 직원이 서 있다. 보고를 받고 향후 대책을 강구하고 있는 도중인가. 내 얼굴을 보고 할아버님은 미간을 좁혔다. 이런 바쁜 시기에 뭐하러 왔냐는 얼굴이다.

그에 개의치 않고 나는 할아버님 앞에 섰다.

"지금부터 굉장히 바보 같은 소리를 할 건데, 하고 싶은 말이 있어도 일단은 들어줘. 지금부터 '미궁'에 들어가서 모험자 탐색에 나설 거지? 그 일로 왔어."

나는 할아버님의 눈을 보면서 말했다.

"나도 '미궁'에 데려가 줘."

— 다음 권에 계속 —

작가 후기

「공주기사님의 기둥서방」 2권을 읽어주셔서 고맙습니다.

덕분에 무사히 2권도 간행할 수 있었습니다.

1권이 기대 이상의 호평을 받았고 정열적인 감상도 다수 받았습니다.

판촉 기획으로 많은 분들에게 신세를 졌습니다. 전격문고 선배분들의 캐릭터와 성우분들에게도 코멘트를 받았습니다.

그런 만큼 2권은 많이 고민했습니다.

1권 때는 응모작인 것도 있어서 자신이 생각한 아이디어와 전개를 생각 그대로 쏟아부으면 되었습니다만 2권에서는 그 다음을 써야 했습니다. 1권에서는 많은 캐릭터가 퇴장한 탓에 새 캐릭터를 등장시킬 필요가 있었습니다. 이야기 전개상 모호하게 해두었던 설정을 다수 정할 필요가 있었고, 무엇보다 매쉬는 자신이 저지른 일의 대가를 치러야 했습니다. 어떤 의미에서 뒷처리에 바빴다는 느낌이기도 합니다.

가장 큰 고민은 역시 1권을 즐겨주신 분들을 이번에도 만족시킬 수 있을까 하는 점이었습니다. 이것으로 괜찮은 걸까, 이것으로 기뻐해주실까 하며 이것저것 고민했습니다. 이래선 안 된다고 생각해서 한 번 정한 플롯도 변경했습니다.

결과는 여러분이 읽으신 대로입니다.

작가로서는 좋은 결과이기를 바랄 뿐입니다.

다음 권에서는 매쉬와 앨윈도 험한 꼴을 당합니다. 두 사람의 앞날은 결코 평탄하거나 안전하지 않습니다. 나아가면 나아갈수록 피가 흐르는 가시밭길입니다. 그렇게 해서 도달한 곳은 아마 좀더 깊은 어둠속이겠죠. 그래도 두 사람은 스스로 선택한 길을 나아갈 겁니다.

이야기도 일단락될 예정이니 부디 매쉬와 앨윈의 여정을 지켜봐 주시기를 바랍니다.

동시에 새로운 기획도 움직이고 있습니다. 일러스트레이터 시라비 님에 의한 '86-에이티식스-'와의 컬래버레이션 일러스트를 실시하는 것 외에도 코미컬라이즈도 새로 시작합니다. 만화가 키얀 님의 코믹이 2022년 여름에 'Comic Walker'에서 연재될 예정입니다.

이쪽도 기대해주시면 기쁘겠습니다.

마지막으로 2권에서도 훌륭한 일러스트를 그려주신 마시마사키 님을 비롯해 여러 관계자분들에게 이 자리를 빌려 감사의 말씀을 드립니다. 정말 감사합니다.

시로가네 토오루

공주기사님의 기둥서방 2

2024년 12월 15일 초판 인쇄
2024년 12월 30일 초판 발행

저자 · TORU SHIROGANE
일러스트 · SAKI MASHIMA
역자 · 김영종
발행인 · 황민호
콘텐츠4사업본부장 · 박정훈
편집기획 · 신주식 최경민 윤혜림 이예린
마케팅 · 조안나 이유진
국제업무 · 이주은 김준혜
제작 · 최택순 성시원
한국판 디자인 · 디자인 우리
발행처 · 대원씨아이(주)

서울 특별시 용산구 한강로3가 40-456
편집부 : 02-2071-2018 FAX : 02-794-2105
영업부 : 02-2071-2082 FAX : 02-794-7771
1992년 5월 11일 등록 3-563호

http://www.dwci.co.kr/

원제 HIMEKISHISAMA NO HIMO Vol.2
©Toru Shirogane 2022
Edited by 전격 문고
First published in Japan in 2022 by KADOKAWA CORPORATION, Tokyo.
Korean translation rights arranged with KADOKAWA CORPORATION, Tokyo.

ISBN 979-11-423-0387-6 04830
ISBN 979-11-423-0200-8 (세트)